Surgimiento del Cártel

Publicación de WCP Publishing

<<<>>>

Fort Worth, Texas

Impreso en los Estados Unidos de América

Paxton, Guillermo

Surgimiento del Cártel/ Paxton - 1a edición

ISBN: 978-0-9771993-4-1

1. 1. Subida del cártel - Crimen - Ficción. 2. Crimen organizado - Nuevo autor -WCP Publishing - Ficción.

2. Título

Portada diseñada por Daria Skliarova y Thomas Olson

Fotografía del autor por John Browning

Publicación de WCP Publishing

Para más Información, Visita *paxtonbooks.com*

Surgimiento del Cartel

Guillermo Paxton

<<<>>>

Para mi familia y amigos, tanto americanos como mexicanos, y Heliodoro Juárez, una verdadera joya entre los abogados de México...

Prólogo

UN HALO DE humo procedente del suministro aparentemente interminable de cigarrillos del camarero rodeaba a Eduardo "Lalo" Torres, el único cliente del único bar de Mapimí, México. El minúsculo edificio contaba con suelos de hormigón polvorientos, puertas delanteras de madera oscilante y dos marcas de cerveza, lo cual era suficiente para los lugareños. Siete mesas metálicas de cartón, marcadas con letras bloqueadas que deletreaban "TECATE" en sus descoloridos tableros rojos, se alzaban inseguras sobre el agrietado suelo, con sus sillas de respaldo recto empujadas por los bebedores de la noche anterior. Unos círculos oxidados, causados por la condensación de muchas bebidas que habían descansado sobre ellos a lo largo de los años, destacaban como ojos ensombrecidos, superponiéndose vagamente unos a otros.

Lalo se sentó en una de las maltrechas mesas de la sala, de espaldas a la pared. El asiento le daba una buena vista de las puertas delanteras y un poco de la calle más allá, lo que significaba que no tenía que mirar por encima del hombro cada cinco minutos. Tres meses antes, una herida de bala en la pierna había llevado a Lalo a Mapimí después de haber conducido varias horas hacia el sur desde El Paso. Sangrando abundantemente y cansado por su intento de concentrarse en la conducción, permitió que el sueño entrara en su conciencia. Un claxon chirriante y unos faros deslumbrantes le salvaron de un casi accidente, convenciéndole de que debía parar en el siguiente pueblecito que viera antes de que la pérdida de sangre acabara con él. Cuando vio la señal de Mapimí, se apartó de la carretera principal y entró en el pueblo.

Después de ser tratado por el médico del pueblo, Lalo comenzó el proceso de recuperación, entabló una pequeña charla con algunos lugareños y aprendió sobre la zona. Mapimí, con una población de unos 10.000 habitantes, no había cambiado mucho en los últimos cien años. La mayoría de la gente seguía montando a caballo porque no podía permitirse coches, y el teléfono era un lujo. Algunos de los habitantes del pueblo seguían llevando pistolas en el costado, ignorando la ley mexicana que prohíbe la posesión de armas de fuego. Las calles de adoquines construidas a finales de los años cuarenta eran las únicas carreteras que no eran de tierra en Mapimí y, como la mayoría de los pueblos de México, Mapimí se construyó alrededor de la iglesia y la plaza. La minería había sido en su día la principal industria, pero tras un boom en los años cincuenta, la minería se agotó y también la economía. El principal negocio productor de empleo del pueblo era ahora una planta procesadora de pollos Tyson, situada cerca, en la que se podían obtener salarios muy modestos a cambio de largas horas de arduo trabajo.

Lalo descubrió que la gente del pueblo tendía a evitarlo, quizá por la intensidad de su mirada o porque pensaban que era un narco, un traficante de drogas. Las camisas de seda y la cadena de oro de dieciocho quilates de Lalo costaban más de lo que el ciudadano medio de Mapimí ganaba en un año. Aquel día llevaba una camisa de seda verde oscuro, unos Levi's 501 negros, botas de piel de avestruz y un Stetson de fieltro negro a juego. Un escorpión dorado colgaba de una cadena de oro alrededor de su delgado cuello, lo que aumentaba su mística. Nadie le preguntó, pero aunque alguien tuviera el valor de preguntarle, Lalo no diría a nadie a qué se dedicaba. Su profesión era mucho más complicada que la de narco. Y mucho más importante.

Apoyado en el recto respaldo de la silla, llenó su vaso de chupito con tequila Hornitos. Tras contemplarlo un momento, como si el futuro pudiera observarse en sus doradas profundidades, Lalo lo devolvió de un trago. Había aprendido del camarero que el bar de adobe, construido en 1898, era casi idéntico a su estructura original. Aparte del suelo de cemento rehecho por cada generación, las líneas eléctricas y la fontanería eran las únicas cosas nuevas en él. Los ladrillos de adobe de color marrón rojizo asomaban por muchos agujeros de las paredes interiores, y los únicos adornos eran unos cuantos carteles de toros colgados por el padre del actual propietario en algún momento de la década de 1950. En el exterior de la pequeña cantina había un poste de enganche al estilo del Viejo Oeste para los que venían a caballo.

Detrás de la barra, Porfirio, el camarero, encendió otro cigarrillo del extremo ardiente del que tenía en la boca. Muchos de los lugareños bromeaban que no viviría mucho más allá de sus actuales cincuenta años con su tremenda adicción a la nicotina. Su vientre protuberante era un monumento a muchos años de chicharrones y cerveza, y su cabeza calva acentuaba la larga cicatriz que le recorría desde la mejilla derecha hasta el cuello. Afortunadamente, como el suyo era el único bar de Mapimí, las ventas siempre eran buenas. Porfirio salió de detrás de la barra y dejó caer algunas monedas en la ranura de la anticuada gramola situada en un rincón del bar. Los instrumentos de los mariachis llenaron la sala, y la fuerte voz de barítono de Vicente Fernández cantó sobre las mujeres y sus traiciones. Lalo dejó que la música lo inundara, mientras apuraba otro trago de tequila bien calculado. El resto de la velada habría transcurrido exactamente igual, pero el ambiente cambió en el momento en que tres hombres vestidos con largos abrigos de cuero entraron en el bar.

Lalo sabía que estaban ahí por él. Nadie más en Mapimí tenía enemigos como Lalo. Sus largos abrigos en medio del calor de agosto delataban que llevaban algo más que dinero para cerveza en los bolsillos. La mano de Lalo bajó instintivamente a su 44, deslizándola por debajo de la ligera chaqueta que llevaba. Su vaso vacío se estrelló contra el suelo, haciéndose añicos mientras levantaba la mesa, agachándose detrás de ella y disparando dos veces al hombre que estaba más a la izquierda.

Los dos asesinos restantes sacaron las armas de debajo de sus largos abrigos y se agacharon para cubrirse, disparando mientras empujaban otra de las mesas. Lalo se zambulló detrás de la barra de madera, todavía disparando, y pasó por encima de Porfirio, que se agachó en el suelo de piedra. Se oía música de mariachis entre el atronador sonido de los disparos. Lalo respiraba con dificultad mientras su adrenalina seguía subiendo y su corazón latía con fuerza en su cabeza, desplazando todos los demás sonidos de la sala.

Las balas crujieron en el bar, haciendo añicos el gran espejo y bañando a Lalo con cristales rotos. Se escabulló hasta el final de la barra, se asomó a ella y disparó tres veces, hiriendo a un hombre que se desplomó en una salpicadura de sangre y tejidos. Dejando caer la 44 vacía, Lalo sacó la 380 que llevaba enfundada en la bota y se asomó a la barra para encontrar al otro pistolero. Vio al hombre encogido en la escasa protección de una silla y efectuó dos rápidos disparos. El hombre devolvió el disparo de su escopeta recortada, rodando detrás de una mesa volcada, y Lalo sintió una ráfaga de calor y dolor cuando un perdigón le desgarró la cara. Su ojo derecho se oscureció, y se agarró el oído derecho que le zumbaba por un momento antes de que la ira se apoderara de él. Decidió que se llevaría al último bastardo con él al infierno.

Salió de su escondite, disparando repetidamente contra la mesa volcada, observando con sombría satisfacción cómo sus balas creaban marcas en el metal. Finalmente, el hombre rodó hasta el suelo, cayendo el arma de sus dedos muertos.

Lalo tropezó y cayó, sin sentir ya el dolor, pues su umbral de dolor hacía tiempo que había sido superado. Agarrándose la cabeza, se puso en pie a trompicones. Porfirio se agitó frenéticamente, moviendo la boca en un grito silencioso, pero el zumbido en los oídos de Lalo lo ensordeció. El significado de la frenética pantomima del tabernero quedó claro cuando unos terribles y agudos dolores atravesaron la espalda de Lalo. Se giró al caer, vislumbrando al primer asesino al que había disparado. El matón estaba de pie con una sonrisa triunfante y una pistola humeante en su mano manchada de sangre.

Cuando Lalo quiso que su mano levantara su propia arma, la sonrisa del hombre desapareció en un estallido de sangre y sesos. Lalo volvió a mirar hacia la barra.

Porfirio estaba allí, orgulloso, echando humo de los dos cañones de una vieja escopeta que debía de tener detrás de la barra. Lalo trató de devolver la sonrisa con lo que le quedaba de rostro, pero la oscuridad desgarró el borde de su conciencia, absorbiéndolo en una ola de dolor.

Se dio cuenta vagamente de que Fernando García, el pretexto de sheriff del pueblo, miraba hacia dentro. Aunque no era un mal hombre, el sheriff no era una persona especialmente valiente, un rasgo importante para las fuerzas del orden. Porfirio se apresuró a acercarse y le hizo un gesto a Lalo en español. Los dos hombres sacaron a Lalo en una manta que Fernando había traído de su camioneta, lo colocaron con cuidado en la cama de la camioneta y lo llevaron a toda prisa al único médico del pueblo: José Baeza, el mismo hombre que lo había tratado por su lesión en la pierna cuando llegó a Mapimí.

"Sabía desde el día en que llegaste que no sería la última vez que te vería, Lalo", dijo el doctor Baeza, sacudiendo la cabeza. "Sólo espero que puedas sobrevivir a ésta". Lalo apenas le oyó decir. Su conciencia se filtraba de su cabeza como la sangre de sus heridas.

El anciano se puso a trabajar y levantó la vista para gritarle al cantinero. "¡Porfirio!" Porfirio, sobresaltado, saltó ante el grito del normalmente tranquilo médico: "¿Eh?" "¡Apaga ese maldito cigarro!"

Obedeciendo, Porfirio escupió el cigarrillo a medio fumar y lo aplastó contra el suelo con su bota de piel de mula. El humo salió hacia arriba desde la colilla aplastada, casi como si hiciera su última declaración de rebeldía ante su inminente extinción. Lalo lo vio subir perezosamente hacia el techo justo antes de desmayarse bajo la anestesia.

Capítulo 1 (Lalo)

A LOS DOCE AÑOS, LALO pasaba mucho tiempo en su querida bicicleta, la
única libertad verdadera que conocía. Mientras se dirigía al 7-Eleven como hacía
normalmente, las calles estaban despejadas y un semáforo rojo parpadeaba
perezosamente en la oscuridad. Subió y bajó de la calle, alternando entre la acera y
el pavimento, esquivando coches estacionados, perros, gente y algunas partes de la
ciudad. Socorro, una pequeña ciudad de Nuevo México situada a una hora al sur
de Albuquerque, tenía problemas de drogas en la gran ciudad, y él evitaba
religiosamente ciertas zonas.

Harold el Marine saludó a Lalo al entrar en el 7-Eleven, y Lalo lo saludó. No
sabía el verdadero apellido de Harold. El hombre llevaba una vieja pero cuidada
camisa blanca habanera y unos vaqueros azules. Lo que Lalo sabía de Harold
provenía de los tatuajes de infantería de marina que el hombre llevaba como
medallas y de su actitud de veterano de Vietnam, junto con un centenar de
historias de muerte que acompañaban a cada tatuaje. Lalo disfrutaba de las
historias que Harold contaba, gesticulando para añadir sabor a las ya coloridas

historias, los finales eran siempre similares: Harold rompiendo el cuello de alguien, cortando la garganta de alguien para evitar la detección del enemigo, o escapando de una muerte segura. Lalo reconocía el buen toro cuando lo oía. Era divertido, igualmente. El dependiente del 7-Eleven era una historia diferente. Parecía que se había tragado todas las historias - anzuelo, línea y plomada.

A eso de las dos de la mañana, decidiendo que necesitaba ir a casa, Lalo se apartó de las fascinantes historias. Era viernes; al día siguiente no había colegio, pero sus ojos se habían cerrado repetidamente durante las últimas historias. Harold le siguió fuera de la tienda. Cuando Lalo levantó la vista hacia el hombre mayor para despedirse, la mano grande y fornida de Harold se posó en el hombro de Lalo. Sorprendido, Lalo se apartó del hombre y lo fulminó con la mirada. El veterinario Harold levantó las manos e hizo el signo de la V con ellas. Cuando vio que Lalo se había relajado, continuó.

"Sabes, Lalo, eres muy especial".

"Gracias". A Lalo le disgustó la forma en que Harold parecía seguir acercándose.

"No, en serio", sonrió Harold, con sus dientes amarillos, manchados de humo de cigarro, brillando en la tenue luz. "

¿Crees en la brujería?"

El amplio rostro del hombre, calentado por el licor y los recuerdos, brillaba a la luz amarilla del foco de la pared exterior del edificio.

"Sí, claro, supongo". Lalo se movió incómodo, preguntándose cómo escapar sin herir los sentimientos de Harold.

"Bueno, es real. Realmente funciona. Y puedo probarlo. Soy un brujo de quinto nivel, un mago poderoso". Harold soltó el hombro de Lalo para pasar una mano por su pelo canoso y liso. "Tú también tienes el don de convertirte en un poderoso hechicero. Puedo ayudarte".

Lalo se quedó callado, inseguro de las intenciones de Harold, preguntándose si el licor diluido que había estado bebiendo había acabado con su mente devastada por la guerra.

"Todo lo que tenemos que hacer es un conjuro", continuó Harold con la mano en el hombro de Lalo de nuevo, alejándolo de la fachada de cristal de la tienda, más hacia las sombras. "¿Estás interesado en liberar los poderes que llevas dentro?"

"Tal vez". Los pies de Lalo se movieron renuentes, pero no pudo romper el hechizo de la voz de Harold.

"Iremos al bosque, encenderemos un fuego, nos desnudaremos y haremos un hechizo. Luego verás. Ninguna magia real funciona con la ropa puesta".

Los ojos de Lalo se abrieron de par en par, y finalmente pudo moverse, incentivado por las palabras de Harold. Se alejó del hombre que había considerado su amigo.

Harold se rió, un sonido chirriante como el de las rocas apareándose. "No te preocupes, chico. No soy marica. Es sólo que los hechizos realmente importantes tienen que realizarse desnudos". Se acercó, susurrando: "Y no podrás decirle a nadie lo que estamos haciendo. Tendrá que ser en completo secreto. Un juramento de sangre".

Incluso a los doce años, el sentido común de Lalo dictaba que ir solo al bosque con cualquier adulto era malo, y seguro que no quería ver a un tipo de cuarenta años desnudo, y mucho menos estar desnudo con él. Rechazó amablemente la generosa oferta, tomó su BMX con ruedas magnéticas amarillas y se marchó tan rápido como pudo, tomando nota mental de que debía encontrar un nuevo lugar para pasar la noche. Escondía su bicicleta debajo de la casa rodante que alquilaba su madre, un lugar donde el rodapié estaba suelto. Su madre no permitía que la bicicleta entrara. El Pontiac Sunbird blanco de su madre no estaba estacionado afuera, así que usó su llave y entró en la oscura y solitaria casa rodante.

Siempre que tenía tiempo, Lalo lo pasaba con sus personas favoritas y sus únicos amigos: los superhéroes de sus cómics. Con sus trabajos esporádicos en la ciudad ganaba suficiente dinero para comprar unos cuantos cómics a la semana. Batman, Daredevil y Spiderman eran sus favoritos, con GI Joe en segundo lugar. En un mundo en el que los malos y los buenos tenían papeles claros en la vida, Lalo prefería claramente una existencia en blanco y negro pintada en color de cómic a su realidad. Lalo anhelaba ser un adulto, ser un superhéroe. ¿No sería genial ser mordido por una araña radiactiva? Sonrió ante la idea.

Lalo se mantenía ocupado haciendo trabajos de jardinería por el dinero de sus cómicos o montando en bicicleta por toda la ciudad. Era durante la semana, cuando su madre estaba en casa, cuando había problemas. Normalmente llegaba a casa drogada, armando un escándalo, despertando a Lalo y haciendo un berrinche. Este domingo por la noche no fue una excepción, y Lalo decidió que ese domingo sería la última vez que vería a su hijo.

Ese mismo día, había encontrado el alijo de su madre de pequeñas pastillas blancas marcadas con pequeñas cruces y las había tirado por el retrete. Metanfetaminas. Observó cómo se iban por el desagüe con el agua sucia, y luego se sentó a esperar. Cuando su madre, Alicia, apareció y no pudo encontrar sus pastillas, entró en rabia, despotricando mientras destrozaba el cuarto de estar en busca de sus drogas. Su aliento apestaba a humo y cebolla.

"¿Dónde está mi escondite, pendejo? Dímelo o te lo saco a golpes, pendejo", Alicia se dio la vuelta y caminó decidida hacia la cocina.

Lalo la siguió, y sus ojos se abrieron de par en par cuando la vio sacar un cuchillo para cortar carne. No era para ablandar la carne, sino para ablandarlo a él.

Corrió entonces, cerrando de golpe y con llave la puerta de su habitación, escuchando como ella golpeaba sin sentido la madera durante varias horas con la cuchilla de carne, su estado de enfado alimentaba su manía. La combinación de drogas y alcohol en su sistema le impidió pensar en una forma de abrir realmente la puerta.

Se acurrucó en un pequeño rincón y lloró en voz baja, deseando que su padre estuviera todavía cerca para salvarle, imaginando que tenía poderes telepáticos y que, de alguna manera, su padre le oiría desde dondequiera que estuviera, viniendo a salvar a Lalo del monstruo que era su madre. En algún momento después de las cuatro de la madrugada, la casa se quedó en silencio, y él se dejó llevar por las pesadillas hasta que la cálida luz del sol le arrancó los párpados. Alicia era muy trabajadora, por muy adicta que fuera, así que Lalo sabía que había ido a su trabajo. Recogió sus cosas y se marchó, dándose la vuelta para mirar una vez más la caravana que había sido su hogar. Encogiéndose de hombros, se subió a su bicicleta y pedaleó hasta las vías del tren que atravesaban el centro del pueblo.

Un tren que iba a El Paso pasaba por Socorro, así que se subió a uno de los trenes que iban hacia el sur mientras estaba detenido, y subió su bicicleta al vagón. Se llevó todo el dinero que había encontrado en la casa, tal vez treinta dólares en monedas de 25 centavos para la lavandería, y empacó algunas manzanas para comer. Las lágrimas rodaron por sus mejillas, mientras lloraba en silencio, en parte porque era sólo un niño y sabía que la decisión que estaba tomando estaba más allá de su madurez, y en parte por el alivio que sentía al dejar por fin atrás la tortura que era vivir con su madre. Muchas horas después, llegó a El Paso, donde el viejo centro de la ciudad estaba unido a la frontera de México por un puente. El furgón de cola proyectaba largas sombras bajo el sol de la tarde. Bajó suavemente la bicicleta y se bajó, oyendo mucho movimiento en el patio de maniobras y hombres hablando en español. Pensando que podría recibir ayuda de su tío Luis, Lalo salió en busca del hermano de su madre, un hombre al que apenas recordaba haber conocido años atrás.

Después de recibir direcciones confusas de varios transeúntes, finalmente llegó a la dirección que tenía para su tío. Tío Luis vivía en lo que los habitantes de El Paso llamaban El Segundo Barrio, una zona llena de grafitis, bandas, drogas y violencia. Lalo tocó con fuerza a la vieja puerta de madera. Un hombre mayor, probablemente de unos cuarenta años, respondió.

"¿En qué puedo ayudarte, hijo?"

"¿Tío Luis? Soy Lalo, el hijo de Alicia".

Lalo miró suplicante al hombre: "Maldita sea Alicia. Pasa, hijo".

Después de que Lalo narrara brevemente lo sucedido, Tío Luis le preparó un sándwich, con pan blanco, mayonesa y una sola rebanada de mortadela. Lalo engulló el bocadillo, como si hubiera pasado un año desde la última vez que comió. Luis vivía allí desde hacía unos quince años, y le explicó a Lalo que era la única zona que podía permitirse. Era una casa pequeña, de dos plantas, con dos dormitorios abajo y uno arriba. El salón estaba decorado en los años setenta, un sofá verde lima y una televisión en blanco y negro no habían cambiado desde entonces. El baño era un desastre y probablemente no se había limpiado desde que la mujer de Luis había muerto. Con sus tres hijos, ya era una casa llena, pero Luis dijo que le haría un hueco. Donde caben dos caben tres. Cuando Luis llamó a los primos de Lalo y les habló de él, la expresión de sus rostros manifestó su desaprobación por compartir su limitado espacio, y los puños y dedos que le lanzaron cuando Luis no miraba le hicieron comprender a Lalo que harían su estancia lo más incómoda posible.

Alienado por sus primos y solitario en su nuevo hogar, Lalo se mantenía aislado la mayor parte del tiempo, pasándolo normalmente en el patio trasero. Un día, su primo mayor, Enrique, se presentó en la casa con tres de sus amigos pandilleros. Los pandilleros -cholos- llevaban Dickies bien planchados, zapatos Stacy Adams y bonitas camisas abotonadas sólo por arriba. Se pasaban horas planchando la ropa, almidonando las arrugas y asegurándose de que todo estuviera perfectamente alineado, incluidos los pañuelos doblados limpiamente y metidos en el bolsillo trasero, medio colgando para mostrar su orgullo por sus colores.

"Ey, primito, ¿qué onda, loco?" dijo Enrique.

Lalo se encogió, sabiendo que el ridículo y la tortura no tardarían en llegar. Y odiaba que le llamaran "primito".

"Nada, Enrique, no pasa nada".

"Oh, bueno, ahí es donde te equivocas, primito. Algo está pasando. ¿Sabes qué?" Preguntó Enrique, guiñando un ojo a sus tres amigos.

Lalo sabía que su respuesta desencadenaría lo que fuera que planearan contra él. Sin querer responder, pero sabiendo que sería castigado si no lo hacía, dijo: "N-no. ¿Qué?"

"¡Ataque de pezones!"

Los adolescentes abordaron al chico más joven, haciéndole caer de espaldas. Agarraron el pecho de Lalo y lo retorcieron. Impotente ante su ataque, se sintió humillado y enfadado por la sensación de impotencia que le embargaba.

Los chicos finalmente se cansaron del juego y se bajaron de él. Lalo, tragándose el miedo y negándose a que le vieran llorar, se puso en pie con dificultad. Se enfrentó a su primo y se levantó con orgullo. "Quiero que me inicien", dijo.

Los chicos se rieron.

"Tengo derecho", insistió Lalo. "Vivo en este barrio. Soy tu primo, Enrique. Los niños siempre me echan mierda en el colegio porque tú eres parte de Los Fatherless, así que creen que yo también lo soy. Pero no lo soy, así que nadie me apoya. Me dan una paliza y nadie me ayuda. Estoy en mi casa, y tú y tus amigos me dan una paliza también. Ya he tenido suficiente de esta mierda. Quiero entrar". Respiró profundamente después del largo discurso.

Enrique miró fijamente a su primo. Lalo sabía que la verdad de sus palabras no podía ser ignorada. Enrique asintió, ligeramente, pero lo suficiente como para afirmar la decisión de Lalo.

"Ok, primito, está bien. Recuerda que tú te lo buscaste. Y no le digas a mi papá".

Los cinco chicos caminaron una cuadra y media por la calle de su casa, Enrique silbando con determinación. Uno a uno, los chicos salieron de la nada y siguieron.

Mientras caminaban por la acera agrietada bajo el caluroso y seco sol de El Paso, Lalo observó su entorno, viéndolo intensamente como si fuera la primera vez. Edificios de apartamentos de tres plantas, dúplex de estilo suroccidental y casas se esparcían por la calle como un cuadro abstracto. La música mexicana sonaba desde las ventanas abiertas y las madres gritaban a los niños en español que limpiaran esto o aquello, que entraran en la casa o que cuidaran de sus hermanos pequeños. El aroma de los frijoles hirviendo y de las tortillas de harina recién cocinadas llenaba el aire, mezclándose con el olor más sutil del tabaco y la marihuana.

Una iglesia justo al lado de la calle Delta había sido quemada en un gran disturbio un año antes de que Lalo se mudara al Barrio de El Segundo. El improvisado desfile se reunió detrás de las ruinas carbonizadas, y uno de los chicos pintó con spray un cartel que antes decía en español: "Todos son bienvenidos aquí". Esperaron atentamente a que Enrique hablara.

"Mi primito quiere ser de Los Fatherless. Cree que ya es suficientemente hombre. Cada uno de nosotros tuvo que pasar por la iniciación, y él también. El hecho de que sea mi primo no le da ningún derecho especial, así que quiero que se lo pongas tan difícil como a cada uno de ustedes."

Lalo sintió que su adrenalina aumentaba, el miedo nublaba su visión y su oído. ¿Estaba haciendo lo correcto? Tal vez si les decía que lo sentía...

"Bien, primito, espero que sepas en qué te estás metiendo".

No, pensó Lalo. *Realmente no lo hice. Oh, mierda, ¿en qué estaba pensando? No puedo echarme atrás ahora.* "Simón" fue todo lo que salió de la boca de Lalo, argot español para decir sí. George, otro de los primos de Lalo apareció frente a él, mostrando una amplia y horrenda sonrisa. También apareció el menor de los primos de Lalo, Felipe. Nadie, ni siquiera su padre, le llamaba Felipe. Payaso era lo único que escuchaba que le llamaran, sus constantes bromas y travesuras le valieron ese apodo de payaso.

Los rostros casi amistosos se transformaron en ceños fruncidos, señalando la oscura violencia que se cernía sobre ellos. Los golpes comenzaron.

Los puños y los pies fueron todo lo que Lalo conoció durante lo que le pareció una eternidad, aunque la paliza duró menos de dos minutos. Cayó al suelo, sintiendo las patadas en el estómago y las costillas, algunas más fuertes que otras. Tenía que levantarse o no le dejarían entrar. Haciendo acopio de todas sus fuerzas, se levantó con dificultad. Fue derribado dos veces más, y en ambas ocasiones se obligó a ponerse de pie.

Entonces, tan repentinamente como comenzó la furia de la lluvia, se acabó. Las patadas se convirtieron en abrazos y bienvenidas; los puños en apretones de manos. Con las piernas todavía temblando, Lalo aceptó agradecido el porro que le pasaron y dio su primera calada de marihuana, el humo le hizo toser y tener arcadas simultáneamente. Los otros chicos se rieron.

Unas semanas después de su iniciación en Los Fatherless, Lalo se detuvo en el club masculino local por el que pasaba casi todos los días al volver de la parada del autobús. El club tenía un programa de boxeo gratuito dirigido por la Liga Atlética de la Policía. Lalo sabía que si quería sobrevivir en El Segundo, tendría que ser fuerte. Después de hablar con el coach, se unió al club y convirtió el boxeo en su prioridad número uno. En los primeros seis meses de entrenamiento, no se perdió ni un solo entrenamiento.

Eddie, el coach de boxeo de Lalo y agente de policía retirado, frunció el ceño tras la breve ráfaga de golpes de Lalo.

"Gira el puño cuando golpeas. Mantén el hombro delante de la barbilla mientras golpeas".

El olor a sudor, mezclado con los sonidos de la campana del cronómetro sonando cada tres minutos, los boxeadores saltando a la cuerda y los puños golpeando los sacos pesados y los sacos de velocidad formaban un collage de estimulantes familiares que Lalo conocía ahora como la experiencia del gimnasio de boxeo. Su capacidad de observación era muy superior a la de otras personas, especialmente a la de los niños de su edad; Lalo ya conocía los puntos fuertes y débiles de cada boxeador. Con el paso de los años, Lalo se convirtió en un favorito local. Su altura y su largura le hacían difícil de combatir por los púgiles más bajos de su misma categoría de peso. Eso, combinado con su velocidad e inteligencia, le hizo triunfar en el torneo estatal de guantes de oro. A los quince años, se dirigió a Los Ángeles con su coach Eddie para representar a Texas en su división de peso en los nacionales.

"Con el traje amarillo y la camiseta negra, Guillermo Smith, 6 y 0, 4 por la vía del nocaut".

Algunas personas aplaudieron y aclamaron.

"Con el traje azul y la camisa blanca, Eduardo 'Lalo' Torres, 32-5-2, 6 por nocaut".

Un lento estruendo se convirtió en un collage de gritos y aplausos en todo el estadio. El ganador de este combate pasaría a luchar por el campeonato en las

Olimpiadas Junior. Lalo acababa de derrotar a sus dos últimos oponentes superándolos en puntos, y por la forma en que la gente lo aclamaba, los espectadores obviamente pensaban que haría lo mismo con Smith, un boxeador de Nuevo México.

Lalo estudió a su oponente. Unos cinco centímetros más bajo que Lalo, el joven tenía una tez muy clara y era más musculoso que él. Para haber llegado hasta los Juegos Olímpicos Juveniles con tan pocos combates en su historial, Lalo sabía que este chico era muy peligroso o tenía mucha suerte. Sea cual sea el caso, Lalo no iba a correr ningún riesgo. Lalo miró fijamente a Smith mientras tocaban los guantes, y Smith le devolvió la mirada con una sonrisa burlona, confundiendo a Lalo.

Sonó la campana. Lalo abrió el asalto con una serie de golpes de izquierda y cruces de derecha a la cabeza. Los puntos fuertes de Lalo siempre han sido su velocidad y su inteligencia, y pensaba sacar provecho de ambas. Smith aceptó lo que Lalo le propinó y le devolvió con un jab sorprendentemente potente que atravesó las defensas de Lalo. Las lágrimas nublaron la visión de Lalo, una reacción automática al golpe en la nariz. Smith siguió con una derecha recta, bloqueada por la guardia de Lalo, y un gancho de izquierda al hígado. Lalo se dobló de dolor y empezó a lanzar jabs para asegurarse de que Smith no pudiera rematarlo. La falta de experiencia de Smith se hizo evidente para Lalo cuando retrocedió, obviamente sin saber lo mal que estaba Lalo. Apenas pudo superar el primer round.

El segundo asalto fue para Lalo. La experiencia y la velocidad superaron a Smith, que terminó el round con mucha ventaja en puntos.

Eddie limpió el sudor de la cara de Lalo con una toalla seca. "Sigue haciendo lo que estás haciendo, Lalo, y podrás ganar por puntos. No dejes que ese chico entre, hagas lo que hagas. Puedes ganarle por puntos; es demasiado inexperto".

Lalo no tenía intención de dejar que Smith le golpeara como lo hizo en el primer asalto. Sonó la campana y se dirigió al centro del cuadrilátero con la seguridad de que ganaría el tercer asalto como lo había hecho en el segundo. Lanzó una ráfaga de combinaciones y luego salió y rodeó a Smith. El chico no pudo alcanzarle. Cuando Lalo escuchó la marca de los treinta segundos, se acercó a Smith. Cuando Lalo siguió su jab de izquierda con un cross de derecha, Smith contraatacó con un doble gancho de izquierda devastador: primero al hígado y luego a la cabeza de Lalo, golpeando directamente en la sien. Lalo vio literalmente las estrellas y apenas sintió el golpe de derecha que acabó con él. Cuando por fin se dio cuenta de lo que había pasado, Lalo estaba en el suelo del ring, con los ojos revisados por el médico del torneo, un hombre mayor con un traje gris, a juego con su pelo canoso. Lalo se sintió sonrojado, al darse cuenta de que había sido noqueado.

"Se pondrá bien, coach", le dijo el médico a Eddie.

Lalo volvió a casa desde Los Ángeles como el héroe del barrio, a pesar de su pérdida.

"Vamos Lalo. Vamos a boxear". Enrique empujó a Lalo en el patio trasero de su casa. Lanzó unos cuantos ganchos descuidados al aire, cerca de la cara de Lalo.

Lalo negó con la cabeza. "No creo que sea una buena idea, primo".

"¿Qué, incluso después de todo ese boxeo, todavía tienes miedo?"

Lalo respondió a su primo con una ráfaga de golpes. El mayor de los Enrique intentó en vano defenderse, pero en pocos segundos estaba en el suelo, con la nariz sangrando. Los otros primos y algunos amigos que se habían reunido alrededor se decepcionaron al ver a su líder derribado por un chico más joven y pequeño.

"Mierda, Lalo. Mis respetos, hombre. Si puedes boxear, maldita sea".

Todo cambió para Lalo con sus primos, lo trataban como a un hermano. A cada baile, pelea u otra actividad extracurricular siempre lo invitaban, nada que ver con cuando había llegado y lo habían hecho sentir como una carga. Lalo se sintió bien porque por fin tenía una familia de verdad. Ya casi no pensaba en su madre, y definitivamente no la echaba de menos. Sus recuerdos de Socorro parecían de la vida de otra persona. Sin embargo, ser el héroe local del boxeo tenía sus desventajas. Siempre había alguien que intentaba hacerse un nombre a través de Lalo.

"Oye hijo de puta, pinche joto, ¿te crees malo porque sabes boxear? Me gustaría verte pelear conmigo, maricón, ¡no durarás ni un minuto!"

Lalo no podía creer que Ricky Martínez lo estuviera amenazando frente a la escuela, delante de todos. ¿Estaba loco? Lalo sabía que tenía que estarlo; después de todo, hacía apenas tres semanas que le había dado una paliza a uno de los primos de Ricky, un chico conocido por ser un feroz luchador en la calle.

"¿Estás drogado, Ricky? Sabes que te voy a patear el culo". Lalo arrancó hacia él.

"Aquí no. A las seis, detrás del 7-Eleven".

"Simon. Idiota."

Lalo caminaba hacia el 7-Eleven por el callejón que unía la calle con la parte trasera de la tienda. Los grafitis y la basura decoraban las paredes y el suelo. A la vuelta de la esquina le esperaban Ricky y otros cuatro tipos. Un destello de metal en la mano de Ricky llamó la atención de Lalo y supo que le estaban tendiendo una emboscada. Comenzó a correr de vuelta por donde había venido, y otros dos cholos le cerraban el paso, uno de ellos empuñando un bate. Resignado a su suerte, Lalo tomó una gran roca del suelo y se preparó para lo que viniera. Ricky sonrió, una sonrisa horrible y peligrosa, la de un asesino. Un disparo los sorprendió a todos, y Lalo se dio la vuelta mientras revisaba si le habían disparado.

Enrique tenía a los otros dos cholos que habían bloqueado la huida de Lalo a punta de pistola. Payaso y Jorge tomaron sus armas. Lalo sintió que el alivio le recorría todo el cuerpo y caminó con la mayor frialdad posible hacia sus primos. Enrique sonrió.

"Hermano, no te puedes fiar de nadie, y menos para una pelea directa, y extra-especialmente cuando es uno de los Thunderbirds", dijo Enrique, refiriéndose a la banda rival de la que formaban parte los otros chicos.

Lalo golpeó la mano de Enrique, luego la de Jorge y también la de Payaso. "Gracias por el paro, hermanos. Vámonos, antes de que llegue la chota". Todos corrieron.

Lalo se sentía feliz, completo. Por fin tenía una familia.

Capítulo 2

El baile de la quinceañera palpitaba con música animada y risas, y el sonido contagió a Lalo, provocándole ganas de bailar. Sus primos estaban sentados cerca de la puerta del salón de baile, bebiendo Brandy Presidente en pequeños vasos, rellenándolos a menudo. Estaban de cara a la pista de baile, gritando ánimos desde sus sillas.

"¡Qué gran quinceañera! Mira a Lalo, ese vato. Qué heina tiene!"

Lalo sonrió ante los celos en la voz de Enrique, disfrutando del ritmo de la música que movía su cuerpo. Miró alrededor del salón de baile. Como es habitual en las fiestas de quince años, asistían familias enteras, incluso sus hijos pequeños. Los más pequeños dormían a pesar del ruido, despatarrados en sillas colocadas juntas como un catre. La chica con la que bailaba Lalo tenía la piel clara, el pelo castaño rojizo y los ojos verdes. A los quince años, ya tenía el cuerpo de una mujer. Lo único que pudo hacer Lalo fue admirar su belleza y esperar que después del baile tuviera alguna actividad extraescolar. Lalo sonrió mientras se preguntaba mentalmente si podría estar enamorado.

"¿Cómo te llamas?" Lalo sonrió genuinamente a la chica y la hizo girar al ritmo de la canción.

"Manuela. Soy la prima de la quinceañera".

Lalo volvió a sonreír. "Eres hermosa, ¿lo sabías?"

Manuela se sonrojó, girando ligeramente la cabeza, la mirada penetrante de Lalo era demasiado fuerte para ella. Una niña, probablemente de unos seis o siete años, corrió hacia la pareja, tirando del vestido de Manuela.

"¿Qué pasa, Galilea?"

La joven hizo un gesto con el dedo índice para que la otra chica se agachara y pudiera decirle algo a Manuela al oído. Manuela se rió cuando la joven Galilea terminó de susurrarle, y Lalo observó que tenía un ligero hueco entre los dos dientes delanteros, como Manuela. Galilea volvió corriendo a la mesa de la que acababa de salir. Lalo contempló el hueco entre los dientes de Manuela y, después de un minuto, decidió que simplemente la hacía más atractiva. Lalo finalmente rompió el silencio. "Entonces, ¿qué dijo la niña?"

"La niña es mi sobrina. Ella dijo que eras lindo".

Lalo sonrió. "¿Y tú qué opinas?"

"A mí-" Manuela fue interrumpida bruscamente por el estallido de un cristal, seguido por el ominoso sonido de un disparo. Lalo empujó instintivamente a Manuela para cubrirse, inhalando involuntariamente una bocanada de polvo, mientras caían al suelo. Tosió, apartándose de la chica que tenía debajo, y se quedó tosiendo un momento para aclararse la garganta.

Los gritos rompieron el poderoso silencio. Lalo se puso en pie y corrió hacia sus primos. Enrique, Jorge y Payaso yacían cubiertos de sangre, con los ojos mirando fijamente hacia arriba de esa manera fría que sólo pueden tener los cadáveres. Lalo trató frenéticamente de reanimarlos, pero sus esfuerzos fueron en vano. Las lágrimas se derramaron por sus mejillas, y se perdió en su dolor hasta que Manuela y su madre lo arrastraron, llorando.

El tiempo para Lalo se movía como el paso de grandes y biliosos nubarrones en un cielo sin viento. El horrible suceso estaba siempre presente en su mente, como los restos de una terrible pesadilla cuando uno acaba de despertarse. Dos días más tarde, estaba sentado en la iglesia católica de San Ignacio, con el rostro tenso por las muchas lágrimas que se habían secado en su cara. Mientras miraba alrededor de la iglesia, le invadió una extraña sensación de paz. El sacerdote habló de grandes pérdidas para los vivos y de la mayor recompensa de la vida eterna, y Lalo se preguntó si alguno de sus primos tendría esta última. Se quedó mirando las numerosas estatuas que había por toda la iglesia, pero en particular la de uno de los arcángeles que sabía que se llamaba Miguel. De hecho, no podía dejar de mirarlo. Lalo parpadeó con fuerza cuando una luz increíblemente brillante brilló alrededor de la estatua y, por un momento, el ángel pareció mirarlo directamente. Una mano en su hombro le sacó de su " visión"

"Vamos Lalo, es hora de irnos". El Tío Luis le habló a Lalo sin mirarlo a los ojos. Lalo esperaba que su tío supiera, al menos en su corazón, que no tenía ninguna culpa en lo que había pasado, pero la actitud de su tío era un poco distante. Sin embargo, Lalo no iba a preguntar, porque eso empeoraría aún más la ya difícil situación. A la salida del servicio, Luis se detuvo y estrechó la mano de un hombre que al parecer era el hermano de un policía de El Paso.

"No te preocupes, primo, Rocha pasará por tu casa en unos días. Habría venido pero está metido en una investigación".

"Entiendo. Dígale que se lo agradecería. Los policías de Juárez consideran esto como otro tiroteo entre bandas. Sabes que no les importa que los cholos maten a otros

cholos. A menos que sean sus hijos, claro". La angustia y la frustración que Lalo escuchó en la voz de su tío le hicieron enfadar. Estaba enfadado con los asesinos, los policías e incluso con él mismo.

Unos días más tarde, Lalo y el Tío Luis estaban sentados en su pequeña mesa de la cocina tomando café cuando alguien llamó a la puerta.

"Lalo, abre la puerta, es un amigo". Lalo obedeció a su tío y abrió la puerta.

Rocha impresionó a Lalo. Aunque era bajito, sólo medía 1,70 metros, la presencia de Rocha parecía más grande que la vida, como si fuera invencible. Tenía la misma constitución que un tanque: pecho de barril y brazos como obuses. Le dedicó a Lalo una sonrisa cálida y acogedora, y Lalo lo dejó entrar. Rocha y el Tío Luis se abrazaron y fueron a la cocina. Lalo escuchó en la puerta.

"Luis", dijo Rocha, "sabes que tu amistad significa mucho para mí".

"Como la tuya a mí".

"Mira, he conseguido algo de información sobre quién es el responsable. Pero no es nada sustancial, como mucho son rumores. Puede que no te guste escucharlo".

"Lo entiendo. Te prometo que no te reprocharé nada de lo que me digas. Eres mi amigo, y no guardaré rencor a un amigo por su honestidad". Luis puso una mano tranquilizadora en el fuerte hombro de Rocha. Lalo pensó que Luis parecía tan pequeño frente al otro hombre, flaco, casi frágil.

"Al parecer, tus chicos eran miembros de Los Fatherless. Muchas bandas aquí en El Paso tienen bandas hermanas en Juárez, y los miembros de las bandas saltan de una frontera a otra, causando problemas en ambos lados. Pasan el rato en un lado mientras el otro se enfría. ¿Entiendes lo que quiero decir?"

Luis asintió con la cabeza.

"Parece que el líder de una banda rival sabía que Enrique y tus chicos iban a estar en esta fiesta de quince años y planeó una emboscada. Se rumorea que se sentaron deliberadamente junto a la puerta con ese propósito. Para la emboscada".

Rocha se detuvo cuando Luis empezó a sollozar. Luis se controló y miró a Rocha. "No, no te detengas. Por favor, sigue".

"Se llama Chito Sandoval, pero no tengo mucho más. Dicen que tiene unos veinte años. He investigado un poco a este lado de la frontera. Tiene un largo historial juvenil. Sabes, realmente no hay forma de que yo pueda probar nada de esto. Con un poco de dinero, conozco a unos cuantos oficiales en Juárez que lo..."

"No, no, no sin pruebas", interrumpió Luis, sabiendo que Rocha estaba infiriendo que Luis podría querer preparar un golpe contra este personaje de Sandoval. "Al menos, ahora tengo un poco de información".

"¿Qué vas a hacer?"

"Por ahora, déjalo en manos de Dios. Ya ha habido suficiente sangre derramada".

"Creo que probablemente sea lo mejor, al menos por ahora, Luis. Seguiré presionando a la policía de Juárez. Hermano, nunca olvidaré lo que hiciste por mí. Si necesitas algo, lo que sea, sólo tienes que decirlo. Incluso si eso significa ocuparnos de esto nosotros mismos".

Luis negó con la cabeza. "Gracias, amigo, pero nunca te pediría que hicieras algo así. Lo que ocurrió en 'nam podría haber ocurrido al revés, y sé que tú habrías hecho lo mismo por mí. No me debes nada. Sólo avísame si hay algún progreso". Luis acompañó a Rocha a la salida.

Lalo apretó los puños con fuerza, sin creerse que su tío no fuera a hacer nada. Ya había oído hablar de Sandoval, y si Luis no pensaba hacer nada, Lalo lo haría. Más tarde, esa misma noche, Lalo se coló en la habitación de Enrique y empezó a buscar la pistola que sabía que éste tenía escondida allí. La luz del dormitorio se encendió de repente y Lalo dio un salto, sobresaltado.

"¿Buscas esto?" preguntó Tío Luis, sosteniendo una pequeña pistola del 22 en la mano.

"¡Mierda, tío, no puedo dejar que Sandoval se salga con la suya!"

"¡Maldito sea Lalo! Escucha, soy su padre, y si a alguien le duele esto, es a mí. Primero perdí a mi mujer, tu Tía Angelica, y ahora a ellos". Luis se calmó. "Obviamente, escuchaste mi conversación con Jeremías, así que sabes que dijo que todo lo que tenía eran rumores".

"Sí, lo he oído, pero conozco a ese vato. Claro que lo hizo".

"¿Así que ahora vas a salir y dispararle? ¿Y si te mata a ti primero? ¿Crees que no espera represalias? ¿Y si tiene éxito?" Luis miró fijamente a su sobrino. "¿Sabes cómo es una cárcel mexicana? ¿Has matado a alguien antes?" Luis hizo una pausa y miró a Lalo, que ya sabía la respuesta. "Pues sí". Luis se detuvo un momento, aparentemente tragándose algunos recuerdos especialmente feos.

"Vietnam. No tienes ni idea de lo que es. Quitarle la vida a alguien te cambia para siempre, de una forma que no puedes imaginar". Luis puso la mano en el hombro tembloroso de Lalo. "He perdido a casi toda mi familia. No quiero que arruines tu vida, o peor aún, que la pierdas. Y yo no quiero perderte a ti".

Las lágrimas en los ojos de Tío Luis eran contagiosas, y Lalo lloró con él. Los dos hombres se abrazaron en su duelo mutuo.

Capítulo 3 (Memo)

"Mijo, sólo prométemelo, ¿sí? Es todo lo que pido. No me importa lo que elijas hacer, sólo que no te conviertas en un boxeador profesional".

Guillermo Smith, de diecisiete años, apretó los dientes, se tragó las lágrimas y la frustración, y prometió a su madre moribunda que no lo haría. Había perdido a su padre un año antes en un accidente de coche. Antes de su muerte, Randy Smith siempre había apoyado el boxeo de su hijo. A los dieciséis años, justo después de un año y medio de boxeo, nadie en la categoría de peso del chico quería pelear con él, y su récord ya era de 23-0, 18 por nocaut. Ahora estaba sentado en una silla de metal que había acercado a la cama del hospital donde yacía su madre moribunda, sosteniendo su mano delgada y frágil en la suya. Memo, como le llamaban sus amigos, se estremeció ante el olor a desinfectante y a enfermo que le invadía las fosas nasales, y de repente sintió náuseas.

A los dieciséis años, Memo era un peso semipesado y a menudo tenía que pelear con tipos de veinte años, incluso con pesos pesados, sólo para conseguir un combate amateur, y ya estaba siendo reclutado por los profesionales. Cuando la comunidad local de boxeo se enteró de que la madre de Memo se estaba muriendo de cáncer de cuello de útero, los promotores esperaron literalmente como buitres la oportunidad de hacerse con el que probablemente sería un menor recién emancipado. Ahora sólo le faltaban unos meses para cumplir los dieciocho años.

" Bien, Mijo. Me alegro. Sé que cumplirás tu promesa a mamá".

Tres días después, la madre de Memo murió, y él cumplió su promesa. Tras despedir a todos los promotores, gerentes y otros caballeros de dudosa moral, Memo empezó a buscar trabajo. Tras graduarse en el instituto, se puso a trabajar para el sheriff del condado de Doña Ana, en Las Cruces, Nuevo México, principalmente en pintura y otros tipos de trabajos manuales. El sheriff Lester Sánchez había sido un gran amigo del padre de Memo. Memo suponía que el sheriff le trataba como de la familia porque no tenía un hijo propio. Memo estaba dando los últimos retoques a una de las paredes interiores cuando el sheriff le llamó. Les iba vestido con un polo blanco que apenas cubría su corpulento cuerpo y unos pantalones marrones. Tenía el pelo castaño rojizo y pecas, un rasgo seguramente heredado de algunos antepasados españoles. Era más alto que Memo, unos 1,90 m, y pesaba fácilmente unos 300 kg.

"Memo, hijo, cuando termines con esa pared, ven aquí. Necesito hablar contigo". "De acuerdo".

Pasó la pintura por una grieta para cubrirla, y luego llevó la brocha al grifo para enjuagar el látex.

"Ya está", dijo, acercándose al sheriff. "¿Qué pasa?"

"Cumples dieciocho años dentro de dos días, ¿verdad?". El sheriff Sánchez le miró a través de sus gafas.

"Sí".

"Bueno, estaba pensando. Los lugareños te admiran, especialmente los niños. Siempre has sido una especie de héroe local, ya sabes, del boxeo y demás".

" Sí," dijo Memo. "¿Y?"

"Entonces, estaba pensando que serías un buen ejemplo a seguir para ellos. No te drogas, nunca te has metido en ningún problema serio y te mantienes fiel a tus principios. Creo que serías un buen sheriff.

"Memo lo pensó por un momento. La verdad es que nunca se había planteado ser policía, pero su actual trabajo de ayudante no le satisfacía en absoluto. La oportunidad que le ofrecía el sheriff era una verdadera profesión, algo que habría enorgullecido a su madre y a su padre. Asintió con la cabeza.

El sheriff Sánchez sonrió. "El lunes por la mañana quiero verte en la oficina para que podamos poner en marcha tu papeleo".

Tras el papeleo y el examen físico, Les le inscribió en la academia de policía de Santa Fe. Obviamente, Les había calculado su oferta porque la academia empezó una semana después de su examen físico inicial. Memo supuso que el astuto sheriff probablemente pensó que era mejor para él no tener mucho tiempo para retractarse de su decisión, pero no lo habría hecho. Cuanto más pensaba en ser policía, más le gustaba la idea, no sólo llevar un uniforme y una placa, sino una oportunidad real de ayudar y proteger a la comunidad.

Memo estaba en plena forma, y no tuvo problemas para vencer a todos los demás cadetes en carreras, flexiones, dominadas, abdominales y defensa personal. Incluso la parte de la formación relacionada con los libros, las leyes y la ética, le resultó muy fácil, y terminó como el mejor de la clase. Cuando Memo volvió de la academia de policía, todo el mundo le felicitó, y el sheriff estaba encantado. Su primer día de trabajo, un nervioso Memo se presentó y se reportó al servicio.

"Oye, Memo, ven aquí". El fornido sheriff ordenó a Memo.

Una nueva chica había empezado a trabajar para el departamento del sheriff. "Sí, señor"

"Te presento a mi nueva secretaria. Se llama Rosa".

A medida que pasaban los meses y terminaba su formación OJT, a Memo no le importaba estar en la oficina, pues prefería estar en su coche patrulla, donde estaba la acción. Pero la nueva chica, con sus ojos de aspecto oriental y su delgada cintura, hacía que la redacción de informes fuera una experiencia casi placentera. Memo aprovechaba cualquier oportunidad para coquetear con Rosa y los dos congeniaron desde el principio. Ella siempre era tranquila y aparentemente tímida. Memo era todo lo contrario, siempre bromeaba y era el alma de la fiesta. Después de que Memo cumpliera diecinueve años, invitó a Rosa a salir, salieron durante dos semanas y se casaron en el juzgado, con el sheriff y uno de los amigos de Rosa como testigos.

Ejemplificaban el viejo adagio de los opuestos se atraen, pero tenían una cosa en común: ninguno de los dos tenía padres. Rosa había quedado huérfana con sólo siete años y se había criado con su abuela en El Paso. Cuando cumplió dieciséis años, ingresó en el Job Corps, y a través de esa organización había conseguido un trabajo en el Departamento del Sheriff. A medida que pasaba el tiempo y se acentuaban sus diferencias, Memo se preguntó si se habían casado sólo para poder tener una familia propia y sofocar la soledad que cada uno sentía.

Tras unos meses de matrimonio, Memo y Rosa estaban en la fiesta de cumpleaños de un amigo. Memo se tomó unas cuantas copas; desde luego, no estaba borracho, sino jovial, como era su naturaleza. Agarrando uno de los globos llenos de helio, Memo aspiró el gas y empezó a cantar unas canciones mexicanas muy serias y románticas, lo que fue recibido con las risas y los aplausos aprobatorios de la multitud. Rosa fulminó a Memo con la mirada. Se acercó a él, tirando con fuerza de su brazo. Ella era mucho más baja que él, así que se inclinó para oír lo que ella pensaba susurrar.

"Estás haciendo el ridículo. Vámonos, ahora mismo".

"¿Por qué tenemos que irnos, cariño? No seas así".

"Si no nos vamos ahora mismo, me iré yo sola".

"Tengo las llaves del coche", respondió Memo a Rosa, colgándolas en broma delante de ella.

"Iré caminando". Rosa se dio la vuelta y salió de la fiesta.

Memo intuyó que la felicidad conyugal que apenas había experimentado la pareja ya había llegado a su fin.

A la mañana siguiente, se sentó en la mesa del comedor del sheriff, y la madre de Les se sentó frente a él. Era bajita, de piel clara y tenía el pelo casi completamente blanco. Las arrugas de su rostro se veían acentuadas por los grandes lunares de su barbilla, lo que le daba el clásico aspecto de "bruja". Llevaba un vestido negro de viuda muy sencillo, aunque el padre de Les había fallecido hacía unos veinte años. Memo había estado discutiendo con ella sus problemas matrimoniales mientras esperaba a que el sheriff terminara de cambiar.

"Conozco a este anciano, Memo, y creo que podría ayudarte", le dijo Merlinda.

"Ve el futuro". "Un brujo, ¿eh?". Memo se rió. "¿Cuánto cobra?"

"No, no es así". Merlinda frunció el ceño y miró con inquietud por encima del hombro, asegurándose de que su hijo, que la desaprobaba, no la miraba. "Acepta todo lo que puedas dar, comida, cosas así. Y no es un brujo".

"¿Por qué necesito verle? -le preguntó él, preguntándose por qué parecía tan preocupada por Les-.

"Tiene una magia fuerte, Memo", susurró ella. "Puede ayudarte a encontrar el camino a través de los problemas a los que te enfrentas en tu vida. Se llama Candelario.

Acude a él. Iré contigo si quieres. Ven a verme cuando tengas la oportunidad. Pero no se lo digas a Les; podría enfadarse conmigo".

"Okay."

Cuando terminó el turno de Memo, pasó por a Merlinda, sin saber realmente por qué lo hacía. Pensó que tal vez fuera la curiosidad o la pura desesperación de su situación, pero fuera cual fuera el motivo, sintió que era algo que debía hacer. A pocos kilómetros de Las Cruces, una casa móvil aparentemente abandonada se encontraba sola en una colina al final de un camino de tierra. Mientras su camioneta avanzaba por el camino de grava, él y Merlinda sintieron el movimiento de sacudida en sus huesos. Cuando se detuvieron junto a la caravana, Memo se fijó en una colección de cuervos que observaban desde una valla cercana. Su parloteo le puso los nervios de punta y salió al porche, llamando a la puerta en silencio. Al entrar, Memo se dio cuenta de que no había líneas eléctricas ni telefónicas que llegaran a la caravana.

"Entra". La voz encarnaba la sabiduría, la edad, y algo extrañamente calmante.

Una vez que él y Merlinda estuvieron en el interior de la caravana, Memo sintió paz y tranquilidad a su alrededor, al contrario de los destrozos que eran la realidad del cuarto de estar. El hombre de pelo blanco sentado en una vieja butaca de color verde parecía muy viejo, con profundas arrugas, y Memo apostaba a que, si le preguntaban, el hombre probablemente ni siquiera recordaría cuándo había nacido. Sonrió cuando Memo entró, una sonrisa sorprendentemente juvenil como el amanecer en una fría mañana de invierno, de la que emanaban rayos de calor. Sus ojos casi no tenían color, el pálido lechoso de los completamente ciegos, que recordaba a Memo al monje-maestro de David Carradine en la serie de televisión Kung Fu. Llevaba una camiseta sucia y canosa, manchada de comida y suciedad, y un par de pantalones marrones viejos, como los que se encuentran en la tienda de beneficencia local. No llevaba zapatos, y las uñas de sus pies se enroscaban bajo los dedos. Tras una presentación informal, Candelario comenzó a rezar mientras caminaba alrededor de Memo en forma circular, pues su ceguera no parecía ser un gran impedimento para él. Memo sintió que un escalofrío le recorría la espalda.

"Estás atormentado por un matrimonio terrible; tu esposa es una persona miserable, que no ama a nadie, y te hará miserable". Hizo una pausa, pensativo, y luego continuó: "La dejarás, y un día y conocerás a una mujer mucho más joven. Ella será tu compañera de vida, y serán muy felices juntos".

Las palabras de Candelario calaron hondo en el escepticismo de Memo, aunque se negaría a admitirlo durante mucho tiempo después. ¿Cómo podía el viejo conocer todo su problema sin que Memo dijera nada? Ni siquiera le había hablado al viejo de su matrimonio, y mucho menos de los problemas que tenía.

"¿Qué le debo, señor?"

"Todo lo que puedas dar sin apuros. Pero no dinero".

Como Memo no había traído nada, le dijo a Candelario que volvería con comida más tarde. Después de dejar a la madre del sheriff, se detuvo en la tienda de comestibles local y tomó algo de comida. Cuando volvió a aparecer en la caravana, el viejo sonrió y asintió. A Memo no le gustaba deberle nada a nadie, así que hasta que volvió con algunas frutas y pan dulce mexicano, no se sintió bien. No podía explicarse cómo el hombre sabía tanto sobre el problema de Memo;

obviamente no había hablado con Merlinda, sin teléfono y sin transporte, ¿cómo iba a hacerlo?

"Me alegro de que hayas vuelto, joven. Había algunas cosas que no quería contarte delante de Merlinda. Cosas que ella no necesita saber".

"¿Como qué?" Memo volvió a sentir los escalofríos que había experimentado durante su primera "lectura": "Todo el mundo tiene un destino que cumplir. Lo que la gente no entiende es que hay muchas maneras de completar el mismo destino. Memo se rió en voz baja, porque le costaba creerlo.

Ya no, ahora que ha dejado el boxeo y se ha convertido en policía.

"Oigo la falta de fe, y lo entiendo. La juventud es a la vez un don precioso y una terrible maldición. Como jóvenes, tenemos la capacidad y la energía para hacer grandes cosas, pero nos falta la madurez y la concentración y muchos nunca alcanzan su potencial. Una vez que tenemos la madurez, nos falta energía y tiempo para hacer esas cosas, y perdemos mucho tiempo tratando de recuperar nuestra juventud. Hijo, tú no eres así. Tu futuro está lleno de muchas oportunidades y un día tendrás mucho poder. Recuerda siempre tratar a la gente con justicia, con respeto y devolver a la comunidad. Será tu salvación..."

Capítulo 4

Patrullar en las afueras del condado de Doña Ana era, sin duda, la zona favorita de Memo para trabajar. En los caminos de las afueras siempre había fiestas de gánsteres, trapicheos de drogas de la mafia local y todo tipo de actividades sexuales. La mayoría de los demás ayudantes se quedaban cerca de Las Cruces, la principal ciudad del condado, con unos 70.000 habitantes. El departamento de policía local se encargaba de las llamadas al 911 y de patrullar la ciudad, y en realidad estaba bastante ocupado, por lo que Memo no veía ninguna necesidad de andar por allí también. Otros se centraban más en la seguridad de los agentes y tener refuerzos cerca era importante para ellos. Para Memo, la euforia de estar solo en una parada de tráfico potencialmente peligrosa superaba los riesgos.

La carretera 70 era muy transitada, pero no tanto como la interestatal 25. Como la I-25 solía estar cubierta por la Patrulla de Carreteras del Estado, Memo tenía por norma utilizar la autopista 70 en su camino de ciudad en ciudad. En los últimos años, había detenido a muchos en esa carretera, desde casos de conducción bajo los efectos del alcohol hasta cargos por drogas y órdenes de detención por delitos graves. Bajó la ventanilla de su coche y asomó la cabeza para contemplar el cielo sin nubes. Las estrellas eran tan brillantes como nunca las había visto, con menos de un cuarto de luna para iluminar la carretera ante él. Mientras estaba sentado en el arcén de la carretera, como un halcón que espera que pase su presa, Memo vio un Ford Bronco azul con un faro apagado. Llamando a la matrícula por la radio, Memo golpeó los faros para alertar al conductor de que se detuviera. Al salir de su coche patrulla, Memo tuvo cuidado de observar cualquier movimiento repentino o actividad sospechosa de cualquier tipo. El conductor era mexicano, y Memo le habló en español.

"Buenas tardes. ¿Puedo ver su licencia y registro?" Su aliento se convirtió en vapor, mientras hablaba.

"Bueno, señor, verá, parece que perdí mi documentación", dijo el delgado conductor, de unos veinte años. Estaba obviamente nervioso, su voz se quebraba al hablar.

Memo utilizó su linterna para ver el resto del interior. Apenas se veían las zapatillas sucias detrás del asiento trasero, y Memo vio que una se movía, muy ligeramente. El Bronco era un viejo modelo de 1984, de dos puertas, con mucho espacio en la parte trasera.

"Bien, veo a todos ustedes allá atrás. Necesito que cada uno me muestre sus manos. Sin movimientos bruscos".

A medida que aparecían los juegos de manos, par a par, Memo se dio cuenta de que probablemente había una docena de personas retenidas en la parte trasera del Ford. Memo hizo salir a todos y registró el vehículo. Nadie parecía transportar drogas con ellos, así que a Memo no le importaba realmente detenerlos. Otros agentes llamaban a la Patrulla Fronteriza para que recogiera a todos los ilegales que encontraban, pero Memo no se atrevía a hacerlo.

"¿Quién está al mando aquí?"

Nadie respondió. Memo les dirigió una mirada severa.

"Nadie está a cargo, oficial. Todos juntamos nuestros ahorros y compramos esta camioneta y yo conducía, pero nos hemos ido turnando".

"Puedes contarle a otro esa historia, porque no me la creo. Uno de ustedes es el Coyote, y lo sé. Sin embargo, no te voy a arrestar. Tienes un faro apagado. Puede que te paren de nuevo por el camino, y probablemente no serán tan amables como yo. Buena suerte". Memo caminó hacia su coche patrulla.

El joven caminó hacia él. "¿Nos estás dejando ir?"

"Ese era mi plan, pero aún puedo llamar a La Migra si quieres".

"¡No, señor! Gracias".

"Por cierto, es posible que quieras encontrar un lugar para estacionar hasta la luz del día. A menos que tengas un faro de repuesto, que dudo que lo tengas".

Memo los dejó a su suerte. Una cosa era no entregarlos, pero no iba a ayudarles más de lo que lo hizo. Unos treinta minutos después, Memo detuvo un Caprice gris que conducía a 50 kilómetros por debajo del límite de velocidad. Un mexicano con sobrepeso conducía y le preguntó a Memo en español qué había hecho mal, su aliento apestaba a licor.

"Señor, salga del vehículo".

El hombre salió a trompicones, tropezando y cayendo una vez que hubo salido del coche. Otra unidad se acercó por detrás del coche de Memo, y un comisario regordete de unos cincuenta años se acercó riendo.

"Parece que tienes otro DUI, Memo. Buen trabajo".

"Gracias Gilberto. ¿Crees que deberíamos hacerle algunas pruebas?"

"Claro. Será divertido".

Después de que Memo le explicara al hombre cómo caminar en línea recta, contando en voz alta sus diez pasos y haciendo un giro de 180 grados, el hombre le pidió que se lo volviera a explicar. Como seguía sin entender, el hombre empezó a caminar, no de puntillas como se le había explicado, y siguió caminando, mucho después de haber dado sus diez pasos.

"¡Trece! ¡Catorce! Quince!", gritaba el hombre tras cada paso, cada número más alto que el anterior. El borracho parecía marchar cómicamente, casi con paso de ganso.

"La última prueba es que ponga las manos hacia atrás, separadas, con los pulgares hacia arriba e inclinándose ligeramente hacia delante. Memo le colocó hábilmente las esposas antes de que el borracho tuviera la oportunidad de reaccionar.

El otro ayudante se rió: "Nunca me canso de ese truco".

Después de que Memo lo colocara en la parte trasera del coche patrulla, hizo un inventario del vehículo del hombre ebrio y llamó a una grúa.

En la oficina del sheriff, el arrestado intoxicado consintió en una prueba de alcoholemia, dando un 0,21, muy por encima del límite de 0,1 establecido por la ley estatal. Memo sonrió, sabiendo que era un buen arresto que nunca llegaría a los tribunales. Cualquier abogado defensor de oficio le diría a este hombre que se declarara culpable.

Jack Newsome, un subcomisario recién nombrado, detuvo a Memo cuando salía de la oficina.

"Memo, quiero hablar contigo de algo". Memo sintió un escalofrío por su columna vertebral, preguntándose por qué estaba en problemas.

"¿Sí, señor?" Memo se sorprendió de ver al subcomisario allí tan tarde.

"Tengo entendido que hace unos años eras un gran boxeador".

"Tuve mis momentos".

"Escuché que fuiste mucho más que eso".

"Bueno, ya no. Ahora soy policía. Les y yo estuvimos hablando y nos gustaría que consideraras ir a las Olimpiadas Internacionales de Policía que se celebran en Canadá el año que viene. Estaría bien poner a Las Cruces en el mapa, ya sabes, y además..."

"También están las próximas elecciones a sheriff", interrumpió Memo. ¿Qué dices?"

"Tendré que pensarlo. Te lo digo mañana".

Memo lo pensó durante todo el camino a casa. Echaba de menos la emoción de la competencia, el entrenamiento y todo lo que implica el boxeo. Y esto seguía siendo una competencia amateur, así que no estaría rompiendo su promesa. Cuando llegó a casa, encontró, y no para su sorpresa, a Rosa furiosa con él.

"¿Dónde estabas? Llamé a la cárcel y me dijeron que te habías ido hace horas. ¿Con quién estabas? ¿Me estás engañando?"

"Whoa, relájate, ¿quieres? Estuve en la cárcel hace una hora, así que dudo mucho que los carceleros te dijeran 'hace horas'. Después de procesar a un borracho, Jack quería..."

"¿Jack?" Rosa interrumpió. "¿Qué iba a hacer Jack allí tan tarde? ¿Por qué mientes?"

"¡Maldita sea, Rosa, estoy intentando explicarlo!"

Todos los días, Memo era interrogado por su mujer, y no podía más. "Mira, me voy a la cama. Déjeme en paz. Tengo que ir al juzgado por la mañana".

Sin saberlo, Rosa había ayudado a Memo a decidirse por el boxeo. Cuanto más tiempo pudiera pasar fuera de casa, mejor.

Unas semanas más tarde, mientras patrullaba la Interestatal 25, la autopista que une El Paso con Albuquerque, Memo vio un Buick azul de 1987 con matrícula de

Colorado. Después de pasar junto al coche patrulla de Memo, el conductor, un varón caucásico, dio una vuelta de campana y tomó la siguiente salida de la autopista hacia una zona de granjas por la que transitaban pocos forasteros. Memo le siguió, buscando una infracción de tráfico. Inexplicablemente, el hombre se detuvo en el arcén, con las luces de emergencia encendidas.

Memo se detuvo detrás del coche estacionado. Encendió las luces de su coche y llamó para indicar su ubicación y el motivo por el que abandonaba su unidad. Al acercarse al Buick, observó que el hombre se movía nerviosamente al volante y se subió las gafas de sol por la nariz, y se inclinó para hablar con el conductor. "¿Cuál parece ser el problema, señor?"

"N-n-nada, señor, sólo me cansé, eso es todo".

El hombre, de complexión robusta, estaba sudando, con el pelo largo y la barba rizada humedecidos por la humedad. Con un overol de agricultor y sandalias, parecía un hippie cruzado con el granjero John.

"¿De dónde vienes?" Memo comenzó las técnicas de entrevista aprendidas en la clase de la semana pasada, notando el olor a hierbas de la marihuana que se filtraba por la ventana del coche.

"Sólo regreso de visitar a mi hija en Phoenix, oficial", respondió el conductor.

Memo sonrió. "Espero que haya tenido una buena visita.

El hombre frunció el ceño y respondió: "Sólo un día".

"Sólo un día". "Una visita rápida. ¿Y a dónde se dirige ahora?"

"A Colorado Springs. Sólo me detuve para descansar un minuto, tal vez para salir y dar un paseo". El hombre puso la mano en la puerta, como si fuera a abrirla.

Memo detuvo su movimiento. "Por favor, quédese en el coche por ahora, señor".

Algo en la historia del hombre inquietó a Memo, así que entabló un poco más de conversación y finalmente le pidió al hombre que saliera del coche.

" ¿Hice algo mal, oficial?"

"No", le tranquilizó Memo. "Sólo quiero asegurarme de que está despierto y preparado para volver a conducir. ¿Así que ha conducido desde Colorado Springs hasta Phoenix sólo para una visita de un día?

Asintió con la cabeza.

"¿Cuántos años tiene su hija?"

"Tiene veinte años. Acaba de cumplir veinte años. Fui para su cumpleaños". El granjero Hippie John parecía ahora satisfecho con su respuesta y la preocupación desapareció.

"Señor, ¿son doce horas de viaje? ¿Por qué tan rápido?"

"Bueno, eh, tenía que volver al trabajo". "

Es razonable. ¿A qué te dedicas?" El hombre parecía preocupado de nuevo.

"Trabajo en una tienda de comestibles".

"Oye, ¿cuál es el cumpleaños de tu hija?"

El hombre parecía un niño al que acaban de pillar metido en un tarro de galletas. Se puso rojo y Memo casi pudo verle intentando calcular cuál era el cumpleaños de su hija ficticia. Memo ya había hecho los cálculos, antes de que él mismo formulara la pregunta, y cuando el hombre dio su respuesta, ésta era errónea.

"Señor, ¿le importa que mire en su coche?"

"¿Qué?" La cara del hombre se quedó sin color. "¿Registrar mi coche?"

"Bueno, esa no era realmente mi intención, pero ahora que lo menciona, un registro superficial estaría bien", dijo Memo con una sonrisa.

"Memo sacó su bloc de notas y extendió uno de los formularios de consentimiento para el registro que tenía a mano para que el conductor lo firmara.

Si cabe, el hombre palideció aún más, pero firmó sin protestar:

"Gracias, señor". Le devolvió la copia al carbón. "¿Podría abrir el maletero y apartarse a un lado del coche para esperarme?"

Después de que el conductor abriera el maletero y se dirigiera a la parte delantera de su coche, Memo levantó el maletero. Sorprendentemente, la marihuana estaba a la vista en una gran bolsa de plástico, como si se tratara de alimentos recién comprados en la tienda. En una maleta de lona, Memo encontró otro paquete más pequeño, probablemente el alijo personal del conductor. Cuando se pesó más tarde, la carga total de marihuana ascendió a 42 libras: 38 para la venta y otras cuatro para el conductor. Era una cantidad decente para su primera redada de drogas en la carretera.

Después de unas semanas de peleas con Rosa, de un intenso entrenamiento en el gimnasio de boxeo y de unos días de patrulla sin incidentes, Memo se subió a un avión con destino a Canadá. Las Olimpiadas Internacionales de Policía de Quebec fueron un borrón para Memo. Las noches las pasó de fiesta, y los días los pasó luchando, dos cosas que disfrutaba enormemente. Les y Memo eran los únicos del departamento que podían ir, así que compartieron el hotel.

"Maldita sea, Memo, ¿cómo diablos lo haces? Quiero decir, lo veo, pero no puedo creer a mis propios ojos. Bebes hasta las cuatro o cinco de la mañana en los clubes de striptease, y sólo Dios sabe qué más, y luego vas y le das una paliza a cualquier oponente que te pongan."

"Siempre he tenido suerte con el boxeo, Les".

"Más que eso. Tienes un talento natural".

"No importa. Esta es la última vez que boxeo en mucho tiempo".

Memo le había contado a Les hace años la promesa que le hizo a su madre, y se alegró de que Les no eligiera sacar el tema ahora. Memo terminó de atarse los zapatos de boxeo y la sudadera. En esta esquina, desde El Paso, Texas, Eduardo Torres, oficial de narcóticos del Departamento de Policía de El Paso.

Y en la otra esquina, aunque en este momento, dudo que haya alguna razón para presentarlo, Guillermo Smith, del Departamento del Sheriff de Doña Ana, Nuevo México".

Cuando sonó la campana, el oponente de Memo lanzó unos cuantos golpes y se movió lateralmente fuera del alcance de Memo.

El policía de El Paso, unos cinco centímetros más alto que Memo y con un alcance ligeramente mayor, estaba obviamente en gran forma. Se movió rápidamente hacia dentro y hacia fuera, golpeando a Memo con una rápida ráfaga. Sintiendo cada pedacito del alcohol que había bebido la noche anterior y su falta de acondicionamiento, Memo se estaba ralentizando. Su oponente, obviamente, vio que Memo se estaba cansando y se acercó más a menudo, balanceándose y tejiendo, haciendo que Memo fallara con su poderoso gancho.

Les actuó como el hombre de la esquina de Memo, sacudiendo la cabeza mientras Memo prácticamente caía en el taburete del ring. "No estás en buena forma, Memo".

"Sí, me doy cuenta de eso. Me gana por puntos, y si mantiene esta velocidad, mantendrá esa ventaja".

"¿Qué vas a hacer?"

"Sabe que puedo golpear, así que tiene cuidado. Voy a hacer que confíe en que puede vencerme. Puede que le lleve todo el próximo round, pero te garantizo que al final pensará que me ganó".

" De acuerdo, si tú lo dices. Esperemos que no te gane de verdad...

"Respirando con dificultad, Memo sentía cada uno de los golpes que le lanzaba su homólogo. No era sólo que el tipo pegara fuerte; Memo estaba muy fuera de forma, y el castigo le estaba cansando. Sonó la campana, y Memo sabía que si no noqueaba a este tipo, perdería.

"Les, toma la toalla y sostenla en tus manos. No me importa la cantidad de sangre que veas, o lo mal que parezca, sólo sostenla, y actúa como si estuvieras a punto de tirarla".

Les sonrió, comprendiendo. "Lo tienes".

Cuando Memo salió de su esquina para el tercer round, mantuvo la guardia baja a propósito, por debajo de la barbilla, y se movió muy lentamente. Una ligera sonrisa apareció en el rostro de su oponente, y Memo supo que había caído en la trampa. En cuanto sonó la campana, el policía de El Paso salió con todo lo que tenía, forzando a Memo contra las cuerdas. Memo recibió varios golpes en la cabeza, y la sangre corrió por todas partes. El público rugía, pero Memo apenas podía oírlo. Cuando el árbitro intervino para detener el combate, Memo soltó todos los ganchos y golpes que tenía. Y no se detuvo hasta que vio a su oponente en el suelo del ring, con el cuerpo inerte.

El público se puso en pie. El gimnasio se llenó de aplausos, vítores y gritos de pasión. Había sido el mejor combate que muchos de ellos habían visto y que probablemente nunca verían. Dos guerreros aztecas habían luchado por sus vidas.

Les y Memo volvieron a casa, la medalla de oro de Memo ayudó a Les a ganar la elección. Por qué la gente votaba por cualquier otra razón que no fuera la de poner a la persona adecuada en el cargo parecía un misterio para Memo, pero, no obstante, estaba contento con los resultados. A Rosa no parecía importarle ni la medalla de oro ni la elección.

"¿Ya estás contento?" Rosa le preguntó a Memo, mientras se dormía.

"Eh?"

"¿Feliz de haber ganado tu estúpido torneo? ¿Contento de haberte alejado de mí? ¿Te acostaste con muchas mujeres canadienses?"

"Ay, Rosa, déjame dormir un poco, ¿quieres? Tengo que trabajar por la mañana".

En realidad, había estado con algunas chicas canadienses, y aunque se sentía mal por haberla engañado, su actitud casi parecía justificar lo que había hecho.

"Claro". Se dirigió a la sala de estar de su casa móvil, y Memo finalmente se durmió, aunque de forma problemática y difícil.

Memo se encontraba frente a un cuarto, algo así como un almacén vacío, con mucha gente observando. Un hombre sudoroso, que literalmente temblaba de miedo, estaba de pie frente a él. Las gotas de su sudor golpeando el suelo de cemento eran el único sonido de la sala, un sonido exagerado, como el que harían las enormes gotas de lluvia desde el interior de un coche al golpear el techo. La pistola que llevaba Memo parecía tener mente propia, y éste, impotente ante la voluntad del arma, la levantó y apuntó a la cabeza del hombre. Con un miedo terrible que provenía de lo más profundo de su alma, mientras el hombre suplicaba por su vida, Memo apretó el gatillo, el arma insensible a los gritos de piedad del hombre.

Memo se despertó sobresaltado, con un mal presentimiento en las tripas. Sin embargo, la sensación persistió durante todo el desayuno y el viaje al trabajo.

Mientras Memo entraba en la zona de estacionamiento del Departamento del Sheriff, una unidad de la patrulla fronteriza sin marcas se alejó. Cuando entró en la oficina, la nueva secretaria se miró los pies, evitando sus ojos. La habían contratado después de que Rosa renunciara, algo en lo que Memo tuvo que insistir debido a los ataques de celos que tenía a menudo, incluso en el trabajo.

"¿Qué pasa, Janet? Pareciera que tu mejor amigo acaba de morir".

"No Memo, no pasa nada. Les necesita verte".

"De acuerdo". Memo se preguntó por qué había dicho " necesita" en lugar de quiere. Llamó a la puerta del sheriff y esperó. "Pasa". Memo entró en el despacho y se colocó en una silla frente al escritorio de Les.

"Hola Les. ¿Querías verme?"

"Memo, siéntate. Tenemos que hablar".

Memo sintió un calor que le recorría todo el cuerpo. ¿Qué pasa?"

"La patrulla fronteriza estuvo aquí. Llevan un año investigándote".

"¿Yo? ¿Qué hice?" Memo sintió que el calor le subía por el cuerpo hasta la cara, tiñendo sus orejas de un color rojizo.

"Es más bien lo que no hiciste. Les dije que no había forma de que estuvieras ayudando entrar a mojados".

"Sabes que no haría eso".

"Lo sé, hijo, pero no puedes parar un vehículo con un montón de ilegales y no hacer nada al respecto. Somos agentes de la ley, por el amor de Dios".

"Les, soy un policía, no un agente de la patrulla fronteriza. Nunca querría ese trabajo. ¿Cómo puedes culpar a la gente que quiere trabajar por una vida mejor para ellos y sus familias? Mi madre cruzó ella misma ilegalmente. ¿Qué demonios esperas que haga?"

"Maldita sea, hijo. Esto va a ser un gran problema. La patrulla fronteriza tiene mucho peso por aquí".

"No, esto no será un problema, Les. Renunciaré. Eres un buen amigo para mí, y no necesitas esta mierda por mi culpa".

"Mira, Memo, eres mi mejor oficial y también mi amigo. ¿Por qué no lo piensas durante unos días? No sé cómo, pero de alguna manera, nos ocuparemos de esto. Puede que tenga que suspenderte por un tiempo. Tengo otra reunión con ellos el martes en cuanto a sus sugerencias de acciones disciplinarias, esos bastardos exigentes".

"Muy bien, esperaré a ver qué quieren hacer".

Durante toda la tarde de patrulla, Memo repitió los acontecimientos del día anterior a través del ojo de su mente. Entre la paranoia constante de Rosa y ahora esto, parecía que ya no habría lugar para que se sintiera relajado. Al menos, cuando no tenía problemas en el trabajo, podía olvidarse temporalmente de los que tenía en casa. La tarde se convirtió en noche, y a Memo le pidieron por la radio del coche que cubriera parte del turno de noche. La mujer de uno de los otros ayudantes estaba de parto. Memo respondió con un "10-4".

Memo respondió a una llamada de socorro de un agente encubierto en Anthony, N.M., el pueblo que limitaba con Texas pero que seguía formando parte del condado de Doña Ana. Cuando vio al joven demacrado de pie fuera de la casa móvil, lo reconoció inmediatamente de su pelea en Canadá. El narco de El Paso iba vestido con una camisa negra de algodón, wranglers negros y botas negras. Sin embargo, Memo no le dijo nada sobre la pelea, ya que no era el lugar ni el momento adecuados. Sin duda, el tipo era un tipo duro, decidió Memo. Se había encargado de dos traficantes él solo.

"¿Todo en orden? ¿Necesitas ayuda?" preguntó Memo al otro hombre, queriendo asegurarse de que todo estaba seguro y en orden. Memo le había preguntado en español porque le gustaba que la gente que no le conocía supiera que era mexicano; su tez clara y su apellido no ayudaban precisamente a ello, pero su impecable español sí.

"Sí. La policía estatal está en camino para encargarse de la investigación. Puedes irte".

Obviamente, al policía de El Paso no le entusiasmaba la idea de volver a ver a Memo:

"Cuando aparezcan, me iré".

Los dos hombres se quedaron en silencio esperando a la policía estatal, con la falta de conversación como un muro de acero entre ellos. Ambos parecían aliviados cuando la unidad de la policía estatal llegó por fin. Memo se marchó sin decir una palabra.

Los días que siguieron a la próxima reunión del sheriff con el jefe de la patrulla fronteriza de la región parecieron más bien semanas, cada minuto era una eternidad llena de tensión.

Con todo el fin de semana para reflexionar sobre la situación, Memo tomó una difícil decisión.

"No, Les, ya sabes cómo es la BP. No se conformarán con una simple suspensión. Arruinarán cualquier oportunidad que tengas de ser reelegido si me proteges. Renunciaré; es lo mejor que puedo hacer. Sinceramente, me vendría bien un cambio de aires. Rosa también me está volviendo loco".

Les asintió comprensivamente.

"¿Seguro que quieres hacerlo?".
"Sí. Me ocuparé de ello. Sé cuándo es el momento de seguir adelante. Sin embargo, ¿podrías hacerme sólo un favor? ¿Puedes pagarme un mes? Sólo para que me mantenga mientras busco trabajo".

Los ojos de Les estaban llorosos. "Por supuesto, puedo hacerlo. Te vamos a echar de menos".

Capítulo 5

"Después de que asesinaran a mis primos, perdí todo el interés por la escuela, el boxeo, incluso por Manuela".

Lalo se detuvo y miró a la psiquiatra de la policía, Donna Thorne. Tenía unos treinta años, y él nunca había entendido cómo una mujer podía ser "guapa" hasta que la conoció. Vestía de forma conservadora; llevaba un traje gris que acentuaba sus curvas lo suficiente como para mostrar que las tenía, pero no tanto como para resultar provocativa. Llevaba el pelo rubio castaño corto y se maquillaba con moderación. Al notar que Lalo la miraba fijamente, se sonrojó ligeramente y bajó la vista a sus apuntes.

" ¿Han arrestado a los asesinos?" Preguntó Donna.

"No, no puedo decir que lo fueran. Eso también me molestó". Lalo recordó la noche en que su tío le impidió intentar matar a un tipo llamado Chito. También recordaba que noche tras noche sufría un sueño recurrente, reviviendo los asesinatos de sus primos. La justicia no parecía existir en la vida de Lalo. Nunca conoció a su padre, su madre era una drogadicta que había perdido todo el amor por cualquier cosa que no la drogara, y la única familia real que había conocido había sido destruida. Con el corazón roto y desilusionado con todo el estilo de vida del "cholo", había querido alejarse lo más posible de El Paso, y de su vida.

"Me uní a los Marines. Volví a boxear en los nacionales, esta vez para los militares. Gané todo el camino hasta las pruebas olímpicas".

"Vaya, ¿entraste en el equipo?"

"No. Renuncié a ese sueño. Hice entrenamiento cruzado con los Marines Recon. Era lo más difícil del Cuerpo. Y necesitaba el desafío. No tenía tiempo para pensar, para recordar. Siempre dormí como un bebé".

"En otras palabras, escapaste de tu dolor sumergiéndote en el entrenamiento. ¿Supongo que también tuviste pesadillas?"

"Sí, como dije, hasta el Recon. No había lugar para ellas. Al final del día, estaba demasiado agotado para soñar"

"En realidad, Lalo, siempre soñamos. Es como cuando usas programas para archivar o deshacerte de lo que no necesitas o usas en el disco duro de tu ordenador"

Lalo se burló.

"Sí... lo que sea. No soy muy aficionado a las computadoras". Recordó haber salido del ejército. No tenía ni idea de lo que iba a hacer para ganarse la vida. Había solicitado varios puestos de trabajo, incluyendo la policía de El Paso. Como veterano de la Tormenta del Desierto, era un candidato fácil, y sólo después de ser aceptado se dio cuenta de que nunca había querido ser policía. De niño, la única profesión con la que había soñado era convertirse en Batman o Spiderman. Pero no tenía millones de dólares para comprar equipo especial de lucha contra el crimen, y no le había picado una araña radiactiva, así que el trabajo de policía parecía una alternativa lógica.

Había trabajado en las calles de El Paso durante un año y medio, convirtiéndose rápidamente en uno de los agentes con mayor número de detenciones al mes. Su historial llamó la atención, y el sargento Jackson de la división de narcóticos, uno de los pocos agentes negros del EPPD, se dirigió a Lalo para que trabajara como agente encubierto. Lalo se ajustaba al perfil, físicamente delgado y enjuto, un rasgo típico de muchos de los consumidores de heroína y cocaína.

Lalo realizaba las compras con facilidad y con pocos enfrentamientos. Una compra era una sustancia ilegal adquirida por el agente encubierto con fondos que se le proporcionaban específicamente para ese fin. Todas las "compras" tenían que ser documentadas. Había que informar de la hora, el lugar, la ropa del sospechoso e incluso las condiciones meteorológicas. Lalo identificaba los nombres reales de los sospechosos memorizando las matrículas y las direcciones, o simplemente entrometiéndose en sus casas cuando tenía la oportunidad. A veces contaba con refuerzos para las compras más grandes, grabando en secreto sus contactos mediante el uso de bípers o cables falsos. La mayor parte del tiempo estaba solo.

Pasó mucho tiempo conociendo a gente y estableciendo posibles contactos para la compra de drogas en los bares locales, mezclándose, jugando al billar y bebiendo. Disfrutaba de la ironía de tener un trabajo que le daba todo el dinero para beber que necesitaría y le pagaba por ir a gastarlo. Fue una de esas compras de primera vez que terminó con Lalo en un asiento hablando con un psiquiatra, lo cual es obligatorio después de cualquier tiroteo con participación de un oficial. Mientras narraba al psiquiatra lo sucedido, su mente se transportó al pasado, su memoria nítida y clara como una película que se reproduce ante los ojos de su mente.

Mientras jugaba al billar en un bar local llamado Kumbala's, se metió en una partida amistosa con un par de probables sospechosos -Raúl y David- con los que se había encontrado dos veces antes, pero sin ninguna interacción real. Raúl medía alrededor de 1,70 metros y tenía el pelo corto y oscuro. David le sacaba al menos 10 centímetros a Raúl, con el pelo largo y negro y un aire de motociclista.

Raúl y David observaron a Lalo jugar antes de hacer su jugada. "¿Te gusta la fiesta, hermano?"

"Simón", contestó Lalo, moviéndose alrededor de la mesa para alinear otro tiro.

"¿Te agrada la soda?" David sonrió, mirando por encima de su hombro mientras susurraba la palabra en argot para referirse a la cocaína.

"¿A los mexicanos les gustan las tortillas y los frijoles?" dijo Lalo, mirando hacia arriba. Hubiera dicho que sí a cualquier cosa que le dijeran. Era casi medianoche y quería hacer una compra. Ya había determinado que Raúl y David eran simples usuarios, pero los utilizaría para llegar a su fuente, de su fuente a la siguiente, y seguir las fuentes hasta el hombre principal. Ambos sonrieron ante su broma, entendiéndolo perfectamente.

"Danos diez minutos, hermano, y volveremos con la onza". Raúl sonrió, mostrando unos dientes rotos y amarillentos. Se contaba que uno de los otros hombres del bar había apostado a Raúl que no podía masticar una botella de cerveza. Al parecer, había ganado mucho dinero demostrando que podía.

"Órale. Si no vuelves, te buscaré", dijo Lalo, dando una palmada en el hombro del otro hombre con forzado buen humor.

"¿Qué pues? No te preocupes".

Cuando los hombres se fueron, Lalo se asomó a la ventana del bar para memorizar la matrícula de su camioneta. No se fiaba de ellos. Confiar en cualquier yonqui era una estupidez.

Esperó, dando vueltas al número de licencia en su mente para no olvidarlo. Miró varias veces por la ventana, pero siguió jugando al billar para no parecer sospechoso.

Después de haber esperado veinte minutos, el camarero gritó " última llamada", indicando que el bar estaba a punto de cerrar. Lalo se dio cuenta de que la pareja le había "quemado" y no tenía intención de volver. Lalo les había dado la mitad del dinero por adelantado -algo que nunca hizo en la primera compra-, pero el exceso de confianza le hizo tomar una decisión precipitada. Ahora, el único recurso era perseguir a la pareja y recuperar el dinero. Si no lo hacía, todos los habitantes de la pequeña ciudad en la que trabajaba se enterarían y la gente pensaría que era un policía o un idiota; cualquiera de esas opciones era inaceptable y peligrosa. Tuvo que actuar como si fuera un tipo normal que había sido estafado.

Como los dos idiotas habían descrito amablemente la zona en la que vivían, Lalo sabía que podría encontrarlos.

En el centro del desierto, a unos quince minutos al norte de El Paso, se encontraba la pequeña ciudad de Anthony. Estaba dividido en dos partes, una en el lado texano de la frontera y la otra en el lado de Nuevo México. Como habían dicho algo sobre que las leyes de Nuevo México eran más laxas que las de Texas, Lalo supuso que vivían en la parte de Nuevo México. Después de una hora de búsqueda, encontró su camioneta estacionada frente a una casa móvil justo al lado de un camino de tierra llamado Montana Vista. Lalo tenía jurisdicción en Nuevo México como ayudante del sheriff, ya que los agentes fronterizos solían prestar juramento a ambos lados de la línea.

Al detenerse cerca de la puerta principal, Lalo se paró y escuchó por un momento, esforzándose por oír. Las dos voces que se oían dentro parecían las de los dos hombres del bar, y parecían estar pasándoselo bien. Colocando su Smith and Wesson del calibre 380 en la cintura, llamó a la puerta y esperó.

Un largo momento de silencio, y entonces Raúl gritó: "¿Quién carajo es?"

"Lalo".

"Mierda". Lalo oyó murmullos y el raspado de las sillas, y puso una mano en la empuñadura de su arma, esperando que alguien le dejara entrar.

Raúl abrió la puerta, y Lalo irrumpió, tratando de mantenerlos desprevenidos con sus acciones.

"¿Dónde está Twiddle Dumb, cabrón?" dijo Lalo.

Sorprendido, Raúl dijo: "¿Qué...?", deteniéndose a mitad de la frase cuando vio la pistola. Inmediatamente, su tono cambió.

"Está consiguiendo la coca, hermano. Cálmate". Raúl extendió sus manos vacías lejos de su cuerpo, con la mirada recelosa. "Íbamos a buscarte después de que volviera".

"Trataron de verme la cara, carajo", gruñó Lalo, todavía enojado porque habían tratado de hacer algo con él. "El bar está cerrado, y la camioneta está justo afuera. ¿Me estás diciendo que no está aquí?"

Lalo agarró a Raúl por el cuello de la camiseta y lo arrastró hacia la habitación individual de la caravana, haciéndole un gesto con el arma para que abriera la puerta cerrada. Mientras lo hacía, Lalo colocó su mano libre en la parte baja de la espalda de Raúl y lo empujó. Si David estaba esperando para tenderle una emboscada, Raúl recibiría el primer golpe. Sin embargo, no ocurrió nada, y Raúl encendió la luz.

"Ya ves, vato, aquí no hay nadie". Indicó la habitación vacía y la puerta del baño abierta para demostrar que estaba vacía.

Lalo echó un rápido vistazo a su alrededor y entró en el baño, pasando cautelosamente por delante de Raúl para comprobar la cabina de ducha. Nada. Con la pistola preparada, volvió a barrer la habitación y se inclinó ligeramente para mirar debajo de la cama. Al hacerlo, se dio cuenta de que la cama tenía un montón de mantas inusualmente amontonadas.

Lalo apuntó con la pistola a la cama y gritó: "¡Levántate, cabrón, sé que estás en la cama!

"El montículo cobró vida, haciendo brotar una escopeta del calibre 12. Cuando David dirigió el cañón hacia el pecho de Lalo, éste le vació cuatro balas en el centro. Gritando, Raúl agarró una botella de cerveza vacía y se abalanzó sobre

Lalo, escupiendo maldiciones. Lalo utilizó la culata de su 380 para derribar al hombre más bajo y dejarlo en el suelo. Se acercó y tomó la escopeta de las manos de David, ignorando los sonidos bajos que salían del pecho destrozado del hombre mientras moría.

Sacó su teléfono móvil y llamó a su supervisor.

Tras la breve explicación de Lalo, el sargento Jackson se limitó a decir: "Oh, mierda".

"¿Qué quieres que haga?" preguntó Lalo tras varios segundos de silencio. Miró a Raúl. Seguía inconsciente

. La voz de Jackson se oyó en la línea. "¿Tienes tu placa a mano?"

"Sí, señor", respondió Lalo, palmeando el bolsillo de sus vaqueros en busca de su cartera de cuero.

"Bueno, prepárala y no te muevas. Llamaré a una ambulancia y al condado".

Casi como una idea tardía, Jackson añadió: "¿Estás bien?"

"Sí", dijo Lalo secamente. Colgó y salió del dormitorio al salón, abriendo la puerta principal para esperar los refuerzos. No perdió de vista a Raúl, que sólo se removió brevemente cuando sonó la primera sirena diez minutos después.

Apareció el primer uniformado, un joven ayudante del sheriff del condado de Doña Ana. La tez clara del hombre y su apellido Smith no le sonaban de nada, y enseguida se dirigió a Lalo en español. El español de Lalo estaba bien, pero este tipo no tenía ningún acento. Mientras hablaban, Lalo se dio cuenta de que había boxeado contra él unas cuantas veces y había perdido. Según recordaba, el diputado tenía una pegada como la de una mula. Su orgullo aún estaba herido por el torneo, así que decidió que no necesitaba hablar con el comisario y le hizo un gesto para que se fuera.

De pie en el camino de entrada, mientras veía a los agentes y los vehículos ir y venir, Lalo reflexionó sobre el resultado del tiroteo. Se sentía entumecido, como si un vampiro psicológico le hubiera absorbido toda la emoción. Una de dos cosas iba a suceder. O lo bajaban a patrullero o lo ascendían. Ah, y tendría que ver al psiquiatra. De nuevo.

Capítulo 6 (Memo)

"Rosa, quiero el divorcio".

Memo esperó a que ella reaccionara, esperando que arremetiera contra él con su habitual actitud frenética y agresiva. Preparado para un ataque, Memo se sorprendió cuando no llegó ninguno.

Rosa parpadeó dos veces. " De acuerdo, pero me quedo con la casa y la minivan".

Era todo lo que tenían, pero a Memo no le importaba. Sólo quería salir. "Considéralos tuyos".

Bajo la mirada siempre atenta de Rosa, Memo metió todo lo que pudo en dos maletas. Ella cerraba la puerta mientras él aún cruzaba el umbral. Memo se volvió para decirle que volvería a por el resto de sus cosas más tarde, pero el portazo en su cara fue su única respuesta. Aun así, pensó, había ido mucho mejor de lo que había imaginado. Caminando hacia la estación de autobuses, Memo sintió una sensación de libertad que no había experimentado en años. Sin trabajo, sin casa y sin vehículo, y con la incertidumbre perfilando el horizonte de su futuro, Memo silbó, mientras se dirigía al centro de Las Cruces. Su nueva falta de responsabilidades le liberaba. Sabía que no podría pagar el alquiler en El Paso, no por mucho tiempo sin un trabajo al menos, y decidió que su próximo destino sería la ciudad fronteriza mexicana de Juárez, México. El alquiler sería mucho más barato allí, así como el coste de la vida en general.

La ciudad se extendía en todas direcciones, aparentemente sin organización, e incluso los residentes de toda la vida no conocían toda la ciudad. Bares, salones de masaje y restaurantes llenaban las calles de Juárez. La gente se movía como enjambres de hormigas de una zona a otra. Memo recordó un artículo del El Paso Times en el que se afirmaba que, con más de un millón y medio de personas procedentes de todo México y del mundo, la ciudad fronteriza de Juárez tenía casi el triple de población que su ciudad hermana, El Paso. Memo preguntó cerca del centro de Juárez y encontró un apartamento de una habitación a unos diez minutos de la frontera en un barrio llamado La Chavena. Su complejo de apartamentos estaba en una colina y tenía una gran vista de la ciudad. Todavía no tenía ni estufa, ni nevera, ni siquiera una cama. Memo sacó un saco de dormir que había comprado en una tienda de excedentes del ejército. Con el estómago rugiendo, salió del apartamento en busca de comida. En la esquina de su calle, un hombre vendía tacos al vapor desde un pequeño puesto ambulante. Memo compró dos y los devoró, luego compró una gran cerveza Carta Blanca en una tienda que también estaba en la esquina. Había caído la noche, y Memo vio que la ciudad tenía realmente un aspecto diferente, una mezcla de luces amarillas, blancas y naranjas en todas las direcciones. Una enorme estrella hecha de luces en una montaña de El Paso parecía cernirse sobre la ciudad de Juárez.

Memo subió a la azotea de su apartamento con su cerveza. Se sentó a beber su cerveza mientras observaba las luces de las ciudades gemelas, sintiéndose libre pero también solo. Un gran perro encaramado en el tejado del vecino le ladró ferozmente. Asustado, Memo decidió bajar antes de que el perro decidiera saltar a su tejado. Memo se rió; nunca había visto perros en los tejados hasta que se mudó a Juárez.

Después de que Memo cruzara la frontera con El Paso, tomó un ejemplar del Times para buscar trabajo en la sección de clasificados. Como era bilingüe, con derecho legal a trabajar en Estados Unidos, descubrió que había mucho trabajo en el lado americano de la frontera. Memo consiguió un trabajo en una empresa de telemarketing vendiendo larga distancia para AT&T. Era extenuante; le insultaban y reprendían durante cuarenta horas a la semana, pero le permitía ganar un sueldo. Era mucho mejor sentarse en los cubículos con aire acondicionado instalados para los telemarketers que trabajar bajo el caluroso sol de El Paso. Para Memo, la elección era fácil. Todos los días iba en autobús desde su humilde apartamento de una habitación en el centro de Juárez hasta la frontera, un largo puente que pasaba por encima del Río Grande y que unía México con Estados Unidos. Tras recorrer los 400 metros que separan el puente del puesto de control de aduanas, Memo declaraba su ciudadanía, mostrando su carné de conducir de Nuevo México. A partir de ahí, caminaba otro kilómetro y medio hasta una parada de autobús en la que realizaba su viaje de dos horas al trabajo. Los fines de semana eran mucho mejores debido al menor tráfico peatonal en la frontera, siempre que saliera temprano. Los sábados solía llegar unos quince minutos antes. Oyó a algunos abucheadores mientras entraba en la oficina junto con otro tipo.

"Oye pinche Chente, ¿qué onda con las botas? ¿Dónde se te quedó el caballo?"

El sábado era el único día de la semana en que todos los empleados podían trabajar con ropa normal. Durante la semana, tenían que vestir de manera informal. Un joven al que todos llamaban "El Chente" iba vestido con botas, vaqueros, una camisa roja de Resistol y su sombrero de cowboy de Resistol. Un par de cholos le llevaban la contraria en la sala de descanso porque la mayoría de la gente que trabajaba en la empresa no era del tipo vaquero. Le llamaban Chente porque se parecía mucho a una versión más joven de un famoso cantante mexicano del mismo nombre. Tenía unas patillas muy largas, un grueso bigote y era de piel oscura, como el cantante cuando era más joven.

"Oye, a mí me gusta usar ropa así; después de todo soy mexicano", respondió a los cholos con un acento muy marcado. Memo se acercó a los tres hombres.

"Oigan, ustedes dos, dejen al tipo en paz. Es un país libre; puede ponerse lo que quiera", les dijo Memo a los cholos; él también llevaba vaqueros y botas.

"¿Qué, defiendes a tu novio?"

Memo sonrió. "No, no es mi tipo. Pero no soporto ver a un par de imbéciles intimidando a otras personas. ¿Por qué no se van a la mierda?"

Uno de los cholos, con la cabeza calva y tatuajes, se dirigió hacia Memo. Memo se puso en tensión, listo para contraatacar. El otro cholo agarró el brazo de su amigo, reteniéndolo. "Aquí no", susurró, "necesito este trabajo".

El calvo asintió. "¡Ey putos, nos vemos después del trabajo en el estacionamiento!"

"¡Simón, pendejos, ahí estaremos!" respondió Memo. Los cholos se dieron la vuelta y salieron de la habitación

"¿Por qué hiciste eso? Sólo eran palabras, pero ahora quieren luchar contra mí"

"No, quieren luchar contra *mí*", le corrigió Memo.

"Nosotros. Querías ayudarme, así que no voy a dejar que luches solo".

Memo sonrió. " Eso es todo, compa", dijo, contento de que el hombre estuviera dispuesto a respaldarlo, "pero no te preocupes; no tienen la menor posibilidad. Por cierto, me llamo Memo". Memo extendió la mano.

"Rodrigo", dijo el otro hombre, estrechando la mano de Memo. "Y espero que tengas razón".

Cuando terminaron su turno, Memo y Rodrigo salieron juntos al estacionamiento. Junto al coche de Rodrigo había cuatro cholos: los dos del incidente anterior y otros dos. Rodrigo miró nervioso a Memo, pero la cara de éste no cambió, una media sonrisa se mantuvo, como si estuvieran a punto de jugar un partido de baloncesto o algo así. El asfalto negro del estacionamiento olía fuertemente a alquitrán, y las farolas iluminaban toda la zona.

Los cholos empezaron a gritar obscenidades a Rodrigo y Memo, y cuando Rodrigo empezó a gritar de nuevo, Memo le hizo callar con un gesto de la mano, tomando automáticamente el mando. Cuando los cuatro cholos empezaron a acercarse a ellos y estuvieron a una distancia de ataque, Memo reaccionó con unos feroces ganchos, derribando a uno por uno, moviéndose con una velocidad increíble. Los cuatro cholos estaban en el suelo, con las narices sangrando y sujetándose los costados del cuerpo por el dolor. Rodrigo miró a Memo, con los ojos muy abiertos por la sorpresa. Memo se volvió y sonrió, una sonrisa cálida, que no era lo que Rodrigo hubiera esperado de alguien capaz de hacer esa clase de daño.

"¿Ves? Te dije que no iban a tener ninguna oportunidad".

Rodrigo empezó a recoger y dejar a Memo en la frontera todos los días, eliminando dos horas de autobús para Memo. Rodrigo era de Cuauhtémoc,

Chihuahua, y era definitivamente más mexicano que americano, incluso después de diez años de vivir en Estados Unidos. Eso atrajo a Memo hacia él; sus culturas y su idioma eran un punto en común que los unía al instante. Los dos hablaban siempre en español, a menudo para consternación de varios de los jefes que no hablaban español en el trabajo. Y ambos vestían con botas, vaqueros y sombreros de vaquero los sábados en el trabajo.

"Cuauhtémoc es precioso. Está en las estribaciones de la sierra de Chihuahua y es sobre todo una comunidad agrícola. El maíz, el trigo y las manzanas son los principales productos. También el queso y otros productos lácteos. Las granjas de los menonitas producen sobre todo eso, y el maíz".

"¿Tienen menonitas en Chihuahua?" preguntó Memo a Rodrigo, sorprendido.

"Sí, vinieron de Holanda, creo, hace unos ochenta o noventa años. Tienen granjas por todas partes, y la mayor parte del trabajo en la agricultura por aquí se debe a ellos. Su español es algo difícil de entender; todavía hablan su lengua materna".

"Genial. Pero no has mencionado lo más importante que debería estar ahí".

"¿Qué es eso?"

"¡Duh, las mujeres! He oído que en Chihuahua hay muchas chicas guapas"

"Estaba dejando lo mejor para el final. Dondequiera que mires en Cuauhtémoc hay chicas hermosas".

"Entonces, ¿qué demonios estamos esperando? ¿Cuándo nos vamos?"

Se rieron un rato y planearon unas largas vacaciones de fin de semana en Cuauhtémoc.

El coche de Rodrigo estaba en malas condiciones mecánicas y nunca haría el viaje de seis horas a Cuauhtémoc, así que el viaje tendría que hacerse en autobús. La estación de autobuses de Juárez era enorme; miles de personas convergían en la ciudad, algunas para quedarse, otras para ir a otros destinos, a diario. Los boletos costaban el equivalente a 25 dólares cada uno. La joven que vendía los boletos coqueteó con Memo todo el tiempo que estuvieron comprando los boletos.

"Malditos ojos verdes los tuyos", soltó Rodrigo en el autobús.

"Disculpa?"

"Por eso les gustas a todas las chicas. Tus ojos verdes. Las veo mirándolos todo el tiempo. A nadie le importan mis ojos marrones aquí. Sólo las gringas en los EE.UU."

Memo sonrió ante el comentario. Era cierto; muchas mujeres habían elogiado sus ojos. También tenía buenos genes. La grasa que se acumulaba en su cuerpo acababa sobre todo en el trasero, por lo que casi siempre tenía una cintura fina. Su metro ochenta de estatura, sus ojos verdes y sus músculos bien formados siempre le habían hecho popular entre las mujeres.

El viaje de seis horas hasta Cuauhtémoc transcurrió sin incidentes. Las primeras dos horas fueron principalmente a través del desierto, y se proyectó una película en la gran pantalla de televisión situada en la parte delantera del autobús. Como habían salido un miércoles, el vehículo sólo iba medio lleno, para alivio de Memo. Siempre que había un grupo grande de personas en un espacio reducido, parecían abundar los olores corporales, algo que Memo no podía tolerar. Rodrigo roncaba en el asiento de al lado, y Memo le envidiaba. El desierto se convirtió en amplios y secos valles, y en su inmensidad apareció una ciudad, Chihuahua, la capital del estado del mismo nombre. En la estación de autobuses de la seca y muy polvorienta ciudad, Memo y Rodrigo cambiaron de autobús.

"¿Cuánto tiempo nos queda, Rodrigo?"

"Una hora y media más o menos. Pero el resto del viaje te gustará, es todo verde y nos dirigiremos hacia las montañas".

"Supongo que por eso dormiste hasta aquí. Por cierto, tienes saliva por toda la camisa".

Rodrigo bajó la mirada. "¡Te hice mirar!".

Rodrigo cerró el puño como si fuera a golpear a Memo. Adoptando la postura de boxeo, Memo lanzó un rápido golpe, que apenas falló en la nariz de Rodrigo, intencionadamente. Rodrigo levantó las manos, rindiéndose, y los dos hombres se rieron.

Cuauhtémoc tenía un aspecto similar al de un pequeño pueblo agrícola del Medio Oeste que se podría haber encontrado en los años cincuenta. El autobús se detuvo en el centro, donde Rodrigo y Memo tomaron un taxi para ir a la casa de los abuelos de Rodrigo, siguiendo un camino pavimentado que se convertía en uno de tierra a medida que se acercaban. Memo sonrió, disfrutando del paisaje de humildes casas de adobe, muchas de ellas pintadas con colores brillantes que normalmente no se ven en Estados Unidos. La casa era de adobe cubierta de estuco pintado de amarillo brillante, la puerta metálica con una pequeña ventana en el centro de la parte superior. Cuando el taxi se detuvo frente a la casa, el rostro de una mujer mayor apareció en la ventana, decidiendo si se trataba de una persona de bienvenida o de un cobrador. Sonriendo al reconocer a su nieto, la anciana abrió la puerta y abrazó a Rodrigo.

"Abuelita, éste es mi amigo Memo. ¿Puede quedarse con nosotros unos días? Lo invité a conocer nuestra ciudad".

"Por supuesto", dijo ella, y luego le susurró a Rodrigo, "parece un gringo. ¿Habla español?

"Memo respondió rápidamente, en español. "Claro que sí, soy mexicano. Estoy encantado de conocerla. Rodrigo me ha hablado mucho de usted, sobre todo de lo buen cocinera que es".

Rodrigo miró a Memo, sorprendido. Aunque nunca había hablado mucho de su familia, Memo sabía lo suficiente sobre la gente en general como para decir lo que le gustaría oírle decir. Cuando había abierto la puerta, el aroma de la salsa de chile rojo también los había saludado. Memo tenía un olfato talentoso, así que supuso que era una gran cocinera por cómo olía la comida.

Sonriendo, la anciana les invitó a pasar. Llevaba una falda larga de color marrón oscuro y una camiseta negra con un chaleco marrón sobre los hombros. Estaba ligeramente encorvada, lo que disminuía aún más su ya corta estatura. Tenía el pelo largo, con algunas canas, pero sobre todo blanco.

" ¿Quieren comer algo, chicos?"

Ambos asintieron hambrientos.

Memo susurró a Rodrigo. "¿Qué vamos a comer?"

"Chilaquiles".

Memo no conocía el plato, pero no quería mostrar su ignorancia, así que se limitó a responder con el universal "mmmm". Resultó ser trozos de tortillas de maíz caseras, ligeramente fritas, con cebolla y queso. La salsa roja se vertió por encima, con un sabor similar al de las enchiladas. Los frijoles refritos de la guarnición acompañaban bien a los chilaquiles, y Memo sintió que pronto explotaría al terminar los últimos bocados de su segundo plato.

"Tu amigo sí que es mexicano. Mira qué bien come".

Tras el viaje, los dos descansaron un rato en el salón, cada uno tumbado en su propio sofá. Memo durmió un rato y, cuando se despertó, lo único que recordaba de sus sueños era la silueta de una hermosa chica de pelo largo y negro.

"Oye, Rodrigo, ¿dónde está el resto de tu familia?"

El rostro normalmente feliz de Rodrigo se volvió solemne. "Mis padres murieron en un accidente de coche en El Paso cuando yo tenía siete años. Mis dos hermanos y yo vinimos a vivir con mis abuelos. Mis hermanos son mayores que yo, y ambos viven en California. Mi abuelo murió hace tres años".

Memo frunció el ceño, lamentando haber preguntado. "Siento oír eso".

"Así es la vida, supongo".

Memo sabía muy bien que la simple frase que acababa de pronunciar Rodrigo era muy cierta, y Memo compartió con él su historia de la muerte de sus padres. Su vínculo se hizo más fuerte.

Rodrigo pasó la mayor parte del día del jueves mostrando a Memo las " atracciones ", los estilos de los edificios locales, los olores y la gente. La mayoría de los hombres de la ciudad iban vestidos de vaqueros y conducían grandes camiones con llantas de lujo que recorrían las calles. La mayoría de las verduras y los productos se vendían al estilo del mercado y los pequeños puestos se alineaban en el mercado local. "Mañana habrá un gran baile, Memo. ¿Quieres ir?" "¿Los políticos son corruptos? Claro que sí, quiero ir".

Capítulo 7

Un grupo musical conocido como Los Rieleros del Norte tocó en un baile en el Sertoma, uno de los mayores salones de baile de la ciudad. Memo pensó que el exterior del Sertoma parecía un enorme almacén, pero el interior estaba lleno de vaqueros, chicas guapas con vestidos y un suelo de madera brillante para bailar en el centro. Alrededor de la pista de baile había mesas de plástico con "Carta Blanca" en letras de molde rojas. Vio a la chica más guapa del lugar, tan alta y delgada pero también curvilínea; parecía una supermodelo. Con su largo y liso pelo negro y su piel morena clara, sus grandes ojos almendrados le atrajeron y, aunque Memo no creía en el amor a primera vista, sintió que la flecha de Cupido se clavaba en su corazón.

"Hermosa, ¿verdad?" Rodrigo le entregó una cerveza de la marca Tecate, y Memo dio un largo sorbo.

"Más que eso", aceptó. "¿La conoces?"

Su amigo negó con la cabeza. "La he visto antes, pero no sé su nombre ni dónde vive. Ni siquiera su pareja allí". Señaló la pista de baile.

Bailó con gracia con un hombre bajito y regordete varios años mayor que ella, y Memo nunca tuvo la oportunidad de bailar con ella. Bailó con otras mujeres allí, sin prestar realmente atención a ninguna de ellas, con la mirada fija en la hermosa mujer que le había hechizado. Al final de la velada, Memo se quedó en la puerta, esperando el momento en que la bella morena se marchara. Cuando la chica y su pareja de baile pasaron, les dio las buenas noches. La chica se giró para agradecer sus palabras, con su larga cabellera ondeando, y su radiante sonrisa lo desconcertó durante todo el viaje a casa.

Rodrigo y Memo volvieron a sus trabajos en El Paso. Memo no podía quitarse de la cabeza a la chica que había visto en Cuauhtémoc. Decidiendo que no podía descansar hasta encontrarla de nuevo, Memo hizo planes con Rodrigo para volver allí.

"¿Tanto te gusta esa chica?"

"No, es que... me gusta mucho tu ciudad". Memo mintió:

"Sí, claro".

No puedo quitármela de la cabeza. Todo en mí me dice que la encuentre y la haga mía"

"Eso es lo que pensaba". dijo Rodrigo, sonriendo.

Cuatro meses después, en otro baile en Cuauhtémoc, Memo volvió a ver a la pareja. Tras enterarse por uno de los primos de Rodrigo de que el hombre bajito y regordete era sólo el hermano de la chica, Memo decidió sacarla a bailar. Se sentó en una mesa con otra chica guapa que Rodrigo había mencionado que le gustaba.

"Bien, éste es el plan, Rodrigo. Vamos juntos y sacamos a bailar a las dos chicas. Yo invitaré a la morena y tú a la de grandes pechos".

Rodrigo sonrió ante la idea, probablemente porque Memo había mencionado los grandes pechos y el nombre de Rodrigo en la misma frase.

"Me parece bien, Memo "

Cuando Memo se acercó a la mesa, un joven se le adelantó a la chica supermodelo, y ésta aceptó su invitación a bailar. Memo miró a Rodrigo, que seguía sentado en la mesa, con aspecto de estar un poco borracho; Memo decidió sacar a bailar a la amiga de la chica de piel morena.

"¿Bailamos? "

La chica era atractiva, de piel clara, ojos azules e incluso más alta que la otra, pero carecía de lo que fuera que tenía la otra chica que hacía que el corazón de Memo diera un vuelco. La única razón por la que había decidido invitarla a bailar era para poder acercarse un poco más a la otra chica.

"Me encantaría".

Hablaba y hablaba de sólo Dios sabía qué, su constante chanza era un zumbido en el oído de Memo mientras bailaban. Se quedó mirando a la chica de pelo oscuro todo el tiempo que bailó con su amiga, mientras planeaba cómo conocerla. Los dos bailaron hasta que el grupo descansó.

"¿Te gustaría sentarte conmigo? Hay sitio en mi mesa".

"Me encantaría, pero estoy con un amigo. No quiero dejarle solo así".

"Pues invítale a él también". Era evidente que la chica estaba enamorada de él. Le había dicho su nombre, pero él no podía recordarlo.

" Ya vuelvo".

Cuando Memo se acercó a donde Rodrigo seguía sentado, se encontró con la acusación en los ojos de su amigo. "Oye, Memo, creía que te gustaba la otra chica", le reprochó Rodrigo, con las palabras un poco arrastradas. Volvió a levantar su cerveza, pero Memo lo detuvo:

"Me gusta", dijo. "Acompáñame a la mesa. Cuando el grupo vuelva a tocar, saca a bailar a la chica que te gusta, y yo sacaré a la otra".

Cuando el grupo empezó a tocar de nuevo, los dos pusieron en marcha su plan. Memo y la chica de pelo negro bailaron el resto de la noche. Ella le dijo que se llamaba Lucía, y que su hermano Beto solía acompañarla a los bailes para vigilarla por sus padres.

"Beto, éste es Memo. Memo, éste es Beto

"Beto miró a Memo, intentando decidir si era un depredador o no.

Memo extendió la mano y estrechó la de Beto con firmeza.

"Encantado de conocerte".

Beto, Memo, Lucía, Rodrigo y la otra chica se sentaron. Memo aún no recordaba su nombre.

"Beto, ¿qué estás bebiendo?"

"Tecate".

"Yo también. Ahora vuelvo".

Memo fue al bar y pidió seis cervezas. Si conocía a la gente, especialmente a un hombre bebedor, el alcohol gratis era un camino seguro hacia su corazón. Cuando llegó a la mesa, con el paquete de seis en la mano, el sombrío Beto sonrió de repente. Memo se lo había metido en el bolsillo.

Beto invitó a Memo y a Rodrigo a la casa después del baile, y siguieron bebiendo hasta cerca de las cinco de la mañana siguiente. Tras despertarse en el sofá de la casa del hermano de Lucía al día siguiente, Memo pasó el resto de su estancia en Cuauhtémoc con Lucía, disfrutando de cada momento que pasaba en su presencia.

En su última noche antes de regresar a El Paso, Memo pidió a Lucía que le acompañara. Recorrieron la ciudad en el cálido crepúsculo hasta que llegaron a un pequeño cenador en la plaza del pueblo. Tiró de Lucía para que subiera los escalones y miró su rostro risueño.

"Sé que esto puede parecer un poco rápido, Lucía -murmuró, alargando la mano para apartar un mechón de pelo oscuro de su cara. "Pero te quiero. ¿Quieres casarte conmigo?"

Sus ojos marrones se abrieron de par en par y se quedó completamente quieta. "Memo, no sé qué decir".

"Di que sí", le instó, atrayéndola hacia él. Ella le puso una mano en el pecho para mantener la distancia.

"No quiero hacerte daño, Memo, pero no puedo responderte ahora mismo".

Sus palabras le hicieron doler el corazón, pero siguió adelante. "¿Por qué no puedes responder?"

"Mis padres están en el otro lado", dijo en voz baja, el otro lado se refería a los Estados Unidos. "Mi padre es muy tradicional y esperaría que un buen futuro yerno le pidiera permiso para solicitar mi mano".

Memo respiró profundamente, y el alivio surgió en su interior. Ella no había dicho que no quería estar con él, así que la esperanza seguía vigente.
"¿Cuándo volverán?"
"Beto y yo esperamos que vuelvan dentro de dos semanas".

Ella le sonrió, con los ojos brillantes. "Memo la abrazó y la besó profundamente.

Capítulo 8

El detective Lalo Torres estaba sentado en su nuevo escritorio de la División de Homicidios del Departamento de Policía de la ciudad de El Paso, contemplando qué caso "de mierda" empezaría a tratar a continuación. Como era el detective más joven de la brigada, los demás agentes le cargaban de suicidios y muertes accidentales. Desde que había empezado en el departamento, el homicidio había sido su objetivo, así que no le importaban los casos aburridos. Incluso los Juanes y Juanas eran bienvenidos en comparación con estas cosas, pero un día otro detective de la división se jubilaría, y él subiría otro escalón. Recordó que no hacía mucho tiempo casi lo descalificaron por completo del trabajo policial debido a sus antiguos, aunque breves, vínculos con las bandas. Sin embargo, el capitán encargado del reclutamiento también procedía de El Segundo. Se dio cuenta de que en el barrio en el que uno vivía, se le asociaba automáticamente con esa banda, por lo que muchos chicos se unían simplemente para protegerse de otros pandilleros de otros barrios. El capitán decidió que el conocimiento de Lalo sobre la actividad de las bandas sería una ventaja para el departamento en lugar de un obstáculo, y que le había servido de mucho en sus años en la calle.

El intercomunicador situado en la esquina de su escritorio de madera marcada cobró vida de repente, y la alegre voz de la secretaria de la división sonó por el altavoz.

"Detective Lalo-err, Torres, línea cuatro".

Lalo sonrió ante la vacilación de la secretaria. Se daba cuenta de que le gustaba; su actitud coqueta con él era el único desliz en su forma de ser profesional habitual. Un aburrido sargento de guardia al otro lado de la línea le dio a Lalo detalles sobre un nuevo caso de suicidio que acababa de ser notificado, y su corazón dio un vuelco cuando reconoció el nombre del fallecido.

Carlos Medina Tenorio, un notorio traficante de cocaína en la zona de El Paso-Juárez, vivía en Northern Heights, una zona rica de la ciudad. Sorprendido de que ninguno de los otros detectives captara esta información, Lalo se dirigió a su unidad no marcada y cruzó a toda velocidad la ciudad hasta la opulenta casa. Durante los años en que Lalo fue agente encubierto de narcóticos, nunca había podido atrapar a Medina. Ni siquiera los informadores confidenciales pudieron comprarle nunca, aunque juraran que lo habían hecho en el pasado. Dos órdenes de registro que no aportaron pruebas acabaron en una demanda contra el departamento, y los superiores de Lalo le ordenaron "cesar y desistir" de todas las investigaciones sobre Medina.

El camino de entrada estaba repleto de vehículos de emergencia, bomberos, ambulancia y la camioneta negra del forense. Lalo se detuvo junto a la furgoneta, estacionó y sacó una libreta nueva de la guantera. Tras anotar la hora, la fecha y las condiciones meteorológicas, Lalo salió del coche. Había descubierto que los detalles eran a menudo lo que hacía ganar o perder un caso judicial, así que era muy meticuloso a la hora de anotarlos e incluso utilizaba un bloc nuevo para cada caso. Una vez introducido como prueba en un caso, todo lo que había en el bloc estaba sujeto a escrutinio, así que mantenía cuidadosamente cada caso por separado para evitar confusiones.

Lalo empezó a dibujar el plano exterior y se abrió paso hacia el interior de la casa, saludando a los paramédicos cuando salían, con el botiquín cerrado y la camilla vacía. Anotó si las luces estaban encendidas o apagadas, la posición de las puertas y las condiciones básicas de la casa, esperando que el resto del personal supiera que no debía tocar nada que no fuera la víctima para no contaminar la escena.

Medina había vivido como un rey. Por un momento, Lalo envidió las grandes habitaciones, los caros muebles, el televisor de pantalla grande y todos los aparatos electrónicos que una persona pudiera desear. Cuando por fin llegó al dormitorio principal, la espeluznante escena que había dentro le hizo preguntarse si todo ese dinero de la droga había valido realmente la pena para Medina. En ese momento, se alegró mucho de no estar en el lugar de Medina.

Medina estaba encorvado en una silla cerca de la cama, con la mano derecha agarrando a muerte una Glock 9 mm negra que colgaba rígidamente entre sus piernas, la materia cerebral salpicaba la pared de seda texturizada que había detrás de él, y se había formado un charco de sangre en el suelo frente a él. Un zapato de diseño colgaba de su pie derecho, mientras que el otro yacía boca abajo en el suelo, cerca del cuerpo. El tío de Lalo había dicho una vez: "Todos pagan en esta vida", y este narcotraficante pagaba en esta vida, con la suya propia.

Lalo sintió la familiar mordaza que siempre sentía al ver escenas como ésta. Tragó con fuerza, respiró hondo y dejó que se le escapara. Es hora de ponerse a trabajar. Lalo la trató como lo haría con una escena de asesinato, sin querer cometer el error que cometen muchos policías de suponer que algo es simplemente lo que parece. De todos modos, sintió que algo no estaba bien en la escena. Parecía demasiado limpia, demasiado perfecta. Dirigió a los técnicos de la escena del crimen a su trabajo, como un coreógrafo dirigiría a una tropa de bailarines afinados.

Un alboroto cerca de la puerta anunció la entrada del detective Spurgeon, un hombre corpulento con el pelo canoso y el ceño permanentemente fruncido. El hecho de que Spurgeon entrara en una escena del crimen sin procesar, sin tener en cuenta el procesamiento, molestó a Lalo, pero no tanto como el hecho de que un detective veterano viniera a examinarlo.

Spurgeon se acercó para mirar fijamente el cadáver. "¿Por qué estás procesando esto como un posible homicidio? Es evidente que es un suicidio". Lalo le lanzó una mirada, pero le indicó al fotógrafo que terminara.

"En los Marines, teníamos un dicho: "Asumir nos convierte en un asno a ti y a mí".

"No me vengas con esa mierda, Lalo. Sólo quieres ver si puedes sacar una redada de drogas de esto. Tienes que recordar que ahora estás en homicidios".

"Oye Spurgeon, no necesito que me recuerdes en qué departamento estoy. No tengo intención de volver a narcóticos. Me lo pasé muy bien en narcóticos, pero el homicidio siempre ha sido mi sueño".

Spurgeon respondió con un gruñido sarcástico.

Lalo sabía que era mejor no discutir con ese cabeza de chorlito. Spurgeon era un tipo con una sola opinión y discutir con él le recordaba a Lalo a discutir con un acorazado.

Lalo se encogió de hombros y se marchó.

Spurgeon siguió. "Cuando Lalo no dijo nada y continuó tomando notas en su libreta, el otro hombre añadió

"Aunque no fuera un suicidio, alguien acaba de hacernos un favor. ¿Por qué hacernos perder el tiempo a todos?".

"Sólo hago mi trabajo", le recordó Lalo, manteniendo la calma. Tomó nota del reloj que estaba en el suelo, cerca de los pies de la cama, y de un anillo de hombre que había en la mesilla de noche.

"Tu trabajo es investigar homicidios", espetó Spurgeon. "No mantener a mi equipo ocupado en un caso abierto y cerrado".

Lalo lo miró, preguntándose por qué al detective mayor le importaba tanto su investigación. "Ya casi terminamos aquí".

Hizo una señal al forense que esperaba para que viniera a recuperar el cuerpo.

Con un resoplido de asco, Spurgeon se fue, pasando por delante del forense.

Se procesó la escena del crimen en busca de rastros. Lo que seguía preocupando a Lalo era que la escena estaba inusualmente limpia para un suicidio. Lalo se arrodilló en el suelo de madera, siguiendo las grietas de una pared a otra con una lupa. No había rastros de partículas en el suelo alrededor de Medina, ni pelos ni fibras. En el suelo había una botella de tequila Don Julio, casi vacía, y un solo vaso de chupito al lado. Una huella del pulgar, seguramente del fallecido, estaba en un ángulo muy extraño en el vaso. No había fotos de amigos o familiares cerca, ni una nota de suicidio, cosas que suelen ser indicativas de una persona que está a punto de suicidarse. La limpieza de la escena del crimen seguía royendo las tripas de Lalo mucho después de abandonar el lugar. De vuelta a la comisaría, Lalo llamó a la puerta del jefe de la división, el capitán John Barba. El hombre calvo que estaba sentado en el despacho le hizo un gesto para que entrara. Barba llevaba perilla y sus duros rasgos le daban la apariencia de estar permanentemente enfadado. Su traje y su corbata eran impecables y caros.

"Capitán, creo que tenemos que hacer una investigación de homicidio a fondo sobre el supuesto suicidio de Medina".

"Mira, Lalo, sé que tienes ganas de investigar un homicidio. Spurgeon dice que es un caso abierto y cerrado. No es el chico blanco más inteligente, pero lleva unos dieciséis años en homicidios. Reconoce un suicidio cuando lo ve. De todos modos, aunque no fuera un suicidio, desde cuándo es un delito que alguien saque la basura. Déjalo ya". Lalo no entendía por qué Spurgeon y Barba se negaban a considerar el "suicidio" como un homicidio. Se convirtió en su obsesión en las semanas siguientes, y todos en su división parecían saberlo. Después de llenar su vaso de agua en la sala de descanso, dos compañeros detectives se pararon a ambos lados de la nevera.

"Oye, ¿qué fue de los grandes detectives de verdad?" Reed, un detective alto y delgado de cabeza rubia que siempre llevaba botas de vaquero, preguntó a un Mendoza más bajo y de pelo oscuro.

"Vaya, eso es elemental, mi querido Watson, sólo hay que preguntarle a nuestro Sherlock Holmes mexicano."

Lalo dirigió una sonrisa sarcástica a los dos detectives y les hizo un saludo con un dedo.

Después del trabajo, Lalo decidió continuar su investigación, aunque Barba ya la había cerrado oficialmente para él.

"Señora Medina, ¿qué puede contarme sobre el día en que murió su marido?" dijo Lalo.

Entre breves ataques de sollozos, la señora Medina respondió. Llevaba un vestido negro elegante y, por lo que sabía Lalo, probablemente de diseño, un collar de perlas con pendientes y pulsera a juego, y unos zapatos que probablemente valían más que su sueldo de toda la semana.

"Estaba muy contento. Parecía muy alterado desde hacía varios días, pero no me decía qué le pasaba. El día que... ya sabes...". Hizo una pausa y Lalo le dedicó un asentimiento tranquilizador. "...bueno, parecía muy contento. Me dijo que fuera de compras, así que lo hice. Había insistido mucho en ello".

"¿De dónde sacó la pistola?"

"Carlos ha coleccionado armas desde que nos casamos. Iba a disparar todos los fines de semana con su amigo en Juárez".

"¿Cómo se llama y cómo puedo contactar con él?" Lalo preparó su bolígrafo sobre el bloc de notas mientras esperaba la respuesta de la viuda, golpeando suavemente la punta del mismo sobre el papel.

"Ángel Godínez. Tiene un restaurante llamado Mariscos Guasave". Sus lágrimas se habían secado mientras hablaban, y cuando Lalo levantó la vista hacia ella, empezó a llorar de nuevo, secando con delicadeza sus ojos recién humedecidos.

"Bueno, señora, supongo que eso será todo por ahora. Umm, sólo una cosa más. ¿Su marido era diestro o zurdo?"

"Ambidiestro".

Lalo sabía que Godinez era un contrabandista por algunas redadas de drogas en El Paso, pero nunca lo había detenido porque era lo bastante listo como para hacer tratos sólo en Juárez. Al parecer, él y Carlos Medina trabajaban para el mismo tipo, El Soldado, el sanguinario líder del cártel de Juárez. Condujo hasta Juárez para concertar una reunión con Godinez en su restaurante. Godinez estaba allí por casualidad y aceptó reunirse con Lalo. Se comportó de forma bastante amistosa, ofreciéndole a Lalo su mejor mesa, e incluso se unió a él para pedir el almuerzo. Lalo casi se había reído cuando lo vio por primera vez, porque el hombre gordo y de barriga redonda llevaba más oro que el Sr. T, con una camisa de seda blanca abierta por el cuello, unos Wranglers beige que reventaban las costuras y un par de botas de piel de avestruz marrones con un cinturón a juego.

Lalo pidió un plato de Camarones Empanizados y una cerveza Carta Blanca. Godínez pidió un gran plato combinado de marisco y una Bohemia. Los dos hablaron durante un rato, una mera cortesía. Ambos sabían que Lalo estaba allí para hablar de Medina. Finalmente, tras la comida y una Carta Blanca más, Lalo fue al grano.

"Necesito saber lo de Carlos". Se inclinó hacia atrás y observó la expresión del rostro del gordo.

"Una gran pérdida", dijo el otro hombre, limpiando su frente sudorosa. "¿Qué es lo que necesitas saber? ¿Hay algo que te preocupa? ¿No están todos los agentes de la ley encantados de no tener que lidiar ya con Medina?"

Lalo pensó un momento. "Algunos lo están, seguro. Me interesa saber si alguien se tomaría la molestia de hacer que su asesinato pareciera un suicidio. No tengo pruebas, todavía, pero algo no está bien".

Godínez sacudió la cabeza, su doble mentón seguía moviéndose incluso después de haber dejado de moverse. "Dudo mucho que Carlos se suicidara. Estaba ascendiendo, era un hombre de negocios respetado a ambos lados de la frontera".

Lalo reprimió las ganas de reír. ¿Medina era un respetado hombre de negocios? Pero, sin cambiar de expresión, preguntó: "¿Qué puedes decirme? ¿Hay alguna dirección concreta que deba seguir?".

"Ya sabes que no creo en informar a la policía sobre los problemas de la empresa", respondió Godínez con rigidez. "Pero en este caso, no sé nada que contar. A menos, claro, que quien lo haya hecho tenga vínculos con el jefe de Carlos".

"Quieres decir que para evitar las represalias de El Soldado".

Los ojos de Godínez se abrieron de par en par, dilatándose las pupilas en el proceso, casi como las de un personaje de dibujos animados cuando se escandaliza o se sorprende. "Shhhh, detective, recuerda que no estás en El Paso. Juárez le pertenece a ÉL, y no necesitamos mencionar su nombre".

"Tienes razón, no lo volveré a hacer. Ahora sólo tengo que demostrar a mi jefe que se trata de un asesinato". Lalo hizo una pausa, pues decidió adoptar un enfoque diferente. "Fuiste a practicar el tiro al blanco con él. ¿Algo inusual allí?"

El otro hombre frunció el ceño, como si pensara en sus prácticas de tiro. "No, que yo sepa. Prefería usar una 45, y aunque usaba las dos manos, no sabía disparar de forma adecuada con la derecha".

Lalo se inclinó hacia delante. "¿Estás seguro de eso?"

"Por supuesto, estoy seguro". Godínez parecía ofendido. " Tiro con él a menudo, y te digo que no podía acertar nada con la mano derecha".

Lalo se sentó, obligándose a parecer desinteresado. Tomó otro sorbo de su cerveza e hizo una pequeña charla durante otros quince minutos antes de excusarse. Godínez insistió en invitarle a comer, así que Lalo se marchó con información, la barriga llena y el dinero aún en la cartera. Fuera del restaurante, mientras los dos hombres esperaban a que el aparcacoches trajera sus vehículos, Lalo se volvió hacia Godínez y le preguntó: "Una última cosa. ¿Cuál era el licor favorito de Medina?".

Godinez sonrió, como si recordara una buena noche de copas que pudo haber tenido con Medina. "Buchanan's, definitivamente Buchanan's."

Había demasiadas discrepancias con la supuesta escena del suicidio. Ahora podría demostrar que la muerte de Medina no fue un suicidio, o al menos apoyar su creencia de que fue un homicidio. Lalo tardó más de una hora en atravesar la larga cola de coches en el puente que hacía de paso fronterizo entre México y Estados Unidos. Después de casi dos horas, Lalo tenía tantas ganas de orinar que se detuvo en la primera tienda que pasó. Entró corriendo, ignorando las peticiones de dinero de un vagabundo. Aliviado, compró agua, una coca-cola y un burrito. Le entregó la comida y la coca al vagabundo. Las manos mugrientas del hombre se alzaron y tomaron el burrito y el refresco, sin levantar la vista hacia Lalo ni pronunciar un agradecimiento. Tenía el pelo largo y enmarañado, la ropa grasienta y sucia, y olía igual que su aspecto. Lalo se sentó en el coche patrulla durante unos minutos, bebiendo su agua y observando a la gente que entraba y salía de la tienda. Nadie miró siquiera al vagabundo. Era invisible.

Cuando volvió a la comisaría, Lalo se dirigió inmediatamente a Barba con la información. En lugar de elogiar el descubrimiento de Lalo, Barba le propinó una paliza verbal que le hizo sentirse muy pequeño.

"Escucha, Lalo, me caes bien, de verdad. Somos de las mismas raíces. Así que ahora te voy a decir lisa y llanamente que, si quieres seguir siendo detective de homicidios, tendrás que dejar de preocuparte por los traficantes de drogas que se suicidan y empezar a preocuparte por tu trabajo".

Durante los días siguientes, Lalo pasó desapercibido e hizo lo que le dijeron. Pero no dejó de pensar. Se preguntaba cómo se había matado Carlos Medina con la mano con la que normalmente no disparaba. Tampoco entendía por qué nadie quería que investigara el caso, incluso después de que se ofreciera a hacerlo en su tiempo libre. Los traficantes de drogas habían sido asesinados antes, y cuando los casos se investigaban a fondo, normalmente se podía detener a otros traficantes por el asesinato. Era como matar dos pájaros de un tiro. Lalo se preguntó por qué este caso debía ser diferente.

La radio de Lalo sonó y le despertó de su trance mental. "El Paso, D-14".

"D-14. Adelante, El Paso".

"D-9 y 10 solicitan refuerzos en el 1107 de Delta Drive. Tienen a un sospechoso de asesinato bajo custodia y necesitan un traductor para explicar la detención a la familia"

"10-4".

La calle estaba en el barrio conocido como El Segundo Barrio, donde antaño gobernaba la antigua banda de Lalo, Los Fatherless. Lalo se acercó a la manzana donde estaba la hilera de apartamentos de una sola planta, lo único que realmente los diferenciaba de los demás eran los distintos colores pastel: rosa, lavanda y salmón. Los detectives tenían al hombre esposado, pero estaban rodeados por su familia.

" Ustedes, los policías, son todos racistas. Mis chicos no están haciendo nada, y ustedes vienen y quieren detener a todo el mundo. ¿Por qué no dejan en paz nuestro barrio como hacen normalmente?". La señora le gritó a Spurgeon en español, escupiendo saliva con cada palabra. La estatura de Spurgeon, de 1,90 metros, no parecía inmutarla en absoluto.

"Señora, por favor, cálmese. No entiendo muy bien el español".

Lalo se dio cuenta, al acercarse a Spurgeon, de que el hombre parecía mucho más intimidado que la dama de metro y medio con la que intentaba conversar. Dos hombres, al parecer también relacionados con el sospechoso del homicidio, se acercaron amenazadoramente a Lalo y Spurgeon. De repente, apareció una pequeña multitud que gritaba blasfemias a los agentes de policía que se encontraban en el lugar. Un coche patrulla con dos policías uniformados se presentó como refuerzo. Cuando Lalo apartó la vista para indicar a los dos uniformados que se acercaran a donde estaban él y Spurgeon, uno de los hombres agarró a Spurgeon. El otro hombre, bajo y fornido, empezó a dar puñetazos a Lalo. La multitud vitoreó.

Lalo esquivó fácilmente los golpes del hombre en la cara, balanceándose y agitándose. Hirió el puño del hombre cuando bloqueó su golpe con el codo, y luego respondió a la corta ráfaga del hombre con un combo izquierda-derecha que lo sometió a golpes. Spurgeon tiró al suelo al hombre con el que luchaba y lo esposó. La mujer que le había gritado cuando Lalo llegó por primera vez había tomado una botella de cerveza rota y estaba a punto de golpear a Lalo con ella cuando Reed, el otro detective presente en la escena, la roció con gas pimienta. Inmediatamente cayó de rodillas, con las manos frotándose frenéticamente los ojos llorosos, con mucosidad saliendo a borbotones de su nariz. La muchedumbre enfurecida expresó su desaprobación.

El repentino sonido de un disparo silenció a la multitud. Lalo sintió que un líquido caliente le corría por la pierna. Reed gritó frenéticamente que alguien le había robado la pistola. Lalo miró a su alrededor, sintiéndose repentinamente muy débil, y vio a uno de los hermanos del sospechoso apuntando a Spurgeon. Lalo ya tenía su 9 mm en la mano y disparó al hombre tres veces, apuntando al centro de la masa como le habían enseñado en los Marines, así como en la academia de policía. Todo su entrenamiento había sido para un momento como éste: tener que defenderse a sí mismo o a otros a pesar de estar herido y desorientado.

Lalo miró hacia abajo, vio la sangre que manchaba su camisa justo debajo del corazón y cayó de rodillas. Sus pensamientos eran sorprendentemente claros; reflexionó sobre el hecho de lo volátil que era el trabajo policial; cuando había llegado a la escena, unas cuantas personas estaban discutiendo y, en pocos minutos, el caos total sustituyó al reposo de un momento antes, de forma parecida a cuando se produce un accidente de coche, de forma repentina y sin la suficiente advertencia para modificar el resultado final. Su mente empezó a divagar, como en un sueño, ya que lo último que vio fue a la gente corriendo en todas direcciones y la cara grande y redonda de Spurgeon frente a él, pronunciando palabras inauditas.

Capítulo 9 (Memo)

Lucía llevaba un vestido blanco tradicional y un velo vaporoso, y Memo lucía un traje de estilo occidental con botas de cocodrilo y un cinturón a juego. Se gastó todo el dinero de su jubilación del departamento de policía para hacer que el día fuera especial para su novia. En México, la boda era una de las cosas más importantes en la vida de una joven. La ceremonia religiosa y la costosa recepción reforzaban los lazos familiares y religiosos en la comunidad.

Otro de los hermanos de Lucía, Leo, preparó un cerdo para hacer asado, carne de cerdo en salsa de chile rojo, y chicharrones. Después de matar y limpiar el cerdo, él y otro hombre empezaron rápidamente a despiezarlo, cortando trozos de las patas en pedacitos para el asado. Un gran disco de hierro que había sido parte de un tractor se utilizó para freír los trozos de piel y grasa, convirtiéndolos en chicharrones: el olor a cerdo recién frito hizo que Memo tuviera muchas ganas de comer. Una vez hechos los chicharrones, se frieron los trozos más pequeños de la parte trasera y las patas del cerdo, y luego Leo escurrió el exceso de aceite. Se echó la salsa de chile rojo y le añadió laurel al ajo. Una de sus tías preparó arroz al estilo español, mientras que otra hizo frijoles charros, una mezcla de alubias, cerveza, tocino, jamón, chicharrones, chile, cebolla y cilantro. Memo había comprado aguardiente para cada mesa del salón de baile que habían alquilado, y los arreglos de las mesas los había hecho la mujer de Leo. También se había procurado un enorme pastel.

Rodrigo era la única persona de la boda que había estado allí en nombre del novio. El banquete fue una mezcla de buena comida y de conocer a la aparentemente interminable cantidad de familiares y amigos de Lucía.

Memo había contratado a un grupo de directo conocido como Innovación para que tocara en la recepción y el baile; la combinación de saxo, acordeón y guitarras eléctricas proporcionaba una mezcla armónica. A Lucía le gustaba bailar, y Memo sabía que este costoso detalle la haría muy feliz.

La música duró hasta las cuatro de la mañana aproximadamente, comenzando con el tradicional vals. Hacia la mitad, la gente se ponía en fila para bailar con la novia y/o el novio, teniendo que enganchar dinero a sus prendas para tener el privilegio de hacerlo. Memo se dio cuenta de que Lucía se negaba a bailar con uno de los chicos que se había puesto en fila. Se marchó, obviamente enfadado. Memo también estaba bailando, así que no tuvo tiempo de preguntarle de qué se había tratado. Cuando terminó el vals, varios de los hombres y los cinco hermanos de Lucía agarraron a Memo y lo desvistieron delante de todos los invitados, dejándolo en ropa interior. Memo no opuso resistencia; sabía que esto formaba parte de la diversión. Varias de las invitadas, y uno o dos de los hombres, hicieron comentarios sobre su cuerpo o silbaron. Lucía miraba, celosa. Después del baile, Memo y Lucía se dirigieron a una atracción turística local para su noche de bodas llamada Rancho La Estancia, un gran rancho y un lujoso hotel en una hermosa zona al pie de las montañas, verde de árboles y hierba. Mientras iban en coche, Memo le preguntó qué había pasado con el chico con el que no había bailado.

"Hace unos dos años, salía con un hombre llamado Julio César. Él enseñaba taekwondo en el gimnasio que tiene su familia. Íbamos a casarnos cuando dos de mis hermanos murieron en un accidente de coche".

Memo frunció el ceño. Ni siquiera sabía que tenía dos hermanos más.

"La boda se pospuso. Más tarde me enteré de que Julio, supuestamente un buen amigo de mis hermanos, fue visto en un baile, pero sólo una semana después de las muertes. Alguien que está de luto no va a los bailes, sobre todo cuando su novia está totalmente destrozada. Rompí el compromiso. Después hizo algunas locuras que no hicieron más que consolidar mi decisión. Te juro que nunca le esperé en la boda".

"Te creo. ¿Por qué no me habías hablado antes de tus hermanos?"

"Tenemos mucho que aprender el uno del otro, todavía. Lo siento".

Memo asintió, totalmente de acuerdo. Cuando llegaron al hotel, Memo levantó a Lucía en brazos y la llevó a la lujosa suite que había alquilado. La habitación estaba decorada con varias docenas de rosas que había encargado para demostrar su amor, y el sutil aroma llenaba la habitación. Después de tumbarla suavemente en la cama grande cubierta de pétalos de rosa, Memo besó a Lucía en los labios, separándolos suavemente con la lengua. Ella respondió, y se abrazaron en un largo y apasionado beso.

Memo deslizó la larga cremallera de su vestido de novia hacia abajo y luego lo retiró suavemente de su esbelto cuerpo. Quería que su noche de bodas fuera una noche que recordaran el resto de sus vidas. Lucía se estremeció cuando él descubrió su piel satinada, con los ojos llenos de humedad y los labios temblorosos. Memo se tomó su tiempo, besando sus labios, su cuello y recorriendo su cuerpo mientras le quitaba la ropa. Pronto, ella se acercó a él con avidez, atrayendo sus labios hacia los suyos.

Besando su cuello, Memo bajó hacia sus pequeños pechos, rodeando sus pezones con la lengua. Lucía gimió un poco y sus pezones se endurecieron. Siguió bajando hasta su ombligo, maravillado por su abdomen plano. Al bajar más, Lucía le agarró suavemente la cabeza, tirando de él hacia arriba. Obviamente, no estaba preparada para eso, todavía. Memo lo respetaría, por ahora. Le dio la vuelta y le besó la nuca, los hombros y la espalda. Sabiendo que no podría llegar a ciertas zonas debido a su falta de experiencia, Memo la giró de nuevo, besando los dedos de los pies y chupándolos suavemente. Lucía gimió y arqueó ligeramente la espalda. Memo se alegró mucho del efecto, y continuó subiendo, echando de menos la zona aparentemente prohibida. Quería llevarla a todos los niveles, pero tendría que conformarse con un enfoque más tradicional, por ahora.

Lucía entregó su virginidad a Memo con todo su corazón y su alma, y Memo la tomó, con decisión, con pasión y amor.

Capítulo 10

Tras unos días en el rancho, los despreocupados recién casados se dirigieron al apartamento de Memo en Juárez en una vieja camioneta agrícola que compró a un menonita para el que trabajaba el padre de Lucía. Mientras atravesaban lentamente el ajetreado tráfico de Juárez, llegaron a conocerse mejor. Su compromiso había sido un torbellino. Mientras hablaban, Memo se dio cuenta de lo poco que sabían el uno del otro.

"Háblame de tus padres, Memo. Has hablado muy poco de ellos".

Memo respiró hondo. Tenía muchos buenos recuerdos de ellos, pero su pérdida seguía doliendo. "Mi padre era un hombre amable. Nos quería mucho a mi madre y a mí. Habría dado su vida por cualquiera de nosotros. Pasaba cada minuto libre de cada día con nosotros". Memo se detuvo un momento, los recuerdos llenaban su mente.

"Mi madre". Vaya. Era sobreprotectora. Nos mimaba mucho a mí y a mi padre. Teníamos tortillas recién hechas todos los días, sopa de pollo, Vicks cuando estábamos enfermos y un abrazo cuando estábamos tristes. Eran los mejores". Se detuvo en un semáforo en rojo.

Lucía sonrió y abrazó a Memo.

Las calles del barrio estaban flanqueadas por casas y apartamentos de una sola planta en mal estado, todos juntos. No había espacios ni patios entre ellas para separarlas. Al otro lado de la calle había una clínica gestionada por el sistema de seguridad social de México, muy parecida a los hospitales comarcales de Estados Unidos. Los grafitis cubrían todo lo que se podía pintar.

Al ver la mirada de angustia en los ojos de Lucía, Memo dijo: "Mira, es sólo temporal. Ahorraremos y encontraremos un barrio mejor en cuanto podamos".

"Mi amor, no me importa dónde vivir mientras esté contigo".

Memo sonrió. Su apartamento no tenía mucho mejor aspecto que el del vecindario, con la ropa sucia tirada por el suelo y los platos sin lavar apilados en el diminuto fregadero de la cocina. La escasa iluminación y las ventanas sucias no ocultaban el polvo acumulado en todas las superficies.

Al ver el estado de su apartamento, Lucía dijo: "¿Así es como vivías? No me extraña que quisieras casarte tan rápido".

Los dos se rieron y se acomodaron a la rutina del matrimonio. Los desplazamientos de Memo eran mucho más rápidos ahora, y eso le permitía tener más tiempo libre para pasar con Lucía. Hacían las típicas cosas que hacen las parejas, salir a comer, bailar, ir al cine.

Una tarde, cuando Memo volvía a casa del trabajo, el conductor de un viejo Lincoln bloqueaba la carretera intentando convencer a una chica que caminaba por la calle de que se subiera con él.

Memo se puso a su lado, con la ventanilla ya bajada, y le gritó: "¡Oye, por qué no te vas a tu rancho a hablar, idiota!".

Una vez que dio la vuelta al Lincoln, Memo lo frenó y pasó al otro hombre. Para su sorpresa, el hombre, evidentemente, renunció a la chica y persiguió a Memo. Como no quería que el hombre supiera dónde vivía, Memo giró unas manzanas antes de la calle donde estaba su casa y se detuvo. El coche se detuvo frente a la camioneta de Memo y paró. El hombre se bajó.

Memo, que seguía vestido con un traje informal de negocios y una corbata, no debía parecer muy amenazador para el otro hombre, que evidentemente también seguía con su ropa de trabajo. Parecía una especie de mecánico, con la camisa y los pantalones cubiertos de manchas de aceite.

Memo llevaba una barra de hierro en una mano.

"¿Qué, quieres pelear?" Memo preguntó.

"¿Por qué no dejas la barra de hierro y luchas como un hombre?"

El mecánico no parecía llevar ningún arma encima, así que Memo tiró la barra de hierro. El mecánico corrió hacia él, agarrando su corbata, pero Memo desencadenó una ráfaga de golpes de derecha y ganchos de izquierda, que le hicieron un trabajo corto.

El mecánico, tumbado en el cemento, pedía clemencia mientras Memo seguía encorvado sobre él, golpeándole con izquierdas y derechas hasta que el hombre se cubrió la cara ensangrentada con las manos y le suplicó que parara.

"Pararé, pero será mejor que no te levantes hasta que me haya ido".

"Okei, okei."

Memo se alejó, sin perder de vista al hombre, mientras éste subía a su camioneta y se alejaba. El mecánico ni siquiera se inmutó. Todavía cargado de adrenalina, Memo llegó a su casa, prácticamente gritándole a Lucía lo que acababa de ocurrir.

"Cariño, tienes que dejar de ser tan violento", dijo. "Nunca se sabe quién puede tener una pistola o un cuchillo. Muchos hombres no luchan como hombres. Podrían usar armas".

"Lo sé. Pero observé que no llevaba nada".

"¿Pudiste ver en sus bolsillos?"

"Pues no", respondió Memo, bajando un poco la cabeza.

"Por favor, intenta ser menos violento, si no por mí o por ti, por el bebé". Se puso una mano en el estómago.

"¿Estás embarazada?"

" Hoy lo confirmé en el médico. Un mes".

Memo sonrió de oreja a oreja y abrazó a Lucía con fuerza. "Es maravilloso, mi amor".

" Hoy llamé a mi madre para decírselo. Quiere quedarse conmigo y ayudarme durante el embarazo. ¿Te parece bien?

"Memo pensó en todos los gastos adicionales que supondría la presencia de la madre de Lucía. Una cosa era sólo su madre, pero ella traería a sus tres hijos. Como no quería decepcionar a Lucía, Memo aceptó.

Tanta gente en el apartamento hacía la vida más difícil, pero hacían lo mejor que podían con los escasos ingresos de Memo por su trabajo en Estados Unidos. La madre de Lucía era muy servicial en la casa, y trataba a Memo como a un hijo más. Los chicos no hacían mucho en la casa, pero tampoco causaban problemas. No había demasiadas fricciones en la familia, ni siquiera en el reducido espacio del apartamento de una habitación. La privacidad de la pareja era casi inexistente: la diminuta cocina y el salón eran las únicas habitaciones del apartamento. Después del trabajo, Memo solía jugar fuera con los hermanos de Lucía, escapando temporalmente del calor y la claustrofobia del apartamento.

Memo jugaba al fútbol fuera de casa con sus tres cuñados en el estacionamiento del hospital, frente a su modesto apartamento. Todas las noches, después de que Memo llegara a casa del trabajo, él y el más pequeño se enfrentaban a los dos hermanos mayores en lo que siempre se convertía en un partido intenso. Como es costumbre en México, cuando uno u otro equipo hacía un gol, inevitablemente gritaban: "¡G-o-o-o-l!"

Una noche, un joven delgado que pasaba por allí gritó: "C-u-l-e-r-o-s, cierren la boca". Por su andar inestable y sus palabras arrastradas, Memo pensó que el chico podría ser un adicto de un barrio cercano de drogas.

"¡Tu mamá!" respondió Gilberto, uno de los dos hermanos mayores.

Los cuatro siguieron jugando, sin pensar más en la situación. Omar, el hermano menor, lanzó el balón fuera del área de juego. Jorge y Gilberto corrieron a por ella.

"¡Memo! Ven aquí, rápido!" Gilberto gritó.

Omar y Memo corrieron hacia los otros dos hermanos. Memo vio que los dos estaban arrinconados por el mismo cholo que les había estado gritando blasfemias.

"¡Cuidado, Memo, tiene un cuchillo!"

Memo corrió hacia el cholo y se detuvo a pocos metros de él. El chico tenía una jeringuilla en la mano. Sabiendo que con el pinchazo de una aguja usada se pueden contraer todo tipo de enfermedades transmitidas por la sangre, Memo no se arriesgó. Se puso rápidamente al lado del cholo y le dio una patada en el brazo que sostenía la aguja, haciendo que la soltara. Cuando el cholo se dio la vuelta para huir, Memo le dio una patada en la espalda.

"Te metiste en un lío", gritó el chico mientras corría, "¡volveré con mi banda!".

Aunque los cuatro se rieron del comportamiento del cholo y de la cómica patada en el culo, decidieron que sería mejor volver a casa. Mientras Jorge, el cuñado más hablador de Memo, contaba la historia a Lucía y a la suegra de Memo más tarde, alguien empezó a golpear con fuerza la puerta, casi rompiendo los cristales. Memo miró por la ventana y vio a seis cholos vestidos con pantalones anchos y camisetas. Uno estaba en una camioneta blanca estacionada junto a la acera, todavía en marcha, mientras que los otros cinco estaban de pie frente a la puerta.

La suegra de Memo temblaba mientras miraba por la ventana. Se volvió hacia Memo con miedo en los ojos. "Vamos a llamar a la policía".

"Sabes que no hay tiempo para eso. Nunca llegarían a tiempo", contestó Memo, sinceramente.

Dos de los hombres que estaban en la puerta volvieron a golpearla con fuerza. Memo pensó en Lucy y en el bebé, y se preocupó por lo que pasaría si entraban en el apartamento.

Tras ir al dormitorio, Memo tomó el bate que guardaba junto a la cama. Los puñetazos en la puerta se volvieron más agresivos. Al volver al salón, Memo miró las caras de pánico de su familia y dijo: " Aléjense todos de la puerta. No salgan, pase lo que pase". Abrió la puerta y apenas salió.

Sorprendido, uno de los cholos que estaban delante de la puerta saltó hacia atrás y gritó: "¡Eh, hijo de puta, suelta el bate!"

Cinco pandilleros estaban delante de Memo, alejándose de su bate. Uno de ellos, con la cabeza bien afeitada, saltó hacia delante, y Memo respondió con un breve golpe en la cabeza.

"¡Ah, cabrón!" El cholo dio un salto hacia atrás, sujetándose la cabeza donde le habían golpeado.

Cualquier miedo que Memo pudiera haber sentido alimentó una increíble descarga de adrenalina, tan potente que ya no pudo oír lo que le gritaban.

"¡Atrás, o lo tendrán!" les gritó Memo. Después de ver que no se dejaban disuadir por el bate y de darse cuenta de que habían empezado a lanzarle piedras, Memo llamó a su cuñado.

"¡Toma mi arma, Gilberto! ¡Lánzamela!"

Gilberto le lanzó a Memo la Smith and Wesson .357 que guardaba en la casa para protegerse. Memo apuntó el arma a los cholos y les gritó: "¡Váyanse o disparo!".

Los cholos subieron a la camioneta, gritando furiosamente, pero todavía no se iban. Con el corazón latiendo estruendosamente en sus oídos, Memo seguía sin poder discernir lo que le decían. Memo apuntó a la camioneta y apretó el gatillo, con la cara de su mujer en su mente mientras lo hacía.

Clic! El arma no disparó. Memo amartilló el arma y apuntó de nuevo.

"Esta vez disparará, cabrones, será mejor que se vayan de aquí"

Los cholos finalmente se fueron, todavía gritando obscenidades a Memo.

En cuanto entró en la casa, Lucía lo abrazó con toda la fuerza que pudo reunir, como si su abrazo tuviera poderes protectores para transformarlo mágicamente en un ser indestructible.

Mirando profundamente a los ojos de Memo, dijo: "¡Podrían haberte matado!"

"¿Qué querían esos hombres?" Preguntó su suegra, con los ojos muy abiertos por el miedo.

"Sea lo que sea lo que querían -gruñó Memo-, ya se fueron"

Gilberto se acercó a Memo, con el rostro pálido. "No deberíamos estar aquí esta noche, pero no sé dónde podemos ir".

" Yo sé". Memo miró a Lucía. "Reúne lo que necesites para la noche y prepara a tu madre. Encontraremos algún lugar para pasar la noche y nos ocuparemos de este problema mañana. Sólo quiero que estés a salvo".

Lucía asintió, con su cabello oscuro arremolinándose alrededor de ella.

El cuñado de Memo frunció el ceño cuando las mujeres salieron de la habitación. "¿Qué vamos a hacer?"

"Por ahora, sólo vamos a salir de aquí", murmuró Memo. "Luego, me preocuparé de dónde iremos".

Cuando estaban a punto de salir de la casa, sonó el móvil de Memo.

"Hola", gritó al teléfono.

"Memo, ¿qué pasa?".

"Rodrigo, eres justo la persona con la que necesitaba hablar".

Memo le puso al corriente de los acontecimientos de la noche, sin dejar de vigilar la calle. Las mujeres se sentaron en el sofá, la suegra de Memo rezando con su omnipresente rosario.

"¿Qué puedo hacer para ayudar?" dijo Rodrigo en voz baja.

"No podemos permitirnos un hotel, amigo mío", dijo Memo. "Pensé que tal vez podrías venir a recoger mi camioneta y llevarla a tu casa para pasar la noche. Si esos bastardos mafiosos vuelven, pensarán que nos fuimos. Pero tendrías que recogerme por la mañana".

"No hay problema, amigo", dijo Rodrigo. "Tendré que encontrar un transporte, así que dame un rato. Mañana, puedo recogerte para ir al trabajo, y después de recibir tu cheque, te encontraremos un apartamento diferente".

Cuando llegó Rodrigo, Memo salió, con su pistola en el bolsillo trasero. Le entregó las llaves y acordaron una hora para reunirse por la mañana. Rodrigo se despidió de él con el brazo, subió y arrancó la camioneta. Memo se giró para volver a caminar hacia la puerta de su casa.

Un ruido a su izquierda le hizo levantar la cabeza. Un joven mexicano, con algo de sobrepeso, corría hacia Memo, gritando y disparando una pistola. Los instintos de Memo se impusieron. Se agachó para correr detrás de la minivan estacionada frente al apartamento de su vecino. El cholo le gritó a Memo que no se escondiera, una petición descabellada. Memo sacó su arma y caminó con cuidado alrededor de la camioneta con la pistola apuntando hacia adelante, su entrenamiento policial se hizo cargo.

Mientras Memo avanzaba, el cholo saltó a la camioneta de Memo, usando a Rodrigo como rehén con la pistola en la cabeza. La ira dio alas a los pies de Memo. Corrió tan rápido como pudo hacia ellos, sin importarle la camioneta, pero con un solo pensamiento en su mente: salvar a Rodrigo.

El viejo Chevy con palanca de cambios estaba en mal estado, por lo que tardó en tomar impulso en la primera marcha. Memo alcanzó el vehículo, corriendo junto a la camioneta por la ventanilla del conductor. El gánster, que seguía gritando con rabia, intentaba controlar la camioneta con una mano mientras le disparaba a Rodrigo, pero, por alguna razón, su arma se atascó. Los ojos de Rodrigo se abrieron de miedo, y el conductor maldijo aún más, sacudiendo el arma antes de volver a apuntar a la cabeza de Rodrigo.

Memo tomó una decisión en una fracción de segundo y le disparó al cholo en la mandíbula, apuntando hacia abajo en un ángulo para que la bala no atravesara su cabeza y le diera a Rodrigo.

El cholo no tuvo tiempo de reaccionar. Sangrando profusamente por la mandíbula izquierda, se desplomó hacia delante. Memo abrió la puerta y sacó al cholo de la camioneta, viéndolo caer al suelo como un saco de papas.

"¡Vamos, Rodrigo!", gritó. "Conduce". Tiró su pistola en el centro del asiento.

Rodrigo se deslizó en el asiento del conductor, todavía pálido y sudoroso, y metió la camioneta en segunda. Miró a Memo.

"Mañana."

Memo asintió, haciéndole un gesto para que se fuera. "Ve. Te llamaré".

La camioneta vieja se alejó con el traqueteo de las marchas cuando Rodrigo volvió a cambiar de marcha. Todavía lleno de adrenalina, Memo aminoró el paso y se inclinó con las manos sobre las rodillas para recuperar el aliento. Las sirenas sonaron a lo lejos y él esperó. La policía y los paramédicos llegaron, y el cholo fue declarado muerto en el lugar.

Capítulo 11

Memo se sentó en una silla de metal en un pequeño despacho de los dos detectives que trabajaban en su caso. Las esposas se clavaban en sus muñecas, pero las ignoraba. Ya les había relatado los hechos varias veces. Uno de los dos detectives salió del despacho, y luego volvió con un grueso montón de papeles.

" Le hiciste un gran favor a la comunidad, deshaciéndote de esa basura. Mira", dijo, señalando los papeles. "Robo, violación, venta y consumo de drogas. Era una auténtica porquería".

"De verdad?"

"Sí. No te preocupes por esto. Saldrás de la cárcel enseguida".

Memo respiró aliviado. Los detectives le ayudaron a levantarse de la silla y le acompañaron a la celda de detención.

Durante el trayecto, un hombre de pelo corto y rizado se abalanzó sobre Memo, intentando golpearle. Uno de los detectives se interpuso.

" ¡Basta ya con esa mierda! Sal de aquí antes de que te arreste!"

"¿Quién era ese tipo?"

"Es el hermano mayor del tipo al que disparaste".

El detective llevó al hermano de pelo rizado del brazo lejos de Memo, los dos hablando en voz baja. Acompañaron a Memo por un largo pasillo y se detuvieron frente a un pequeño escritorio de plástico. El guardia, bajo, calvo y regordete, miró al detective, pero no dijo nada.

"Aquí hay otro preso. Encárgate de él", dijo el detective al guardia de la celda de detención.

"¿Cargo?"

"Homicidio".

El corazón de Memo se hundió ante la mera palabra.

"Quítate las agujetas", dijo el guardia.

Memo estaba encerrado en una celda de 3 metros por 3 metros que compartía con otros trece presos. Los olores corporales y de pies eran horribles, y el único retrete sin asiento sólo se tiraba de la cadena cada doce horas. A pesar de los olores y la falta de espacio, el choque de adrenalina era más fuerte, y Memo se enrolló en posición fetal, apoyó la cabeza en sus zapatos y se quedó dormido.

Flotando como un ángel, la mujer de Memo abrió la puerta de la celda y lo sacó del infierno que ahora sufría. En medio de un largo y apasionado beso, Memo despertó a la realidad de su celda compartida. El dulce aroma del perfume de su mujer del sueño dio paso a los pútridos olores del sudor y de los pies, provocándole ligeras arcadas. Un hombre bajo y delgado, al que le faltaban casi todos los dientes, se reía.

"Te acostumbrarás. Sólo lleva unos minutos".

Memo asintió, dándole las gracias en silencio.

"¿Es tu primera vez en la cárcel?"

"Sí".

"Homicidio, ¿eh? Menuda forma de empezar".

Memo miró hacia el retrete, casi rebosante de material que era mejor tirar.

El flaco, al notar la expresión de disgusto en el rostro de Memo, respondió a la pregunta no formulada.

"El retrete se descarga cada doce horas. Para conservar el agua. Ni siquiera hay un fregadero para lavarse. ¿Tienes hambre? La comida debería llegar en cualquier momento".

A todos los que estaban en la celda de contención se les dieron dos bocadillos de mortadela, que consistían únicamente en pan y mortadela. En la celda se dejaron cuatro jarras de un galón de agua; no se distribuyeron vasos, así que los presos tuvieron que compartir las jarras. Memo se miró las manos sucias y el hombre con las desagradables llagas en la boca bebió directamente de la jarra de plástico transparente. Al no tener muchas opciones en su situación actual, Memo engulló los bocadillos. Siguiendo cuidadosamente la jarra de la que había bebido el hombre de las llagas, Memo se aseguró de beber de otra, inclinando la cabeza hacia atrás y dejando que el agua cayera en su boca en lugar de beber de ella directamente.

"¿Cómo te llamas?", preguntó el desdentado.

Memo contestó y le hizo la misma pregunta.

"Me llaman Tiburón". Dijo el hombre, riéndose de su propio e inapropiado apodo. "Tienes bastante suerte, la verdad. Muchas veces hay por lo menos un tipo pesado que ha estado en la cárcel unas cuantas veces y le echará bronca a el nuevo, pero ahora mismo sólo he visto a un tipo aquí que es pesado, y no se mete con la gente a menos que se metan con él. Ése es él, el de la esquina -dijo Tiburón, ya sin sonreír, usando los labios para señalar. Luego, continuó en un susurro-: Se llama Arturo. Es un sicario de la mafia".

Si nadie le hubiera dicho a Memo que aquel hombre demacrado y con cara de viruela era un asesino a sueldo, Memo nunca le habría dado importancia. El anodino Arturo no habló con nadie, y ninguno de los trece hombres que quedaban en la celda se esforzó por hablar con él. Para algunos hombres, su reputación podía ser casi tan buena como tener un arma en la mano.

Tiburón continuó. "No te preocupes. Este lugar es mucho peor que la prisión. Después de 72 horas, si un preso sigue aquí, lo envían a El Cereso. No es agradable, pero las instalaciones son mucho mejores".

"¿Y el tribunal? ¿No hay un juicio?"

Tiburón se rió. "En México no. Tu caso lo verá un juez, probablemente en la capital, Chihuahua, y te sentenciarán sin que te vean. Si tienes dinero para un abogado, puedes apelar, pero no hay juicio".

Habían pasado dos días. Nadie había venido a ver a Memo, y no se le había permitido hacer ninguna llamada. Tiburón había sido trasladado a El Cereso. Aunque los detectives que habían trabajado en su caso le aseguraron que sería exonerado, Memo se preguntaba ahora si alguna vez vería la luz del día. Pasó otro día, y ninguno de los hombres que habían estado con él en la celda de detención el primer día seguía con él.

Entonces, dos guardias aparecieron en la puerta de la celda.

"¡Guillermo Smith!"

El corazón de Memo dio un salto. Quizá su mujer estaba allí con un abogado para sacarlo de la cárcel, esperaba.

"Sí, señor".

" Ya puedes salir de aquí".

Memo se puso alegremente los zapatos y se quedó en la puerta.

"Date la vuelta y pon las manos a la espalda".

Tal vez fuera una precaución que los guardias volvieran a esposarle.

Los guardias sacaron bruscamente a Memo de la celda y lo condujeron a una puerta trasera donde esperaba una furgoneta sin ventanas con otros siete presos ya dentro. Memo se dirigía a la cárcel.

Memo no tuvo miedo cuando los guardias de la prisión lo transportaron a la cárcel de Juárez llamada El Cereso. Por el contrario, sintió una profunda tristeza por la injusticia infligida a él y a su familia. ¿Cómo iba a salir adelante su esposa, una mujer embarazada en un país del tercer mundo con salarios ya bajos? Ya había sido bastante difícil pagar las facturas con su sueldo de Estados Unidos.

El viaje transcurrió a trompicones y aprovechó el tiempo para reflexionar sobre su situación y las opciones que tenía ante sí. Antes de llegar a la prisión, Memo tomó una decisión importante. De alguna manera, encontraría la forma de mantener a su mujer, incluso desde la cárcel, costara lo que costara. Su nueva decisión le aportó cierta tranquilidad. Podía hacer que esto funcionara, aunque todavía no supiera cómo.

Los prisioneros salieron disparados hacia delante cuando el camión de transporte se detuvo repentinamente frente a la zona de procesamiento del Cereso, despertando a muchos de ellos del sueño necesario. Los registraron mientras los hacían pasar al interior. Memo se sorprendió cuando le condujeron a una celda sin ponerse algún tipo de uniforme. De hecho, ninguno de los prisioneros llevaba uniforme. Ni siquiera había sido fotografiado. Tres hombres, de aspecto rudo, le miraban fijamente.

"¿Por qué estás aquí?", preguntó el mayor de los tres hombres, con la saliva volando de su lengua con cada palabra que pronunciaba.

"Homicidio".

Los otros dos hombres se miraron entre sí, y luego al hombre más grande, aparentemente el líder de la célula.

"Si mientes, lo descubriremos".

"Yo no miento", se limitó a decir Memo, mirando directamente a los ojos del hombre. Se miraron fijamente durante un momento, y Memo ni siquiera parpadeó.

Finalmente, apartando la mirada de Memo, el hombre volvió a hablar.

"Yo soy Javier, éste es Scar y él es El Tonto". Javier señaló a cada uno de los hombres de forma prospectiva.

"Javier, soy Memo. Ahora, ¿pueden decirme lo que necesito saber para sobrevivir aquí?"

Javier y los demás se rieron ante la franqueza de Memo.

"¿Así que eres americano? Tienes un acento raro".

Memo frunció el ceño. Odiaba que la gente le dijera eso. Su español era impecable, pero su piel clara y sus rasgos heredados de su padre a menudo hacían que la gente de México creyera que era un gringo.

"Soy mexicano", dijo Memo, y permaneció en silencio. Javier rompió por fin el silencio.

"Los dos de allí están dentro por ser idiotas y porque les atraparon traficando con drogas. Yo estoy aquí por traición".

Memo miró a Javier, la mirada de intriga en su rostro instó a Javier a seguir adelante.

"Trabajaba con un agente de aduanas mexicano. Traía de Estados Unidos aparatos electrónicos, armas, municiones, todo lo que pudiera darnos un beneficio. Me dejaba pasar y nos dividíamos los beneficios".

Memo esperó pacientemente mientras Javier, obviamente aún molesto por lo ocurrido, hacía una pausa.

"Estaba siendo vigilado. Ni siquiera me avisó y, cuando estaba pasando un cargamento de mercancía ilegal, me atrapó. Me susurró que no me preocupara: él se encargaría de todo. Como puedes ver, no lo hizo".

Javier y Memo se llevaron muy bien, y Javier dedicó mucho tiempo durante los días siguientes a mostrar a Memo los entresijos de la prisión, de quién había que cuidarse, de quién se podían conseguir cosas, etc.

Después de su primera semana dentro, Lucía vino a visitarle. Tenía ojeras y estaba muy delgada alrededor de su vientre de seis meses de embarazo. Lloró cuando lo vio. Se abrazaron y luego se sentaron en una pequeña mesa de metal en una sala de reclusión general. La prisión estaba increíblemente superpoblada. Las celdas, obviamente hechas para dos presos, albergaban a cuatro, y en algunas partes, incluso a seis. Los ricos y poderosos tenían celdas aún más grandes para ellos solos.

Memo la miró a los ojos. "¿Por qué no viniste a verme antes?"

"¡No me dejaron! Intenté verte cuando estabas en la celda de detención y ni siquiera me dejaron enviarte un mensaje". Tenía una mirada de indignación mientras le contaba a Memo la experiencia. "Me trataron como si fuera infrahumana".

Memo sintió que surgía en él una oleada de furia.

"Había traído algo de dinero para ti", dijo sollozando, "pero la señora guardia que me registró se lo llevó".

"Bastardos", gruñó él. "No te preocupes por traerme dinero. Tú y el bebé lo necesitáis más que yo".

Ella le miró con unos ojos enormes y llenos de lágrimas. " Escuché que era más fácil para los prisioneros cuando tienen dinero".

Memo anhelaba lo imposible, agarrarla, estrecharla contra él y no soltarla nunca. Levantó la mano y secó suavemente las lágrimas que brotaban de sus ojos. "No te preocupes por mí -dijo-. Puedo cuidar de mí mismo. ¿Qué tal te va? Estás trabajando, ¿verdad?".

Lucía dudó, dejando caer su mirada. "N-no, no. Tengo el dinero de mi hermano".

Memo sabía que estaba mintiendo, pero no insistió en la cuestión. En cambio, le dijo: "Es demasiado para ti quedarte aquí en Juárez. Tienes que volver a Cuauhtémoc con tu familia".

"No puedo". Sacudió la cabeza, con su larga melena oscura volando sobre sus delgados hombros. "No puedo estar tanto tiempo lejos de ti".

"Tienes que pensar en lo que es mejor para el bebé".

"No, no iré". Las lágrimas de Lucía volvieron a brotar, recorriendo su rostro demacrado en gruesos riachuelos. "No te dejaré".

" De acuerdo, de acuerdo", la hizo callar Memo. "Al menos no me visites tan a menudo. Una vez al mes está bien. ¿Has visto a Rodrigo?"

Lucía negó con la cabeza. " Escuché que se fue de la ciudad, temía que lo implicaran".

" Menudo amigo. Le salvé la vida y así me paga".

Al cabo de unas horas, Lucía se marchó, mirándole con anhelo al pasar por las puertas exteriores.

Capítulo 12

Cada semana, como un reloj, Lucía visitaba a Memo. Memo sabía que probablemente estaba trabajando, limpiando la casa de alguien y ganando unos míseros cincuenta dólares a la semana. Sabía que tenía que ayudarla de alguna manera. Podía trabajar en la cárcel, pero le pagaban tan poco que no sería de mucha ayuda para ella. La desesperación nublaba cada momento de vigilia, y Memo por poco no ve una cara conocida que visitaba a otro preso. Pelo rizado, corto y regordete, el rostro del hermano del hombre que Memo había matado quedó grabado en su mente para siempre. El hombre, que trató de atacarle mientras estaba bajo custodia tras ser detenido por primera vez, señaló a Memo y sonrió.

Sabiendo que los asesinos eran baratos en una prisión mexicana, Memo pasó la noche fabricando un arma improvisada, preparado para volver a matar si se veía obligado a hacerlo. Memo recordó cómo su antiguo departamento de policía grababa en secreto a los presos fabricando armas dentro del sistema penitenciario para mostrar a los agentes por qué era importante tratar a todos los presos con extrema precaución. A Memo se le ocurrió que era un giro irónico del destino que él, que antes era un agente de policía que trataba con delincuentes, fuera ahora el peligroso preso que construía un cuchillo improvisado.

Durmió ligeramente y un silencio inusual le despertó en una celda vacía.

La noche difuminaba los contornos de los objetos que le rodeaban, pero cuando tres hombres musculosos y muy amenazantes entraron en la celda, no se sorprendió. Saltó de su litera, con el cuchillo oculto en la cintura, queriendo tener el elemento sorpresa si le atacaban. Memo esperaba que le subestimaran, y un cuchillo en la mano sólo intensificaría su asalto.

Los hombres se colocaron en la salida de la celda, bloqueándole el paso. Memo estaba seguro de que su intención era liberarle de la agonía de la vida, algo a lo que no estaba dispuesto a renunciar fácilmente. A juzgar por los tatuajes que recubrían cada centímetro expuesto de su piel, de la cabeza a los pies, los tres eran veteranos del sistema penitenciario. Con el corazón acelerado, Memo echó mano de su cuchillo. El miedo surgió de algún lugar profundo y primario de las entrañas de Memo. Cuando llegó a su corazón, se convirtió en adrenalina, y su corazón la bombeó ferozmente por todas sus venas. Memo ya no sentía miedo, sino furia, fría y pura, como una espada samurái japonesa de acero duro.

Uno de los hombres se abalanzó sobre Memo, gritando: "Muere, maldito gringo".

Apartándose, Memo clavó su cuchillo en la yugular del hombre, y vio cómo sus ojos se abrían de par en par al darse cuenta de su inminente muerte. La sangre cubrió la mano de Memo y el cuchillo, mientras lo liberaba y daba vueltas alrededor de la litera con una velocidad y agilidad aterradoras para encontrarse con los otros dos hombres. Se abalanzaron sobre Memo, pero éste evitó su ataque. En el boxeo, Memo había aprendido a dirigir sus puñetazos hacia los órganos principales, así que clavó con fuerza el mango en el hígado del hombre más grande, sintiendo cómo el otro hombre se desplomaba al intentar sacar el cuchillo de nuevo.

El último hombre apuñaló a Memo en la espalda antes de que pudiera girarse, fallando apenas su riñón. Memo dio una patada, alcanzando al hombre en las tripas, y dejó caer su arma improvisada. Cayó al suelo de la celda con un chapoteo en un charco de sangre. Adoptó su postura de boxeo, sabiendo que le habían cortado, pero la rabia de su corazón mantuvo a raya el dolor. El hombre sonrió, seguro de sí mismo, y adoptó una postura similar a la de Memo.

"Vamos a bailar, maldito cerdo", dijo el asesino.

Memo se pasó dos de sus dedos húmedos de sangre por la mejilla izquierda, marcándose como un guerrero al enfrentarse a su oponente, y sonrió ferozmente.

Vio cómo un temblor de incertidumbre se deslizaba por el rostro del otro hombre antes de que su mandíbula se tensara de nuevo. Memo atacó, golpeando al tipo con una tormenta de puños. Rompiendo la mandíbula del hombre con un gancho de izquierda a la cabeza, Memo siguió con sus ganchos de izquierda y derecha al cuerpo. Cuando el hombre se derrumbó ante la embestida, Memo remató el trabajo con unas rápidas patadas a la cabeza.

Memo se desplomó contra la pared; su respiración era agitada. Luego, se enderezó y sacó los cadáveres de su celda uno por uno, arrojando despectivamente un cuchillo casero sobre el último cuerpo.

Limpió la sangre de su celda y de sí mismo con los cuatro galones de agua, y luego volvió a su litera como si no hubiera ocurrido nada.

Los guardias encargados de la investigación supusieron que los hombres habían sido masacrados por un grupo de otros reclusos, sin sospechar nunca que un solo hombre era capaz de matar a los tres. Una inspección de la prisión no reveló nada, y Memo ocultó su herida para evitar cualquier relación con las muertes, curándola y cuidándola él mismo. El código de silencio de los presos le protegía, aunque ahora sus compañeros le abrían paso cuando se desplazaba.

Los compañeros de Memo le ayudaron más que nunca, como si estuvieran ansiosos por compensar cualquier parte percibida en el ataque contra él. Su reputación tras el incidente le catapultó a la fama y el poder en la prisión. Los tres hombres que había masacrado eran asesinos conocidos, que cumplían largas condenas por múltiples asesinatos. El nuevo respeto que le otorgaban los demás reclusos de la prisión hizo que Memo creyera que su vida mejoraría algo en la prisión.

Cada vez que Lucía venía de visita, la culpa le desgarraba el corazón. Su embarazo avanzaba, redondeando sólo su vientre, dejando sus brazos y piernas delgados como palos. Si al menos tuviera dinero para cuidar de ella y del bebé que vendría, para pagar el parto y una buena comida para ambos. El respeto de los presos no pondría comida en su mesa ni leche en la boca del bebé, y la desesperación volvió a apoderarse de él.

El hombre más poderoso del Cereso, un importante narcotraficante llamado Rafael Carrillo Ortega, envió a uno de sus subordinados para que llevara a Memo a su encuentro. Segundo al mando del cártel de Chihuahua durante unos cinco años, "Don Rafa" Ortega afirmaba pertenecer a la mafia mexicana y esperaba que la gente acudiera a él cuando la convocaba. Ortega estaba en la cárcel más por política que por justicia. Había sido detenido después de que el gobernador y el jefe de Rafael decidieran que se estaba haciendo demasiado poderoso.

Memo le dijo al subordinado que, si el hombre quería reunirse con él, podía bajar a verlo a su celda, pero que no iría a ningún sitio con gente que no conociera. En probablemente quince años, nadie le había negado nada a Don Rafa, pero el narcotraficante se limitó a reírse.

Un día, tras una visita de Lucía, Memo recibió otra llamada de Don Rafa para que fuera a su celda. Esta vez, con el rostro demacrado y el cuerpo delgado y embarazado de Lucía frescos en su mente, Memo fue, con la esperanza de una oportunidad de negocio.

Comparada con la sencilla celda compartida de Memo, la de Don Rafa era más bien una suite de hotel. La tenía para él solo, con televisión y aire acondicionado. En el escritorio que tenía cerca de la cama había cuatro teléfonos móviles. Levantó la vista cuando Memo entró en la celda. Las canas de su pelo y las arrugas alrededor de los ojos revelaban la edad de Don Rafa, probablemente de unos cincuenta años. Llevaba un cómodo "extra" alrededor de la cintura, y cuando se levantó para saludarle, Memo se dio cuenta de que su complexión de 1,80 m y 90 kg se alzaba literalmente sobre el hombre. Aun así, Don Rafa tenía presencia, y Memo lo sintió como si estuviera ante un presidente o un rey, a pesar de la estatura del hombre.

"Memo. He oído hablar mucho de ti. Buen trabajo con él, bueno, ya sabes, el 'incidente', diremos. Siéntate". Don Rafa volvió a sentarse, cruzando las piernas. Memo no pudo evitar mirar las hermosas y obviamente caras botas de piel de avestruz que llevaba. Las joyas de oro, la camisa de Armani y el cinturón a juego confirmaban que el hombre tenía dinero, y en la cárcel era obvio que era mafioso.

"Gracias", dijo Memo, apenas audible, mientras se sentaba en un sillón frente al de Don Rafa.

"He oído que tienes algunos problemas de dinero, y también una mujer embarazada. Eso es terrible".

Memo se estremeció como si le acabaran de abofetear.

Don Rafa se recostó en su silla con sus ojos negros y brillantes fijos en el rostro agonizante de Memo. "Iré al grano. Me vendría bien alguien como tú. Necesito a alguien que me enseñe inglés y, seamos sinceros, serías una persona estupenda para tener como guardaespaldas. Nadie en la prisión te vería raro".

Memo miró alrededor de la lujosa celda que rivalizaba con las suites de los hoteles de lujo, sabiendo que estaba derrotado. Después de trabajar contra las drogas durante tantos años, tendría que trabajar para un traficante si quería que su mujer sobreviviera.

Don Rafa se levantó y puso la mano en el hombro de Memo.

"Me gustas. Pocos hombres de aquí son hombres de verdad. Tú lo eres. Te respeto. Quiero que estés conmigo. Sobre el escritorio hay una bolsa de papel con 10.000 dólares dentro. Eso debería ayudar a tu mujer a salir adelante durante un tiempo. Necesito ayuda mientras esté aquí, alguien con quien pueda contar. Siento que no me vas a defraudar. ¿Qué te parece?" El dólar era, con mucho, la moneda preferida por la mafia, y ésta no era una oferta insignificante.

Memo se levantó y estrechó la mano de Don Rafa. Luego, se acercó y agarró la bolsa, sellando el trato. Diez mil dólares. Se sentía bien en su mano, como si le perteneciera. Podía hacer frente a mucha mierda por esa cantidad de dinero.

Se dio la vuelta y salió de la celda de su nuevo jefe.

Capítulo 13 (Lalo)

"Mijo. Despierta, cariño".

Lalo abrió los ojos, entrecerrando los ojos ante la brillante luz que entraba por la ventana. Su mujer, Manuela, se inclinaba sobre él con la preocupación que irradiaban sus ojos verdes. Intentó levantar la mano para apartar el pelo castaño rojizo de su pálido rostro, pero su brazo se negó a cooperar, y su mano cayó inútilmente sobre la cama. Vestida sencillamente con unos jeans y una camiseta roja, incluso con ojeras, probablemente porque no había pegado ojo, seguía siendo un encanto para Lalo.

Giró la cabeza hacia la ventana, tratando de calibrar la hora del día. "¿Cuánto tiempo he estado fuera?"

"Sólo un día". Ella le sonrió, pero él pudo ver que había estado llorando. "Toda la noche me preocupé".

Lalo frunció el ceño. "No quería que te preocuparas. Cómo están los demás..."

"Bien", le interrumpió Manuela. "Tú fuiste el único herido. Siempre preocupado por los demás, ¿eh, señor héroe? Típico".

Volvió a sonreír, la preocupación resbalando de su rostro como la lluvia ante el brillante sol.

Lalo intentó devolverle la sonrisa, pero le dolía la cara, junto con todas las demás partes de su cuerpo. Si alguna vez le atropellara un camión, pensó, así es como se sentiría.

Otro pensamiento le asaltó. "¿Isela?"

Manuela le dio una palmadita en el brazo. "Nuestra hija está bien. Quería estar aquí, pero quería asegurarme de que tú te levantaras primero. No quería que pensara que habías muerto".

"Sólo tiene dos años. Habría pensado que estaba dormido".

Manuela se apartó de él, acomodándose de nuevo en la silla tirada junto a la cama. Una lata de refresco y una revista abierta yacían en la bandeja de la cama tirada junto a su silla. "Quizá, pero la traeré más tarde, ¿está bien?".

Una enfermera entró en la habitación con una jeringuilla en una mano. " Despierto, por lo que veo".

" Justo ahora", dijo Manuela. "Pero está malhumorado".

" Tengo dolor, mujer", murmuró. "No estoy malhumorado".

"Estoy aquí para arreglar eso". La enfermera introdujo la aguja en su conexión intravenosa y empujó el émbolo. "Ahora, quédate tranquilo. Pronto te sentirás mejor".

Dejó la jeringa usada en el recipiente marcado en la pared y volvió a acercarse a la cabecera para tomarle las constantes vitales.

Al cabo de unos instantes, Lalo sintió que el analgésico le embotaba los sentidos. Miró a su mujer, agradeciendo que estuviera allí. Mientras ella leía su revista, la brillante luz del sol daba a su pelo castaño un brillo rojizo, que le recordaba a cuando la vio por primera vez.

Lalo conoció a Manuela por segunda vez cuando aún trabajaba en narcóticos. Ella era unos años más joven que él, y aunque había cambiado mucho desde que tenía diecisiete años, todavía le reconocía. Mientras Lalo vigilaba el local de Carlos Medina, frecuentaba una tienda de burritos donde trabajaba Manuela. Ella lo recordó inmediatamente de la noche de la quinceañera y le dio un abrazo, todos los de la tienda de burritos se quedaron mirando. Él frecuentó la tienda de burritos durante unos meses antes de que finalmente tuvieran una cita, aunque no gracias a Lalo.

Ella era una persona directa, y fue ella quien dio los primeros pasos con Lalo. Más tarde le dijo que su timidez se interponía en su camino y que, si le hubiera esperado, seguirían siendo sólo amigos. Ella le propuso matrimonio y se casaron. Ella sabía lo dedicado que era él a su trabajo y lo serio que era. Lalo no bromeaba mucho, y a menudo se tomaba a pecho lo que le decían. Hombre de palabra, a menudo se sentía decepcionado por los que no eran.

Lalo había querido casarse sólo en el juzgado, pero ella le convenció de que también necesitaban una boda por la iglesia.

"¿No crees en Dios, Lalo?"

"No es eso, mija. Es que no me sirve de nada".

"¿Qué quieres decir?"

"Bueno, a mí no me ha servido para nada, así que me siento igual".

"Lalo, Dios tiene un plan para todos. ¿Cómo si no puedes explicar que nos hayamos vuelto a encontrar después de todos esos años? Y los dos seguíamos solteros. Eso no puede ser una simple coincidencia".

Lalo pensó en lo que ella había dicho. Después de todos aquellos años de constantes pérdidas y penurias, Lalo no podía creer que todo formara parte del plan de Dios; a menos, claro, que Dios fuera un sádico hijo de puta. Pero era importante para Manuela, así que aceptó la boda por la iglesia. Dos años después nació Isela, que se convirtió en una niña de papá casi desde el momento de su primer aliento.

Lalo descansó en su casa tras su salida del hospital. Sin embargo, cuando regresó al trabajo, volvió a ocuparse del caso Medina. Barba se enteró y, tras una seria sesión de "masticación de culos", le amenazó con suspenderle si no "cesaba y desistía". El detective jefe no parecía darse cuenta de que cuanto más alejaba a Lalo del caso, más decidido estaba a averiguar por qué este caso molestaba a tanta gente. Al fin y al cabo, él era un detective de homicidios, no un político.

Aunque el tiempo libre de Lalo era limitado, siempre había dedicado tiempo a su familia. No perdía el tiempo viendo deportes en la televisión, bebiendo con los amigos o yendo a los clubes de striptease locales. Cada vez que miraba a los ojos de su mujer y de su hija, Lalo sentía como si toda la locura y la enfermedad del mundo fueran sólo un sueño, y su amor inquebrantable por él era la única realidad. Su amor le ayudó a enfrentarse a los horrores que veía cada día, anclando su corazón a ellas mientras intentaba marcar la diferencia en el mundo. Pero se obsesionó con el caso Medina, y empezó a dedicarle cada vez más tiempo libre.

Tras interrogar a cada posible sospechoso o testigo, Lalo no llegaba a ninguna parte, así que volvió a la pregunta más básica. ¿Quién tenía más motivos para la muerte del capo de la droga? La mujer de Medina tenía un novio, o eso decía el rumor. ¿Quién era? Seguir a la Sra. Medina podría desenmascarar al amante y cualquier motivo que pudiera tener. En su tiempo libre, Lalo vigilaba la casa de los Medina, a la espera de que algo se rompiera.

Tras unas cuantas noches de aburrimiento, Lalo vio por fin movimiento. Un taxi llegó a la casa, y la señora Medina, muy arreglada, subió. Lalo esperó un minuto y la siguió. Con varios vehículos de modelo más reciente en el garaje de dos puertas, Lalo no podía imaginar por qué utilizaría un taxi. ¿Quizá la taxista era la amante? Una taxista no parecía ser su estilo. Era una mujer extremadamente atractiva de unos cuarenta años, y parecía diez años más joven. Iba al gimnasio dos horas al día y visitaba regularmente el salón de belleza.

El taxi se detuvo en un semáforo, y cuando Lalo se detuvo también, el taxi se salió de repente y se saltó el semáforo. Al seguirlo, Lalo casi choca con un camión que pasaba por la intersección. El taxi pareció desaparecer en el breve momento que tardó el camión en pasar. Lalo pensó que era más que probable que la mujer y el amante tuvieran algo que ver con el asesinato. Después de buscar inútilmente el taxi, Lalo se fue finalmente a casa.

Cuando Lalo salió de su coche frente a su casa, una camioneta Ford Econoline se acercó a la acera. Varios hombres se bajaron y uno de ellos lo golpeó con una pistola eléctrica antes de que pudiera reaccionar, tirándolo al suelo con un shock agonizante. Los hombres lo subieron a la camioneta y se marcharon.

"Detective Torres, te vamos a dar el paseo de tu vida", dijo uno de los brutos, sonriendo entre dientes rotos.

"Sí. Se podría decir que es un verdadero paseo a la fuerza", dijo otra voz. Procedía de una versión más delgada del primer hombre, pero con mejor higiene dental.

"Es bueno saber que un grupo tan intelectual se ha interesado por mí", murmuró Lalo con los labios entumecidos.

"Oh, pagarás por ese comentario", gruñó uno de los hombres.

Varias costillas rotas y dientes destrozados más tarde, los hombres arrojaron a Lalo desde el camión de mudanzas hasta el jardín de su casa.

"¡Aléjate del caso Medina!", gritó uno de los secuestradores, mientras la camioneta se alejaba.

Lalo se arrastró hasta la casa y golpeó la puerta. Manuela gritó al verle y le ayudó a arrastrarse hacia el interior antes de tomar el teléfono para llamar a una ambulancia. Mientras permanecía tumbado escuchando sus gritos y sus llantos, meciéndole contra su cuerpo, Lalo ya no sentía el dolor. Incluso bromeó con el conductor de la ambulancia, que le dijo que había superado su umbral de dolor y que la extraña sensación de adormecimiento dichoso era normal. Cuando el entumecimiento desapareció en el trayecto al hospital, Lalo perdió el conocimiento.

Lalo se despertó con un dolor increíble. Las enfermeras que entraban y salían de la habitación no parecían reparar en él. Al intentar hablar, Lalo se dio cuenta de que se le había hinchado la boca. Eso le alarmó, y empezó a gemir en voz alta, lo que finalmente llamó la atención de una de las enfermeras. Ésta llamó al médico, que finalmente apareció junto a su cama.

"Hola, detective, soy el Dr. Bane. ¿Siente mucho dolor?".

Los ojos de Torres se abrieron de par en par y respondió con un enfático "Hmmm-hmmmm", incapaz de exprimir ninguna palabra.

El Dr. Bane se lo tomó como un "sí" y ordenó un trago de quien-sabe-que, y Lalo se alejó hacia un mundo más feliz.

Al cabo de unos días, Lalo volvió a casa, con la cara todavía hinchada, pero al menos podía hablar y comer. Manuela le asfixió con besos cuando llegó, y luego se sentó a hablar con él.

"Tienes que parar esto, hombre". Se colocó sobre él, con las manos en las caderas.

"¿Detener qué?" Lalo la miró. Su expresión le indicaba lo graves que se habían vuelto las cosas.

"Este trabajo te matará", gritó Manuela en voz baja. Sus ojos oscuros se llenaron de lágrimas. "Te necesitamos, Lalo. No puedo perderte".

"No lo harás", dijo, intentando sonreír. "Siempre he sido policía, mi corazón. Eso es lo que quiero hacer. Lo sabías cuando te casaste conmigo".

"No sabía que intentarías que te mataran". Se dio la vuelta, subiendo a toda prisa las escaleras. Lalo la siguió hasta el dormitorio de su hija.

"¡Papi!" Isela extendió los brazos hacia su padre y Lalo la levantó.

"¿Te gustaría ir un rato al parque?", le preguntó, acariciando su suave piel de bebé. "Mami, ¿te gustaría venir?"

Manuela sacudió la cabeza, indicándoles que salieran. "Voy a preparar la cena. Adelántense ustedes sin mí". Lalo observó la expresión sombría que tenía mientras se dirigía a él, totalmente distinta a su comportamiento normal.

El parque olía a hierba recién cortada y a tierra fértil, y Lalo respiró profundamente. Parecía que hacía un millón de años que no tenía a su hija en brazos y no jugaba con ella. ¿Cómo había podido estar tan metido en el negocio de la policía que se había perdido lo grande que había crecido? Manuela era una mujer impresionante; él también lo había olvidado. Quizá ella tenía razón. Quizá tenía que reevaluar su vida y su trabajo.

Tras una semana de descanso, volvió a la comisaría, y todos parecían alegrarse de verdad de verle. Barba ni siquiera lo regañó.

"Lalo, ¿cómo te encuentras, hijo?" dijo Barba mientras colocaba un brazo alrededor de los hombros de Lalo, y éste se encogió, sin confiar en su sinceridad. "Creíamos que te íbamos a perder. Nos alegramos de que hayas vuelto".

Los demás detectives se reunieron a su alrededor, dándole palmadas en la espalda o estrechando su mano. Spurgeon le dio un abrazo. Lalo sonrió, pero en realidad era su máscara de ignorancia fingida. Sabía que algunos o quizá todos los hombres de la división de homicidios eran responsables de su paliza. Sin embargo, después de completar unos cuantos casos de muerte natural, Lalo volvió directamente a seguir a la señora Medina. Tomó todas las precauciones necesarias. Los matones no volverían a considerarlo un objetivo tan fácil.

Lalo no podía dejar de investigar la muerte de Medina, su obsesión empeoraba cada día. Tenía que averiguar por qué la policía estaba involucrada. Lalo se pasaba todas las noches vigilando la casa de los Medina, en lugar de pasar tiempo con su mujer y su hija. Seguía a la Sra. Medina al salón de belleza, a las boutiques locales y a su clase de aeróbic. Parecía muy normal, nada que ver con una mujer que acababa de perder a su marido.

Después de una semana de vigilancia, Lalo obtuvo la oportunidad que esperaba. El capitán Barba se detuvo en la entrada de la casa de los Medina. Barba salió de su vehículo personal, pareció mirar directamente a Lalo, con una media sonrisa en la cara, y entró en la casa sin siquiera llamar. Evidentemente, no era una visita oficial; no se marchó hasta la mañana siguiente. Lalo se sintió mal del estómago.

Después de un día completo en el juzgado, Lalo evitó la oficina, o más concretamente a Barba, y se fue directamente a casa. El aroma de las tortillas de harina que se cocinaban en el fogón recibió a Lalo en la puerta de su pequeña casa. Manuela estaba en la cocina preparando la cena mientras Isela jugaba en su trona cerca de la mesa. Su mujer volvió a su tarea cuando él se sentó a la mesa, pero al cabo de unos minutos empezó a hablar.

"Mijo, sé que ya hemos hablado de esto antes, pero... realmente me gustaría que buscaras otro trabajo. Mírate. Estás entrando y saliendo del hospital todo el tiempo, no tienes amigos, y tus compañeros ni siquiera quieren que hagas tu trabajo. ¿Y para qué haces todo esto? ¿Cuántas vidas has salvado? ¿A cuántos delincuentes has reformado? ¿Ha bajado la delincuencia en El Paso sólo porque te uniste al cuerpo? No me malinterpretes, mi amor. Eres un gran policía, pero tu familia te necesita". Hizo una pausa para respirar.

Isela asintió, como si entendiera todo lo que su madre decía.

"Los bomberos ayudan a la gente -continuó Manuela, de nuevo con voz plena- y sigue siendo un trabajo peligroso, pero al menos no te dispararán todo el tiempo. Es decir, si sigues sintiendo la necesidad de ayudar a la gente. Los paramédicos también ayudan a la gente, y no son odiados. Ya sabes lo que quiero decir". Finalmente le miró por encima del hombro, con las lágrimas cayendo por su suave rostro.

"Te necesitamos, y no soporto verte herido todo el tiempo".

Lalo pensó en lo que le decía Manuela. Sabía que tenía razón. Realmente no había ayudado a demasiada gente a lo largo de los años. Metía a los traficantes en la cárcel con regularidad y, sin embargo, la droga seguía siendo tan abundante como siempre. Siempre se cometerían asesinatos y crímenes violentos, con o sin Lalo como parte del cuerpo. Se había obsesionado por completo con este caso y resolverlo probablemente no mejoraría el mundo. Además, su familia significaba más para él que cualquier trabajo.

"Tienes razón".

"¿Qué?" dijo Manuela, limpiándose las lágrimas de la cara.

"Tienes toda la razón", repitió. "He pasado mucho tiempo sin hacer nada. Resuelvo crímenes y los criminales siguen libres. La política y la codicia dirigen el departamento, y yo soy uno de los pocos a los que realmente les importa. Y lo que es peor, ¡trabajo para un asesino!"

Los ojos de Manuela se abrieron de par en par, sin comprender del todo, pero asombrada, no obstante.

"Anoche, Barba se presentó en casa de la viuda Medina y se quedó toda la noche. Me ha estado evitando, pero ahora no le importa que lo sepa. Tiene mucha influencia en el cuerpo, y los demás agentes le adoran. Ser el amante de la mujer de un narcotraficante podría ser sólo la punta del iceberg; probablemente tiene otros agentes trabajando con él, y todos ellos pueden estar vinculados a la mafia. Cuando trabajaba en narcóticos, Medina siempre parecía estar un paso por delante de mí. Todo esto podría estar relacionado".

" Cariño, esto es peligroso. Si a Barba no le importa que sepas lo que está pasando, ¿no crees que puede ser porque ya tiene algo planeado para protegerse?"

"Sí, mija, y por eso voy a dimitir mañana. Debería tener una buena cantidad de dinero en mi jubilación. Con eso podemos trasladarnos y buscar trabajo".

Manuela miró a Lalo con ojos incrédulos.

Él sonrió ante su asombro. "Lo digo en serio".

Corrió hacia él, abrazando a Lalo con todas sus fuerzas, demostrándole lo que sentía sin decir una palabra. Habían hablado de que buscara otra profesión muchas veces en los últimos años, pero Lalo se mantuvo firme en ser policía el resto de su vida. Después de unos cuantos agujeros de bala y un terrible dolor, Lalo se dio cuenta de que Manuela e Isela le necesitaban más que el resto del mundo. Había otras formas de ayudar a la gente.

Después de la cena, Lalo arropó a su pequeña. Ella le abrazó con sus bracitos flacos y él le dio un beso de buenas noches, susurrándole su amor al oído. Bajó a la cocina para ayudar a Manuela a fregar los platos, pero ella le espantó para que se bañara. De mala gana, la dejó con los platos y se metió en la bañera del siglo XIX, llena hasta el borde de agua caliente, con su sólida carcasa de metal cómodamente calentada. Tomando un sorbo de la cerveza fría que había traído de la cocina, Lalo contempló la decisión que le había cambiado la vida. Quizá había tenido razón cuando le había dicho que Dios tenía un plan para todos, y el suyo era cuidar de su familia.

Lalo terminó su cerveza y se tumbó en el agua, sumergiendo la cabeza por completo. Le gustaba su silencio, como el de un bebé dentro del vientre protector de su madre. Abrió los ojos y estudió la versión borrosa del techo. Las llamas y los escombros sustituyeron al techo que estaba mirando, y la bañera se balanceó violentamente. Lalo se golpeó la boca contra el grifo de hierro al ser zarandeado, arrancándose unos cuantos dientes. Estaba protegido por la bañera que tenía encima, mientras las olas de fuego y los trozos de madera y yeso que caían se estrellaban a su alrededor. Tan repentinamente como había estallado la explosión, parecía haber terminado, y Lalo luchó por mantenerse consciente. La bañera era increíblemente pesada, pero la idea de que su hija y su mujer heridas necesitaban su ayuda le hizo mucho más fuerte, y de alguna manera levantó la bañera y salió de debajo. Desnudo, se abrió paso entre las llamas hasta la habitación de su hija. No vio nada. Las llamas rugientes devoraban el suelo y el techo, pero no quedaba nada reconocible de la cama y de su bebé. El olor de la piel chamuscada penetró en sus fosas nasales y Lalo vomitó.

Con un rugido, se giró para dirigirse a la cocina. Sintió que su cordura se desvanecía a medida que el calor que le rodeaba le abrasaba la piel y el pelo. La perdió por completo cuando vio lo que quedaba del cuerpo de Manuela quemado en el suelo de la cocina, con un brazo extendido como si quisiera alcanzarlo. El dolor de sus pies quemados se hizo fácil de ignorar, su pérdida emocional era mucho mayor que cualquier dolor físico que sintiera.

Lalo hizo acopio de todas sus fuerzas y de su voluntad para mantener la cordura. ¿Por qué iba a ocurrir esto, ahora, cuando estaba dispuesto a dejarlo todo? Todo el mundo quería que dejara el trabajo de policía, y ahora que había tomado la decisión, le habían quitado a las dos personas que más quería. El plan de Dios. *Por supuesto.*

A través de sus oídos zumbantes, los gritos de las sirenas se hicieron más fuertes, y se dio cuenta de que no debería estar allí cuando llegaran. Lalo no tenía ni idea de cuántos de sus compañeros estaban coludidos con Barba. Sin nada más que un agujero en su corazón, la única acción posible para él ahora era la venganza; obviamente, eso era lo que Dios quería que hiciera. ¿Por qué si no habría permitido que esto sucediera? La mente de Lalo trabajaba con rapidez bajo presión extrema, una ventaja de sus años como marine y policía, y sabía que esta devastación sería una oportunidad. Lalo arrancó las placas de identificación que siempre llevaba, se quitó el anillo de boda y esparció los objetos cerca de los restos de su sillón en el salón. Con suerte, la policía pensaría que Lalo Torres era un hombre muerto.

Fuera, en la oscuridad, se arrastró entre las sombras hasta el patio de su vecino, con las lágrimas del humo o de su dolor nublando su visión. Tosiendo y con arcadas al mismo tiempo, tomó una camisa de algodón del tendedero y un viejo par de botas del porche trasero. Miró hacia atrás una vez, lamentando la pérdida de los dos amores de su vida en la casa en llamas que una vez perteneció a un hombre llamado Lalo. Luego se alejó, un hombre nuevo... diferente, más duro. Y ahora comprendía el plan de Dios para él: matar a todos y cada uno de los malvados hijos de puta que pudiera.

Sabía a dónde iría, y lo que tenía que hacer. La mejor manera de esconderse de sus enemigos sería a plena vista. Ser invisible.

Capítulo 14 (Memo)

Lucía visitó a Memo en el patio. Pasando veinte pesos al guardia encargado, Memo alquiló una mesa y sillas. Todo en el Cereso ocurría como resultado directo de una transacción de dinero. Los que no tenían dinero no tenían suerte.

Memo estudió el rostro de Lucía mientras le hablaba de sus hermanos, del abogado que quería conseguirle, de su madre y de cómo se sentía con el bebé que ahora se movía dentro de ella. Parecía haber envejecido dos años en los pocos meses que Memo llevaba encarcelado; las líneas de expresión habían aparecido recientemente en su frente y las ojeras acentuaban su palidez, poco característica de su piel naturalmente bronceada. Esto sólo sirvió para reforzar su decisión de trabajar para Don Rafa. Memo puso la bolsa de dinero que le habían dado en manos de Lucía.

"Memo, ¿de dónde sacaste todo este dinero?" preguntó Lucía, con los ojos muy abiertos por la incredulidad, empujando la bolsa hacia él.

"Shhh, no quiero que los guardias se enteren de esto. Mira, a estas alturas no importa cómo conseguí el dinero. No puedo devolverlo. Ahora estoy en esto y no hay vuelta atrás". Memo sintió que su cara se enrojecía al decir las palabras, reconociendo por fin incluso ante sí mismo lo que había hecho. Volvió a empujar la bolsa de dinero a sus manos.

Con lágrimas en los ojos, Lucía asintió, comprendiendo. Memo no sabía si las lágrimas eran de alegría por no tener ya la carga económica que tenía o de tristeza por saber que su marido se había pasado al lado oscuro. Quizá le dolía aún más saber que lo hacía en su beneficio.

"Esto cubrirá el nacimiento del bebé, y tal vez puedas encontrar una casita cerca de la cárcel".

Lucía negó con la cabeza. "Memo, ¿qué hiciste?"

Memo no respondió. Al cabo de unas horas, Lucía ya no se sentía bien, y la pareja se besó, larga y apasionadamente. Mientras estuvo con ella, Memo se sintió como si volviera a ser él mismo: el hombre que había viajado a Cuauhtémoc y se había casado con una mujer a la que apenas había conocido. Ahora que ella se había ido, Memo volvió a poner su cara de juego e interpretó de nuevo el papel de criminal empedernido. Al volver a su celda, Memo se sintió agotado, la emoción de los acontecimientos de los últimos días le pasó factura, y cayó en un profundo sueño.

Memo estaba en lo que parecía ser un granero, con sus cuñados. Apuntaba con una pistola a la cabeza de un joven atado con cinta adhesiva a una silla. El hombre lloraba, suplicando por su vida.

Al amartillar la pistola, Memo sabía lo que iba a suceder. No quería dispararla, pero se vio obligado por fuerzas más fuertes que él. Su dedo apretó lentamente el gatillo. Mientras salpicaba sangre y materia cerebral, Memo gritó.

"No!"

Celda de una cárcel, no un granero. No hay materia cerebral ni sangre. No hay arma. Memo suspiró aliviado, realmente contento de haber vuelto a la realidad de su celda y no al mundo de pesadilla en el que acababa de matar a alguien a sangre fría.

Memo fue a la celda de Don Rafa.

"¡Memoria! ¿Cómo te fue con tu mujer, hijo?"

Hijo. ¿Realmente lo sentía así, se preguntó Memo, o era sólo parte de su encanto?

"Bien, gracias, Don Rafa".

"Bien. Ahora, ¿estás preparado para trabajar?"

"Sí, pero necesito hablar contigo de algo. Necesito que sepas la verdad sobre mí".

Don Rafa levantó las cejas.

"Antes era policía en Estados Unidos. Trabajé en muchos casos de drogas; recibía cargas en la carretera".

"Ya veo..."

Memo se preparó. Probablemente Don Rafa llamaría ahora a unos cuantos hombres, quizá cinco o diez, y haría que mataran a Memo a golpes. O tal vez le diría a alguien que difundiera el rumor de que había sido policía, y al cabo de unos días lo encontrarían colgado en su celda, una estadística más de la cárcel. Memo levantó la vista y se sorprendió al ver que Don Rafa sonreía.

"Entonces sí que tenemos mucho trabajo que hacer. ¿Cuánto sabes del contrabando?

"Lo sé todo sobre lo que se enseña a buscar a las fuerzas del orden".

"Entonces enséñame, para que pueda usar lo que ellos no buscan".

Memo empezó con lo más básico, los simples signos de que algo iba mal. "Las llaves. Si una persona sólo tiene las llaves del coche y nada más, es una señal de que algo puede ir mal. La gente suele tener las llaves de su apartamento, de su casa, quizá la tarjeta del club del supermercado o del videoclub, fotos, algo. También, si el coche se registró o compró recientemente. Etiquetas temporales. Si le faltan elementos que pertenezcan a la persona o la hagan única, como calcomanías, lápices de colores o juguetes en el asiento trasero, basura. Esas son las cosas obvias".

Don Rafa asintió, reconociendo que lo entendía y para que Memo continuara.

"Si las historias de varios pasajeros coinciden. Primero, separaríamos a los pasajeros y al conductor y les haríamos individualmente las mismas preguntas, comparando después sus respuestas en busca de diferencias significativas. Si fuera sólo el conductor, buscaríamos pistas que apoyaran su historia. Si decía que estaba visitando un determinado lugar durante un largo periodo de tiempo, pero no llevaba equipaje, cosas así".

Memo habló durante horas, y los indicios fueron innumerables. Don Rafa lo asimiló todo, riéndose para sí mismo cuando se dio cuenta de que muchas de las cosas que Memo le estaba enseñando eran las mismas razones por las que sus cargas de droga habían sido capturadas o detenidas en Estados Unidos. Los dos pasaron semanas repasando los conocimientos de Memo. Y Rafa nunca recibió clases de "inglés".

Cuando un hombre corpulento entró en la celda de Don Rafa sin ser invitado, toda la conducta de Memo cambió, sus manos se cerraron en puños y su sonrisa se convirtió en un ceño fruncido. Había estado tan absorto en enseñar a Don Rafa los fundamentos del inglés que ni siquiera se había dado cuenta de que el hombre se acercaba. Tampoco tenía idea de cuánto tiempo había estado el hombre observándolos antes de que él entrara. Memo se levantó y tocó la pequeña navaja que llevaba en la cintura, asegurándose de que estaba donde debía estar. El hombre se volvió hacia Memo y le dijo: "Chico, será mejor que te vayas de aquí. Estoy aquí por Don Rafa, no por ti".

Memo se tensó, preparándose para un ataque. No tenía intención de dejar a Don Rafa a solas con él.

"Como quieras".

El hombre era más alto que Memo y probablemente unos quince kilos más, todo en peso muscular. Cayó sobre Memo con una velocidad sorprendente, más rápido que los hombres que pesaban ochenta libras menos que él. Memo empezó a lanzar ganchos y a conectar, pero el hombre sólo sonrió cuando sus manos, ridículamente grandes, rodearon el cuello de Memo, y éste sintió que la sangre se agotaba en su cabeza. Unas diminutas estrellas que recordaban a Memo cuando una cadena de televisión acababa de apagarse llenaron sus ojos. Tan repentinamente como el hombre le había agarrado, se soltó de Memo. La atención del hombre gigante estaba ahora sobre Don Rafa, que al parecer acababa de golpearle con una silla. Memo buscó la navaja en su cintura y se decepcionó al ver que ya no estaba donde debía. El hombre estaba ahora asfixiando a Don Rafa.

Memo saltó sobre el hombre, mordiéndole la oreja, mientras le rodeaba la garganta para estrangularlo. El hombre retrocedió violentamente contra los barrotes de la celda, rompiendo algunas costillas de Memo. Memo aguantó. Don Rafa, recuperándose, recogió algo del suelo y se precipitó hacia el monstruo que montaba Memo. La sangre brotó del gigante cuando Don Rafa clavó repetidamente la navaja que había sido de Memo en la sección media del hombre. Al chocar de nuevo contra los barrotes de metal, Memo sintió cómo se rompía otra costilla, un extraño sonido crepitante que no sólo oyó, sino que sintió.

El gigante se estaba debilitando, pero no estaba muerto. Don Rafa miró a Memo, como preguntando qué demonios hago ahora. Memo apretó aún más su brazo alrededor del increíblemente grueso hombre, aparentemente sin resultado. El gigante levantó la mano, agarrando la cabeza de Memo, y literalmente lo arrojó fuera de él.

"¡Rafa! ¡El cuchillo!"

Don Rafa lanzó la navaja a Memo, y el gigante se le echó encima, con sus grandes manos golpeando la ya mareada cabeza de Memo. Memo blandió la espada a ciegas, y uno de los puños del gigante se la quitó de la mano. Don Rafa se lanzó contra el hombre, pero éste quedó inconsciente y se desplomó en la esquina de su celda. Memo esquivó los puñetazos del gigante, balanceándose, tejiendo y retrocediendo como si su vida dependiera de ello. Porque así era.

Memo devolvió el puñetazo. No importaba dónde golpeara al hombre, herido o no, no podía hacer ningún daño a su cuerpo excesivamente musculado. Piensa Memo. *Ve a por las rodillas. No puede tener ningún músculo cubriendo sus rodillas.*

Memo dio una patada directa al hombre-gigante con todas sus fuerzas en la rótula, la pierna del hombre se dobló literalmente hacia atrás por la fuerza del golpe, haciendo una mueca de dolor y deteniendo temporalmente su movimiento hacia delante. Un ser humano normal habría caído en ese momento, el insoportable dolor paralizaba sus sentidos. Memo sabía que seguiría siendo peligroso, incluso sin una pierna, así que escudriñó el suelo en busca de la navaja. Al encontrarla, Memo saltó sobre el hombre, con su navaja alcanzando la garganta. El gigante agarró la mano de Memo que sostenía la navaja. Memo empezó a dar rodillazos al hombre en su pierna herida, hasta que un solo puñetazo tiró a Memo al suelo. Milagrosamente, Memo se mantuvo consciente y siguió sosteniendo la navaja.

Don Rafa se levantó de nuevo. Debió notar que el hombre estaba herido en la rodilla porque encontró un pedazo de hierro de la silla que había roto en la espalda del gigante y lo golpeó, golpeando la rodilla del gigante una y otra vez. Despejando el mareo de su cabeza, Memo aprovechó la oportunidad y corrió de nuevo hacia el gigante.

El hombre agarró el brazo de Memo. Al no poder protegerse la cabeza, Don Rafa lanzó la pequeña barra, golpeando al gigante en la sien. Después de unos tres golpes, el hombre-gigante soltó el brazo de Memo. Memo golpeó repetidamente en la garganta a su presunto asesino. Siguió haciéndolo mucho después de que el hombre-gigante se desplomara finalmente en el suelo, con la sangre acumulándose a su alrededor. Don Rafa tomó cuidadosamente el cuchillo de Memo y lo arrojó al suelo.

Llegaron los guardias. Don Rafa y Memo se limitaron a tumbarse en el suelo de la celda, riendo, exasperando el dolor de sus costillas rotas.

Pasaron semanas, y Memo y Don Rafa se hicieron muy amigos. Un día, Memo decidió preguntarle a Don Rafa algo que le había molestado durante mucho tiempo.

"Don Rafa, ¿puedo hacerle una pregunta bastante personal?".

Don Rafa se lo pensó unos segundos y luego contestó.

"Cualquier cosa".

"¿Por qué está aquí?"

Don Rafa se rió. "Es una larga historia".

"Realmente quiero saber".

"Me parece justo. Hace unos veinte años, fui granjero. Criaba vacas, cultivaba maíz, las típicas cosas de granjero. Mi mujer se puso muy enferma, cáncer de mama, y los gastos del hospital se llevaron todo lo que tenía. Mi mujer murió. Miré a mis dos hijas y decidí que, a partir de ese momento, nunca sería demasiado pobre para poder pagar la mejor atención médica que cualquiera de los miembros de mi familia pudiera necesitar. O por cualquier otra razón.

Conocí a un hombre que se llamaba El Soldado. Había sido sargento del ejército mexicano, infame por sus tácticas de tortura y su crueldad general al tratar con los prisioneros. Llevaba unos años fuera del ejército y era el siguiente traficante de cocaína en Ciudad Juárez, luego mató a toda la competencia en pocas semanas". Don Rafa hizo una pausa, como si retrocediera a algún punto lejano de su pasado.

Memo no interrumpió.

"Necesitaba a alguien que le proporcionara marihuana. El negocio de la coca era bueno, pero quería expandirse. Acepté, y me consiguió un enorme terreno en las montañas. Podía habérselo comprado a cualquiera, pero en lugar de eso decidió utilizar a alguien que estaba relacionado con su familia."

Memo se preguntó cuál era su conexión familiar, pero guardó silencio.

"Hemos trabajado juntos durante veinte años. Yo era su mano derecha, pero mi popularidad entre la gente, su propia gente, le hacía sentir celos. Y le preocupaba".

"¿Pensó que podrías querer todo el negocio para ti?" preguntó Memo.

"Exactamente. Así que, cuando el gobierno mexicano empezó a presionar cada vez más a las autoridades locales y estatales para que arrestaran a un narcotraficante importante, El Soldado les dio... a mí".

"¿Por eso no te mandó matar? ¿Dos pájaros de un tiro, por así decirlo?"

"Eso, y porque estaba casado con una de sus hermanas".

"Entonces, ¿qué piensas de tu bebé?" preguntó Lucía, con lágrimas en los ojos.

Los ojos de Memo brillaban con lágrimas de alegría. Abrazó a Lucía y al bebé. Su cara era redonda, los ojos grandes y expresivos, y se reía de las divertidas caras que hacía Memo. Las manos y los pies del bebé eran enormes.

"¿Qué nombre le pusiste?"

"Tonto. ¿Tú qué crees? Guillermo".

Memo sonrió.

Lucía procedió a mostrar a Memo fotos de su nueva casa. Era pequeña y no lujosa, pero bonita. Tenía fotos de sus hermanos y de su madre, y un pequeño baby shower que habían organizado para Lucy. Memo volvía a ser Memo, no el mafioso.

"Lucía, don Rafa va a salir pronto de la cárcel".

"¿De verdad? ¿No le dieron diez años?"

"Si pagas a la gente adecuada, el papeleo se puede traspapelar, cambiar, lo que sea. Ya sabes cómo es esto. El dinero hace girar el mundo".

"Cierto. ¿Cómo nos afectará eso?"

"Significa, según él, que cuando esté fuera tendrá mejor acceso al sistema judicial. Dice que puede sacarme."

Lucía emitió un sonido de alegría en su garganta y abrazó fuertemente a Memo, con el bebé entre ellos.

"Cuidado, vas a aplastar al pequeño Guillermo".

"Lo siento. Es que estoy muy emocionada. Te echo mucho de menos, Memo".

Se despidieron y Memo volvió a la celda de Don Rafa. Lo habían trasladado desde el incidente del asesino gigante.

"¿Todo bien?" Preguntó Don Rafa.

"Sí, muy bien. Soy padre".

"Ahora tenemos dos motivos para celebrar. Memo, ¿cuánto tiempo ha pasado?"

" ¿Pasado? ¿Desde cuándo?"

"Una visita conyugal. ¿Hace cuánto tiempo?"

"Veamos. Lucía estaba embarazada de cuatro meses, seis meses, unos cuatro meses más o menos".

"¿Cómo puedes soportarlo?"

"Es difícil. Los transexuales no hacen nada por mí".

"Me alegro de que no lo hagan", dijo Rafa, con una sonrisa en la cara. "Bueno, esta noche nos vamos de fiesta. Con estilo". Don Rafa llamó al guardia de turno y comenzó a hacer los preparativos.

Memo se sorprendió mucho cuando dos chicas, muy atractivas por decir lo menos, entraron a la celda, con botellas de tequila en la mano. Se sintió culpable, pero sólo por un minuto. ¿Cómo iba a protestar por un regalo así de su jefe?

"¿Memo, conoce a Stefani y Galilea? Son huéspedes en el lado de las mujeres de este buen motel". Todos se rieron.

La noche se convirtió en una mezcla de bebida, baile y sexo. Cuando Memo se despertó al día siguiente, Galilea estaba a su lado, desnuda. De nuevo apareció la culpa, llenando su corazón, pero al mirar a la chica desnuda la emoción fue rápidamente sustituida por la lujuria. Su cuerpo rivalizaría con el de cualquier modelo de trajes de baño. Sus pechos grandes, aunque turgentes, su cintura recortada, sus gruesas piernas y sus caderas eran irresistibles. Memo se puso duro, y su boca seca se humedeció de repente, como un hombre en un desierto que ve un oasis. La besó en el cuello, bajando lentamente hacia sus pechos. Galilea se despertó, pero no protestó. Continuó bajando hasta su vagina, rodeando su clítoris con la lengua. Galilea gimió y empujó su cabeza con fuerza dentro de ella. Él respondió a su aparente demanda, y lamió aún con más fervor, satisfaciendo sus necesidades lujuriosas más de lo que lo habían hecho con Lucía. Galilea se corrió rápidamente, y Memo deslizó entonces su dolorido miembro dentro de ella, moviéndose rítmicamente dentro y fuera. Ambos llegaron al clímax juntos, Galilea gimió tan fuerte que Memo temió que los guardias aparecieran. Al parecer, Don Rafa les había pagado bien, así que no llegaron invitados no deseados.

Al día siguiente, Don Rafa salió de la cárcel, por fin un hombre libre.

Para Memo fue agridulce que Don Rafa saliera de la cárcel; estaba feliz por su amigo, pero lo extrañaría. Pasaron tres meses antes de que Memo supiera por fin que Don Rafa no lo había olvidado.

"¡Guillermo Smith!", gritó un guardia. Memo se sentó en su catre.

"Presente".

" Toma tus cosas. Te vas de aquí".

Memo no podía creer lo que oía y, en consecuencia, se pellizcó para asegurarse de que no estaba soñando. Recogió rápidamente sus cosas y las metió en una bolsa de lavandería. Don Rafa había cumplido su promesa.

Capítulo 15

Galilea llamó a Memo al celular. "Necesito verte. ¿Cuándo estarás de nuevo en Juárez?"

"Ya estoy aquí. ¿Qué, eres psíquico o algo así?"

"Oh, gracias a Dios. ¿Puedes...?"

"Estoy en camino."

Memo y Galilea habían continuado su relación incluso después de que Memo saliera de la cárcel. Su relación con Lucía era cariñosa y tradicional, pero le faltaba el condimento que tenía con Galilea. Sabía que estaba mal; Lucía lo amaba puramente, probablemente más de lo que podría hacerlo cualquier otra mujer, y no se merecía su infidelidad. Pero la química entre Galilea y él era demasiado poderosa para que dejara de verla.

Memo entró en la parte femenina de la prisión.

La guardia femenina sonrió al verlo.

"Bien, guapo, asume la posición".

Lo palmeó, prestando especial atención a los glúteos.

Memo le guiñó un ojo, mientras entraba por la puerta de la sala común.

"¡Mi amor!" gritó Galilea, mientras corría y lo abrazaba. Luego susurró: "Sólo quiero asegurarme de que el resto de estas zorras celosas sepan que eres mío".

Memo se rió mientras se dirigían a una sala especial preparada para las visitas conyugales. Otra guardia femenina estaba en la entrada del pasillo, bloqueando el paso. Memo le entregó un billete de veinte dólares y ella se movió.

"Tienes hasta las 17:00".

"De acuerdo".

Después de que la pareja se sentara, Memo preguntó: "Dime qué te pasa".

"Tienes que sacarme de aquí".

"Ya hablamos de esto antes. El abogado dijo..." Memo comenzó.

"Sé lo que dijo. Es diferente, estoy embarazada".

En Memo surgieron emociones turbulentas: la alegría de tener un hijo con una mujer a la que quería mucho, el miedo a que Lucía lo descubriera algún día y la desesperación de no tener nunca el tiempo necesario para dedicar a su hijo ilegítimo como a los demás. Pero sí sabía una cosa: ningún hijo suyo nacería en la cárcel. Memo se alegró de que el dinero pudiera mover montañas en México.

Memo sostuvo a Galilea en sus brazos, besando su frente, luego sus ojos, y pasó a sus labios.

"Te sacaré de aquí. No te preocupes".

Memo regresó a su casa en Cuauhtémoc, con los pensamientos acelerados como un tren fuera de control.

Tomó su teléfono móvil y marcó con rabia el número del abogado que había contratado para Galilea. "Habla Guillermo Smith. Estás despedido".

Cuando Memo llegó a su nueva casa de cinco habitaciones, Lucía lo recibió en la puerta y lo abrazó. La casa estaba muy lejos de ser el minúsculo apartamento que antes compartía con su mujer, su suegra y los hermanos de Lucía. Después de algunas reformas, la casa era ahora de dos pisos, con un garaje independiente para dos coches. Toda la propiedad estaba rodeada por un muro de dos metros hecho con rocas de la zona.

"Mijo, ¡te extrañé tanto! Gracias a Dios que estás a salvo en casa. Tengo algunas noticias para ti".

La apartó de él. "¿Qué? ¿Va todo bien con nuestro hijo?", dijo, agachándose para darle una palmadita en la cabeza a Guillermo.

"Todo está bien", dijo Lucía, sonriendo con alegría. "Va a tener un hermano".

Memo sonrió ampliamente y tomó a Lucía en sus brazos, riendo con ganas mientras lo hacía. Como hijo único, Memo siempre había soñado con lo que habría sido tener un hermano propio; Guillermo tendría un hermano y no tendría que experimentar la soledad que tenía Memo. Pensó en el otro hijo que tendría con Galilea; ni siquiera sabrían el uno del otro.

Una mirada preocupada se posó en el rostro de Lucía. Su rostro se sonrojó y se preguntó si ella de alguna manera sabía que él tenía otra mujer. Y lo que es peor, que también estaba embarazada.

"¿Qué pasa, Lucía?"

"Hoy vi a Julio César".

Memo sintió un calor diferente en su cabeza.

"Ahora es policía. Un detective".

"Ya veo... ¿Y hablaste con él?"

"Lo hice". Lucía bajó la cabeza. "Pero sólo un minuto. Me preguntó cómo estaba, y le dije que era feliz y que tenemos un hijo y esperamos otro".

Memo quiso gritar, pero se calmó antes de hablar. "Entonces, ¿este cabrón sabía lo de mi nuevo bebé antes que yo?".

Lucía se estremeció. "Se me salió".

Memo se puso las botas y el sombrero, tomó su pistola y salió de la casa, dejando a Lucía en lágrimas, con los ojos pidiendo disculpas y suplicando al mismo tiempo que se detuviera, aunque no podía hablar. La mirada de él la asustó hasta el fondo y, aunque no lo sabía en ese momento, a Memo no le importaba cómo se sentía Lucía.

Capítulo 16

Lalo leyó un periódico con el informe sobre la explosión en su casa. En él se mencionaba que había sido un policía condecorado y que su mujer y su hijo habían muerto en la explosión. El artículo también decía que posiblemente estaba desaparecido, pero que habían encontrado algunos dientes y objetos personales, por lo que era posible que estuviera muerto. El periódico tenía razón en esa suposición porque, aunque la sangre seguía bombeando por sus venas, su corazón seguía latiendo y el oxígeno llenaba sus pulmones, realmente estaba muerto sin amor y sin su familia.

La venganza se convirtió en su única razón de ser. Se borró del mapa para vivir como un indigente, sin sacar dinero de sus cuentas bancarias ni llamar a ningún familiar. No hizo ningún movimiento que pudiera ser registrado en ninguna parte. Sabía que sus enemigos, que contaban con enormes fondos y muchos amigos, podían encontrarlo a través de esas actividades, y sin pruebas físicas que demostraran su muerte, no se detendrían ante nada para rastrearlo. Tendría que ser muy cuidadoso.

A Lalo le creció una barba corta y oscura, y apestaba, algo que normalmente no toleraba, y mucho menos su nuevo olor a basura, sudor y grasa. Se movía como un anciano con una vieja chaqueta de mezclilla que había intercambiado, y sólo salía por la noche para buscar comida e información. El sol del verano en El Paso era implacable. Buscando cualquier tipo de sombra, Lalo encontró una caja que solía contener un televisor de pantalla grande. Al acercarla a su "lugar" en el callejón detrás de un restaurante italiano, Lalo recordó que siempre había querido tener una pantalla grande para ver el fútbol, pero que nunca había podido permitírsela con su escaso sueldo de policía.

La cena era a las 10 de la noche, cuando el restaurante tiraba la comida que la gente dejaba en sus platos. Comer ya no era un placer para él como lo había sido cuando vivía Manuela, y Lalo se acostumbró rápidamente a la pasta fría, a la salsa y, a veces, a los trozos de carne mezclados con algo más: cenizas de cigarrillo, gaseosa o sólo Dios sabía qué más.

Una mezcla pútrida de pies, sudor y heces perfumaba el callejón. Lalo no podía acostumbrarse del todo al olor constante, pero lo toleraba mejor que cuando se había mudado por primera vez a este lugar concreto. A veces pasaban pequeñas manadas de perros, que robaban la comida que no estaba suficientemente protegida.

Los coches de policía que pasaban por allí ignoraban por completo su existencia; era un vagabundo más. Las noches y los días se juntaban en un largo día, y Lalo perdía completamente la noción del tiempo. Cuando llovía, la caja de cartón goteaba, mojando la fina manta de Lalo. La humedad empeoraba los olores. De vez en cuando, se colaba en un restaurante de comida rápida y utilizaba las instalaciones, lavándose donde podía si tenía el baño para él. A veces se limitaba a deambular por las calles, recordando su vida pasada, y su soledad casi abrumaba todos sus demás sentidos. Los transeúntes se desvivían por evitar su fétido camino. Pero su verdadero sufrimiento no era esta escasa existencia; era la forma en que su mente le torturaba con los recuerdos de su mujer y su hijo, y las visualizaciones de lo que imaginaba que debían ser su miedo y su dolor la noche en que murieron. Lalo se acurrucó en su caja y durmió.

Manuela tarareaba la canción que había escuchado por última vez en la radio, mientras lavaba los platos. Isela estaba tumbada en su cama en posición fetal, con el dedo pulgar en la boca, en la penumbra entre el sueño y la conciencia. El fuego y los escombros les golpearon cuando la casa explotó de repente, la metralla de las paredes y las ventanas les cortó, las intensas llamas les quemaron la piel hasta hacerlas irreconocibles. Gritaron, el miedo y el dolor eran abrumadores. Moribundas, los últimos suspiros de su mujer e hija fueron para Lalo.

Ya despierto, Lalo no recordaba la última vez que había dormido profundamente. Le sobresaltó una niña, vestida con harapos, con el pelo sucio y despeinado, agazapada en la esquina más alejada del callejón donde se encontraba Lalo. Comía algo ruidosamente; cuando Lalo se acercó un poco para ver qué era, ella le gruñó, con un extraño brillo en los ojos. Ella sonrió y él vio que se estaba comiendo una mano humana. Consternado, Lalo se volvió, realmente asustado por la visión. Cuando miró hacia atrás, la chica había desaparecido. Aparecieron más visualizaciones a medida que las semanas se convertían en meses. Las visualizaciones ocurrían de día o de noche, y la mitad de las veces Lalo no estaba seguro de estar realmente despierto.

Una noche, solo en su caja, Lalo se revolvió, despertado por una luz cegadora en el callejón. Manuela estaba allí, con su hija muerta acunada en los brazos, y le señalaba con un dedo acusador. En ese momento todo se le hizo dolorosamente claro. Tenía algo más que hacer, y una consumidora necesidad de venganza poseía su espíritu. La luz que rodeaba a Manuela e Isela se hizo dolorosamente brillante, y tuvo que entrecerrar los ojos. Tan repentinamente como habían aparecido, su familia había desaparecido. Con un grito de rabia, Lalo se levantó de un salto y echó a correr, sin saber muy bien a dónde ir. La ciudad se movió a su alrededor hasta que finalmente se detuvo, débil y sin aliento, en un parque del centro de El Paso. Se dejó caer en un banco del parque, y un periódico que había allí revoloteó contra su mano. La fecha le miró con ojos de odio.

Había pasado un año desde que perdió la vida, y no había hecho más que revolcarse en la autocompasión. Dios le había castigado mucho porque ya no quería seguir haciendo su trabajo. Recordando su visualización del Arcángel Miguel cuando era adolescente, Lalo se dio cuenta de que Manuela había tenido mucha razón. Todo lo que le había ocurrido a él y a sus seres queridos formaba parte del plan.

Todo lo que había guardado de su vida anterior, una Smith and Wesson del calibre 380 que no se destruyó en el incendio, lo que antes parecía burlarse de él ahora era claramente otra señal de Dios. El arma sería suficiente para iniciar su misión para Dios, el mensaje que Manuela había sido enviada a darle. Derramando su última lágrima, con el dedo acusador de Manuela aún fresco en su mente, Lalo comenzó a planificar y a convertirse en el nuevo Ángel de la Muerte de Dios.

Capítulo 17

Lalo necesitaba dinero. El único lugar donde podía conseguir dinero "invisible", sin cheques, giros postales ni bancos, eran los traficantes de drogas. Ellos serían ahora su principal objetivo para conseguir fondos. Lalo se acordó de Ricky Muñoz, un chicano de corte limpio con fuertes vínculos con la mafia mexicana, tanto de su infancia como posteriormente de sus días en el narcotráfico. Muñoz pasó una temporada de cuatro años en la cárcel cuando tenía veinte años por agresión con agravantes, y "La M" le enseñó a traficar con drogas. Ricky se convirtió rápidamente en uno de los principales traficantes de nivel medio de El Paso cuando salió de la cárcel. Su garaje se había convertido en un taller de chapa y pintura, que servía a la vez de fachada para Ricky y su dinero, y también de medio para recibir y entregar dinero y drogas de forma clandestina.

Lalo sabía que El Paso era una ciudad "fuente", un punto de entrega de cargamentos de droga de México a Estados Unidos, un almacén virtual de marihuana, cocaína y heroína. La tienda de Ricky era sólo uno de los muchos puntos de entrega que Lalo podía perseguir, pero, más importante que las propias drogas, al menos por ahora, eran las grandes cantidades de dinero en efectivo imposible de rastrear que Ricky tenía que transportar ilegalmente de vuelta a México. Lalo sabía quién le llevaba el dinero a Ricky, así que simplemente vigilaría la casa hasta que apareciera la persona adecuada.

Tres noches más tarde, un Ford Aerostar negro se detuvo en la entrada de Ricky, con las ventanillas tintadas, una imagen de "Calvin" el dibujo animado orinando en el logotipo de Chevrolet y una calcomanía de "Apoya a tu policía local". Lalo sabía que este hombre llevaba el dinero que necesitaba, así que se preparó mentalmente para la batalla. Cuando el hombre salió del vehículo, Lalo se colocó delante de él, detrás de un árbol.

El hombre bajo y gordo saltó de la camioneta y corrió hacia la puerta principal con una bolsa de lona negra agarrada en la mano derecha. Lalo notó un extraño anillo negro, una especie de aura alrededor de la cabeza del hombre. Nunca había visto nada parecido. Cuando el mensajero entró en la casa, Lalo se acercó hábilmente por detrás de él y le colocó una bala limpiamente en la nuca. Después, disparó tres veces en el pecho del sorprendido Ricky Muñoz, viendo cómo el asombro de su rostro se desvanecía hasta convertirse en desesperación, y luego en muerte. El círculo oscuro que rodeaba su cabeza también se desvaneció. La imagen brillante de su esposa apareció de repente, y la luz cegó temporalmente a Lalo. Sintió una extraña oleada de energía en todo su cuerpo, y entró en convulsiones.

Después de que la imagen de Manuela e Isela se hubiera ido y sus convulsiones hubieran pasado, Lalo hizo un rápido barrido de la casa, sólo para encontrarla vacía. Qué arrogancia la de un hombre que recibía grandes cantidades de dinero en efectivo y drogas, que se creía intocable. Demasiado fácil, pero así era el destino. Lalo se había convertido en parte de ese destino, un ángel vengador nacido de la venganza hacía más de un año. Se imaginó a Dios mirando la escena de abajo, descontento por tener que quitar vidas pero aprobando el acto violento de su ángel oscuro.

Lalo salió a pie, con la bolsa de lona en la mano. Al acercarse a su callejón, arrastró la bolsa por la arena, completando su aspecto de vagabundo. Cuando llegó a su "casa", Lalo abrió la bolsa con cuidado y se sorprendió al encontrar más de 70.000 dólares en efectivo. Dios ayuda a los que se ayudan a sí mismos, pensó Lalo. Contempló cómo vengar la muerte de los ángeles indefensos de Dios, las dos hermosas mujeres a las que había sido bendecido con el deber de proteger. Les había fallado estrepitosamente, y se dio cuenta de que el dinero que le miraba fijamente no podría traerlas de vuelta, ni tampoco la muerte de cien traficantes más.

La mente se arremolinaba con pensamientos y recuerdos rotos, y Lalo se dio cuenta de que sólo había una manera de luchar y ganar esta batalla: claridad de pensamiento y concentración. Todos los pensamientos sobre las mujeres de los Ángeles, como ahora pensaba en su mujer y su hijo, tenían que pasar a un segundo plano frente a los pensamientos lógicos y los planes de guerra. En su mente, construyó un gigantesco muro que le separaba de su amor por los Ángeles y de la necesidad humana, llenando su búnker de propósito y deliberación. Su corazón se rompió cuando cerró el muro alrededor de su amor.

Se quedó dormido durante una hora, y se despertó con los torturados sueños de los Ángeles gritando por ayuda, sus cuerpos desmoronándose en una lluvia de fuego, sus ojos ardiendo en las llamas. Lalo no podía tolerar más sueños, así que se levantó y empezó a alternar flexiones y abdominales. Se había dejado ablandar en esta media existencia y ahora tendría que estar en forma para llevar a cabo su misión de Dios. Se dio cuenta de que, si no comía pronto, probablemente se desmayaría. Quizás vivir como indigente ya no era conveniente. Su mejor opción sería ir a un motel barato, alquilar una habitación y asearse un poco, si es que encontraba un motel que lo aceptara en su estado actual. Barba le dijo una vez a Lalo: "Si tienes un problema, échale un chorro de dinero y desaparecerá". El segundo motel en el que paró, el Montana Motel, estaba abierto a la negociación. Lalo pagó cien dólares por una habitación que debería haberle costado veinte.

Lalo veía a todos con un aura blanca, negra o gris. Había visto un aura gris alrededor de la cabeza del empleado del motel. Ahora comprendía que era la forma en que Dios permitía a Lalo distinguir entre los buenos, los marginalmente malos y los verdaderamente malos. Tras comprarse ropa nueva y darse una ducha caliente, Lalo se sintió decididamente mejor de lo que se había sentido en mucho tiempo. Aunque afeitarse no era una opción, estar limpio sí lo era. Con el dinero que acababa de encontrar, podía empezar a comprar equipo para financiar su guerra contra los enemigos de Dios. Lalo pensó en las últimas semanas y decidió que probablemente se había vuelto loco. Encogiéndose de hombros, volvió rápidamente a su planificación e hizo una lista del equipo que necesitaría para matar a los engendros de Satán.

A medida que la lista crecía, también lo hacía su necesidad de dormir. Pronto se encontró a la deriva, en una pequeña barca de madera en un enorme río. El río fluía tranquilamente, y su mujer y su hija estaban en el otro extremo de la barca, sonriendo y riendo contentas. A medida que el río cambiaba su caudal, también lo hacía su velocidad. Pronto fue como un toro furioso, enfurecido por una capa roja y miles de personas abucheando. El agua partió en dos la frágil barca de madera, separándolo de sus seres queridos. Gritaron pidiendo ayuda a Lalo, pero las aguas torrenciales le impidieron llegar hasta ellos. Mientras veía ahogarse a su mujer y a su hija, Lalo intentaba desesperadamente escapar de aquella horrible pesadilla. Pero, al igual que si estuviera anestesiado, no pudo escapar de las garras de la pesadilla hasta que ésta llegó a su horrible conclusión: los cuerpos sin vida de Manuela y su hija flotando hasta la orilla del río mientras las aguas de éste se calmaban hasta alcanzar un caudal normal, y el sonido de su movimiento líquido se burlaba de la angustia de Lalo.

Durante los seis meses siguientes, Lalo entrenó su cuerpo y planeó su venganza. Descansaba poco, comía sólo lo estrictamente necesario y dormía un total de dos o tres horas al día. La vigilancia era fundamental para la planificación, ya que le proporcionaba la información que necesitaba para confirmar las sospechas de culpabilidad o inocencia, las actividades diarias de los culpables y cuándo estarían en sus puntos más débiles. Su primer instinto fue matar sin más a todos los implicados, pero se dio cuenta de que tendría que seguir el rastro del dinero para averiguar quién estaba en la cima de la cadena de la droga. Necesitaba saber quién había dado la orden de matar a Lalo o quién se beneficiaba más de su ausencia, o simplemente la persona a cargo de esta operación de drogas que pagaba a los policías para que hicieran la vista gorda. No le importaba quién fuera; esa persona y cualquiera de sus asociados tenían que morir.

Lalo sabía que pronto necesitaría un apartamento para tener más privacidad. Encontró el apartamento perfecto de una habitación con el único acceso por el callejón y trasladó allí su operación. Era un lugar ideal para entrenar su cuerpo y ocultar las armas y el equipo que había ido comprando. Su casero era un hombre mayor que siempre llevaba caquis militares al estilo de Vietnam. Su rostro demacrado se adivinaba bajo su barba gris, su pelo largo y blanco recogido en una cola de caballo suelta. Su aura era blanca.

"Son trescientos al mes, incluyendo el agua".

"Está bien. Todo lo que pido es mi privacidad".

El propietario asintió. "¿Eres veterano?"

"Sí. ¿Cómo lo sabes?"

"Está en tus ojos, hombre. Todos los que conocí que habían visto el combate en el 'Nam tienen la misma mirada que tú. Es la mirada de un hombre que ha perdido más de lo que puede recuperar".

Lalo asintió, satisfecho de haber encontrado el lugar adecuado para quedarse un tiempo.

Los siguientes meses fueron un largo borrón para Lalo. La vigilancia, las prácticas de tiro y el robo a los traficantes de drogas fueron actividades casi diarias. Cada vez que le disparaban y no le daban era una prueba más de su nuevo papel como arcángel de Dios. Aunque estaba más que preparado para reunirse con su mujer y su hija en el sueño eterno, parecía que Dios le había hecho a prueba de balas.

Un año después, con la planificación y el entrenamiento completos, y las actividades de los enemigos bien documentadas, Lalo comenzó el plan maestro de venganza de Dios. Lalo conocía ahora todos los movimientos de Barba, así como los de todos y cada uno de sus asociados, y planeó con gran placer cada detalle de sus ejecuciones. Empezando por los asociados de menor rango de Barba, Lalo comenzó a asesinarlos uno a uno, sus auras siempre negras como la noche.

Algunos de ellos eran compañeros de policía con los que había trabajado en casos tanto en la división de narcóticos como en la de homicidios. No le importaba. Empezó con un policía encubierto llamado Juan Castro. Lalo había trabajado con él en un caso o dos, y ahora que sabía que Juan había estado trabajando en la red de Barba, tenía sentido por qué ambos casos no habían resultado en detenciones o incautaciones de ningún tipo. Juan debía haber alertado a sus objetivos de antemano.

Juan vivía solo en un complejo de apartamentos, lo que le convertía en un objetivo fácil. Esperando en la sala de estar del apartamento de dos dormitorios de Juan después de entrar a robar, Lalo decidió utilizar una navaja que había comprado en una tienda de excedentes del ejército. Llevaba guantes y se metía el pelo bajo una gorra de béisbol, con cuidado de no dejar ninguna prueba.

Cuando Juan entró en el apartamento, Lalo se colocó detrás de la puerta y golpeó al hombre en la cabeza con un ladrillo suelto que había encontrado fuera. Después de atar a Juan, Lalo le devolvió la conciencia con sales aromáticas.

"Oye, Juan, ¿te acuerdas de mí?"

Una mirada perdida fue su respuesta, y Lalo se dio cuenta de que no se parecía en nada a quien solía ser.

"Soy yo, Lalo Torres". Lo dijo lentamente, disfrutando del ensanchamiento de los ojos del otro hombre. " Regresé de entre los muertos para asegurarme de que tú y tus amigos paguen por sus crímenes".

"P-pero, ¿cómo?"

"El cómo no importa, Juan. Lo que sí importa es el por qué. Ahora, tienes la oportunidad de arrepentirte de tus pecados".

"Pero... tú moriste..."

Lalo golpeó con su puño la cara de Juan.

"Dios me trajo de entre los muertos y estoy aquí para asegurarme de que te arrepientas y pagues por tus pecados. Ahora, vamos a superar eso, ¿de acuerdo?"

Juan asintió, temblando al hacerlo.

"¿Recuerdas haber ido a la iglesia, Juan?"

"Todos los domingos, con mi mamá". La saliva salió de su boca mientras hablaba.

"Bueno, soy el Padre, y es hora de que me cuentes todos tus pecados. Empieza desde el principio y cuéntame todo lo que sabes".

"No sé de qué estás hablando".

Lalo sacó una navaja de bolsillo, sacando al mismo tiempo la cuchilla. Juan se retorció como un gusano, con las manos y los pies atados con mucha fuerza. Lalo se arrodilló junto a su cara.

"Sabes, Juan, he visto muchas películas. Cuando la gente no coopera en las películas, suelen perder cosas: dedos de las manos, de los pies, cosas así. No me gustaría tener que hacerte algo así. A diferencia de las películas, estoy seguro de que el dolor sería muy intenso. Muy, muy fuerte, Juan". Hizo una pausa, los ojos de Juan lagrimeaban, su cara se contorsionaba de angustia. Lalo continuó: "Llevo mucho tiempo desaparecido. Ya nadie cree que estoy vivo. No tengo familia ni amigos. Perdí a mi mujer y a mi hija. No tengo nada que perder y soy un puto fantasma. ¿De verdad crees que voy a aguantar cualquier mierda de tu parte?"

Lalo colocó el cuchillo justo encima de la manzana de Adán de Juan y éste sollozó. Lalo se sintió satisfecho de que Juan comprendiera por fin la verdadera naturaleza de su precaria posición.

" De acuerdo, de acuerdo. Mira, mi tío Frank es un agente de aduanas de los Estados Unidos. Él y Barba eran amigos desde antes del instituto. Barba era sargento en la unidad de narcóticos por aquel entonces. Tío Frank se dio cuenta de que, de repente, Barba tenía un nuevo coche y seguía pagando la cuenta siempre que salían, así que decidió enfrentarse a él. Al principio Barba no admitió estar involucrado en nada, pero después de que mi tío le explicara su divorcio pendiente y los demás problemas financieros en los que se encontraba, Barba le invitó a reunirse con Carlos Medina, a quien sé que conocía, para ayudarle económicamente. Con un agente de aduanas en la frontera que proporcionaba a Medina inteligencia y protección para sus cargas de droga, junto con un grupo de policías y agentes de la patrulla fronteriza, Medina se convirtió en el narcotraficante más poderoso de El Paso."

La ligera presión del cuchillo de Lalo produjo un pequeño corte, permitiendo que se filtrara una diminuta cantidad de sangre, lo que instó a Juan a continuar.

Juan siguió hablando en un intento desesperado por salvar su vida. "Cada semana, el Servicio de Inmigración y Naturalización (INS) emitía una advertencia sobre un vehículo en particular o ciertas ubicaciones de los vehículos que había que buscar, y Frank siempre le daba un consejo a Medina para que evitara los de esa semana. De vez en cuando, preparaban un burro para que sufriera una caída, y Frank se llevaba una carga decente de drogas, nunca más de cien libras, y casi siempre era sólo marihuana. La coca era demasiado valiosa para llevarla como carga de señuelo. A menos que Medina tuviera información sobre una huida de uno de sus enemigos. Eso era temporada abierta".

Juan se esforzó por apartarse de la cuchilla que le apretaba el cuello porque hablar hacía que el corte fuera más profundo con cada palabra. Lalo cedió la presión, sólo un poco.

"Justo detrás de la 'redada' de Frank, Medina llevaba una carga de coca, normalmente una camioneta o un camión, con todos los escondites imaginables llenos de ella. La carga sería escoltada por Barba o uno de sus hombres hasta un lugar seguro".

Mientras el flujo de sangre se hacía más espeso, Juan gritó: "Eso es todo lo que sé, de verdad. Ahora déjame ir, ¿sí? Me saldré de esta mierda. Lo prometo. Sólo dame la oportunidad de cambiar. Odio en lo que me he convertido".

Lalo sintió que su cara se arrugaba en una desagradable sonrisa. "¿Como si le hubieran dado una oportunidad a mi mujer y a mi bebé?"

"Oh, vamos, amigo, yo también tengo esposa e hijos. No tuve nada que ver con eso".

gruñó Lalo. "¿Quién lo hizo?"

Juan hizo una mueca. "¡No lo sé, hombre, te lo diría!"

"Prepárate para conocer al Diablo, hijo de puta". dijo Lalo, tirando de Juan por el pelo. Juan empezó a gritar, pero Lalo le cortó la garganta de oreja a oreja antes de que pudiera hacerlo, al estilo mafioso. La sangre se derramó sobre la ropa de Juan y se filtró en la alfombra descolorida del suelo del salón. Salpicó la cara y la camisa de Lalo y éste sonrió con locura. La luz de Manuela e Isela cegó a Lalo, que cayó de rodillas, con lágrimas en la cara, otro asesinato cometido en nombre de la venganza de Dios. Una extraña oleada de energía llenó su cuerpo. Dios estaba complacido con la hazaña de este día; Lalo podía sentirlo. Lalo rezó de rodillas, con los brazos estirados sobre la cabeza, temblando mientras decía sus palabras a Dios.

Lalo descansó un momento después de su oración. Mientras limpiaba cualquier prueba física que pudiera estar relacionada con él, Lalo se preguntó si realmente estaba loco o si lo que sentía era real. Al final, pensó, realmente no importaba. Loco o no, se estaba deshaciendo de la escoria de la tierra.

Capítulo 18

Mientras Rafa conducía a Memo por la carretera que conectaba Cuauhtémoc con las colonias menonitas, pasaron por granjas en las que niños de pelo rubio trabajaban en el campo, las niñas llevaban grandes bonetes de Little House on the Prairie y amplias faldas, los niños llevaban monos de peto a rayas y sombreros de paja.

"Don Rafa, creí que había dicho que íbamos a ver a un hombre que hace compartimentos secretos. ¿No estamos en los campos menonitas?"

Rafa sonrió. "Sí estamos. Quiero que conozcas a un menonita que se llama 'el Alambre'. Es un soldador ingenioso; durante los últimos siete años, ha trabajado para mí, suspendiendo mi producto en los depósitos de gasolina, de modo que cuando alguien golpea el depósito, suena como si estuviera vacío, y haciendo compartimentos que encajan alrededor de las llantas. Los clavos de Alambre son insuperables".

"Pensé que los menonitas eran muy religiosos".

"Muchos de ellos todavía lo son. Algunos de los menonitas se han desviado de su origen religioso. Sus líderes lo atribuyen a la influencia mexicana".

Rafa hizo una pausa y se rió.

"Conozco a muchos que son alcohólicos o que incluso tienen hábitos de consumo de drogas. Estoy seguro de que no se parecen en nada a los menonitas originales que se establecieron aquí hace unos ochenta años. Me alegro de que podamos ayudar a esos aburridos".

Como muchas de las casas de los menonitas, la del Alambre era una casa gris de una sola planta, construida como una típica granja. Nada más verlo, Memo comprendió por qué le llamaban el Alambre. Con un metro ochenta, el Alambre era todo huesos, y apenas llenaba la mitad de sus vaqueros grises Levi's. Llevaba una bonita camisa abotonada, botas grises y un Stetson a juego. Hablaba con un fuerte acento.

"Me alegro de verte, Rafa. ¿Quién está aquí contigo?"

"Este es Memo. Es mi segundo al mando y dirigirá la operación mientras yo no esté".

"¿Te vas a algún lugar?

"Al otro lado", respondió Rafa.

"Hace tiempo que no voy a Estados Unidos. Te envidio. Bueno, Memo, bienvenido a mi casa".

Los dos hombres se estrecharon la mano. Memo vio a una señora regordeta de aspecto muy alemán asomarse desde otra habitación.

"Esa es mi mujer. Llegó hace un mes desde Canadá. Todavía no sabe ni una pizca de español".

"Sprechen sie Deutsch?" Memo preguntó al Alambre, sus cuatro años de alemán en el instituto por fin puestos en práctica.

"Nein. No hablamos alto alemán. Hablamos bajo alemán. El alto alemán sólo se utiliza en la iglesia; nuestra Biblia está en alto alemán. ¿Dónde aprendiste a hablarlo?"

"Mi abuelo era alemán. Además, lo estudié en la escuela".

"Eres bueno. Lo dijiste sin acento".

Rafa sonrió, complacido de que el Alambre estuviera impresionado. "Ya ves, te dije que Memo era un activo para la organización".

El Alambre sonrió, luego arrugó la frente como si algo le preocupara.

Rafa preguntó: "¿Qué pasa?".

"Me pregunto cómo se sentirá El Soldado con todo esto".

"No hay que preocuparse. Eso corre de nuestra cuenta".

"Está bien, Rafa, sabes que confío en ti", dijo el Alambre, y luego se dirigió a Memo: "¿Te gusta la cerveza?".

Memo se rió. "¿A los políticos les gustan las manos engrasadas? Claro que sí, me gusta la cerveza".

"Vamos".

Memo y Rafa siguieron al Alambre hasta el enorme granero que había fuera de su casa. Una vez dentro, Memo se maravilló de los numerosos vehículos parcialmente desmontados que había alrededor. Había medias lunas de hierro, aparentemente utilizadas para envolver la droga alrededor de una llanta. Los depósitos de gasolina estaban abiertos.

"Los depósitos de gasolina son mi especialidad. Los abro por sus costuras originales. Tengo mucho cuidado de que no haya signos de manipulación cuando los vuelvo a poner".

"¿Y qué pasa cuando son intervenidos?"

"Todavía no lo hemos perfeccionado. Hace un ruido sordo en lugar del sonido hueco normal que tendría un tanque de gas".

"¿Y si haces una caja? Algo similar a lo que has hecho aquí para las llantas. Pero con paredes más delgadas. Entonces podrías suspenderlo dentro del tanque". Rafa y el Alambre se miraron. El Alambre corrió hacia su equipo de soldadura y se puso a trabajar. Memo ayudó a Alambre a perfeccionar todos sus "clavos" o compartimentos ocultos y continuaría haciéndolo durante todo un año, asegurando aún más su lugar en la organización de Rafa.

Capítulo 19

Memo se dirigió a Jorge mientras conducía su flamante Ford Lobo de 1999 por la empinada y curvada carretera de montaña hacia Guachochi, Chihuahua.

"Si alguien me hubiera dicho que estaría conduciendo una flamante camioneta para recoger una carga de marihuana hace cinco años, nunca le habría creído".

"Sí, y yo tampoco hubiera creído nunca que estaría ayudando a mi cuñado a hacer eso".

Gilberto se sumó: "Y nunca pensé que Memo sería uno de los narcotraficantes más ricos de Chihuahua. En tres años, además".

Todos se rieron, y Memo notó quizá un toque de ansiedad en sus risas.

Llegando hasta donde podían llegar por carretera, Memo se detuvo en seco ante un gran barranco de color verde oscuro por la vegetación. Se volvió hacia su cuñado más joven.

"Omar, quédate aquí en la camioneta. Si no estamos de vuelta en tres horas, llama al Coronel".

"¡Entendido, Memo!"

El coronel era el coronel Parra, un oficial del ejército. Había interceptado una vez uno de sus cargamentos de marihuana, y después de que Memo "arreglara" las cosas con él, se habían convertido en estrechos aliados. Si Memo y sus cuñados no regresaban a tiempo, el coronel Parra haría que todo el ejército mexicano registrara la zona.

Un Apache con tres caballos les esperaba en el fondo del barranco.

"Está esperando".

El apache hablaba español con un acento tan marcado que Memo apenas podía entenderle. La mayoría de los apaches de las montañas de Chihuahua seguían hablando con fluidez su lengua nativa y conservaban la mayoría de sus primeras costumbres.

"Bien, Jorge, recuerda, tú sólo sigue hasta la cueva. Gilberto y yo entraremos solos".

Jorge palmeó el costado de su AK-47 y asintió, sonriendo.

Después de montar a caballo durante unos treinta minutos, Jorge se detuvo en seco a unos 50 metros de la entrada de la cueva. Gilberto y Memo entraron con el indio. Memo apoyó la mano en la empuñadura de su 45 automática, como para asegurarse de que seguía allí. Gilberto llevaba una escopeta de doble cañón, sobre todo para intimidar.

Otro Apache, llamado El Indio, esperaba más adentro de la cueva. Llevaba botas con un diseño de dos gallos luchando y una hebilla de cinturón a juego. Su cadena de oro era extravagante, y de ella colgaba la figura dorada de una hoja de marihuana. Él y Memo se estrecharon la mano sin hablar, y Memo le tendió un maletín metálico y lo abrió.

"Cincuenta dólares el kilo, como habíamos acordado".

"¿Cuánto hay?"

"Cincuenta mil".

Los ojos de El Indio se abrieron de par en par. Miró al otro apache y Memo agarró la empuñadura de su 45.

"¿Hay algún problema aquí?"

"Demasiado. Te llevas todas mis provisiones. Necesito más dinero".

Memo apretó la pistola, pero no la sacó.

"Un trato es un trato. Yo cumplo mi palabra, y todo el mundo en Chihuahua lo sabe. ¿Cumples tu palabra, Indio?".

La cueva estaba tan silenciosa que Memo podía oír el agua del río que corría por debajo del barranco. El Indio miró al otro Apache, a Memo, y luego volvió a mirar al Apache. Memo asintió a Gilberto, que respondió amartillando su escopeta.

"Yo también tengo palabra, don Guillermo. Es una broma". El Indio mostró lo que para él era una sonrisa. Memo le devolvió la sonrisa con sinceridad, sabiendo que había ganado la batalla de los nervios. Con el rabillo del ojo, vio que Gilberto se relajaba visiblemente.

Una vez terminado el intercambio y concretados los detalles de la entrega, los tres cuñados bajaron de la montaña hasta donde habían dejado la camioneta.

Mientras Memo bajaba las montañas de vuelta a Cuauhtémoc, pensó en la forma en que iba a sacar la marihuana de la montaña. El Indio entregaría la carga en una pista secreta situada cerca de las cuevas donde almacenaba la marihuana. Memo haría que su piloto la recogiera bajo la atenta observación de Gilberto y Jorge, sus dos cuñados mayores. El avión llevaría la carga al rancho de Memo, a las afueras de Cuauhtémoc, y la marihuana se almacenaría en un granero y se volvería a distribuir en cantidades más pequeñas desde allí. Deseaba poder hacer algo diferente; todo el mundo en el negocio utilizaba el mismo método para transportar la marihuana desde las montañas, y a veces los aviones eran capturados por los militares. Memo redujo la velocidad mientras conducía por una de las muchas curvas cerradas de la carretera. Un gran semirremolque que transportaba varios troncos de pino de gran tamaño pasó lentamente por delante de él. Cuando Memo estaba a punto de pasar la camioneta, se le ocurrió de repente un pensamiento, y se detuvo en medio de la carretera. En su mente pudo ver esos enormes árboles ahuecados, que permitían meter cientos de kilos en sus espacios. La empresa maderera se encontraba a sólo treinta minutos, en un pequeño pueblo llamado Temochic. Cuando Memo se desvió por un camino de tierra en dirección a la empresa maderera, un Omar confundido se volvió para cuestionar la acción de Memo.

"¿Adónde vamos?"

"Vamos a comprar una empresa maderera".

Jorge, Gilberto y Omar se rieron. Dejaron de reírse en cuanto se dieron cuenta de que su cuñado hablaba muy en serio.

Omar preguntó: "¿Y por qué demonios vas a comprar una maderera?".

"Vamos a ahuecar los troncos de los pinos y empaquetarlos con marihuana".

Los hermanos se miraron entre sí.

"Mira, al utilizar los pinos para trasladar la marihuana, nos ahorramos el viaje en avión y el almacenamiento en el rancho. Eso significa que habrá dos posibilidades menos de que nuestras cargas sean interceptadas. Podemos enviar la marihuana directamente a Juárez utilizando la madera como negocio encubierto también. Nadie pensará nunca que la madera se utiliza de este modo".

Memo estacionó la Ford justo delante de la fábrica y entró como si ya fuera el dueño del negocio. "¿Quién manda aquí?", gritó al entrar.

Contestó un hombre que parecía tener unos cuarenta años. "Soy yo. ¿Qué necesitas?"

"Quiero hablar con el dueño".

"Pues estás de suerte. Soy el mismo".

"Quiero comprar tu negocio".

El hombre sonrió, y su rostro arrugado se arrugó aún más al hacerlo.

"Lo siento, joven, pero no está en venta".

Memo le devolvió la sonrisa. "Claro que sí. Sólo tienes que decir tu precio".

"Medio millón de dólares".

"Hecho. ¿Cómo quieres el dinero? ¿Dólares o pesos?"

La mandíbula del dueño se cayó; su incredulidad era evidente en cada arruga de su rostro azotado por el viento.

Memo llamó a Don Rafa y concertó una cita.

Guillermo y Gilberto salieron hacia Ciudad Juárez a primera hora de la mañana después del intercambio de El Indio. Llegaron cinco horas después y se detuvieron en la casa de dos pisos de Guillermo. La casa era modesta en comparación con la residencia que poseía en Cuauhtémoc, pero Memo quería mantener un perfil más bajo en Juárez, donde la policía era aún más corrupta. Prefería no compartir más beneficios de los que ya tenía con la codiciosa policía y los políticos locales.

Por la tarde, Gilberto y él fueron a un club de striptease llamado Amadeus y se reunieron con algunas chicas que trabajaban allí. Después de que Memo le diera unos cientos de dólares para cubrir la ausencia de las chicas, el propietario les dejó el resto del día libre. De allí, fueron a un club nocturno llamado El Patio, donde bailaron con música en vivo.

Cuando los cuatro salieron del club, a Guillermo se le anudó el estómago de aprensión y miró a su alrededor. Un Ford Expedition dorado, de modelo más reciente, pasó lentamente y Guillermo echó mano instintivamente de su 45. No ocurrió nada. Ni fuegos artificiales, ni balas. Sacudió la cabeza, preguntándose si la paranoia desaparecería alguna vez, o si simplemente se intensificaría.

La chica que estaba con Memo, Yvonne, tenía un cuerpo increíble. Sus pechos, obviamente, no eran reales, demasiado redondos y grandes para su pequeña complexión. Pero aun así tenía un aspecto estupendo.

"¿Tienes coca? A Candi y a mí nos encanta la coca".

Memo no la usaba, pero sabía que, al igual que el camino al corazón de un hombre era a través de su estómago, el camino a una stripper era a través de su nariz. Había traído media onza con él. Despúes de que Memo le pasara al camarero un billete de cincuenta dólares, el grupo de cuatro se dirigió a una mesa de la sección VIP del bar.

Memo le entregó a la chica la bolsita de cocaína, y ella chilló de alegría, como lo haría una niña pequeña al ver su caramelo favorito. Las chicas se excusaron y se dirigieron al baño de señoras para esnifar de forma poco femenina.

Memo se volvió hacia Gilberto. "¿Qué te parece Candi?"

"Creo que podría desarrollar un gusto por los dulces".

"Pues no lo hagas. Estas chicas sólo nos quieren cuando tenemos dinero o coca".

"Lo sé. No te preocupes".

Las chicas volvieron a la mesa, con las pupilas dilatadas y las fosas nasales rojas de irritación.

Candi agarró a Gilberto de la mano. "Eso está muy bueno. ¡Vamos a bailar!" Los dos se dirigieron a la pista de baile. Yvonne sonrió a Memo, moviendo ligeramente la cabeza hacia la pista de baile. Él sonrió y asintió con la cabeza, luego la tomó de la mano y la llevó a un lugar abierto por Gilberto. Hicieron girar a sus parejas casi al unísono, pues Gilberto había aprendido muchos de sus movimientos de Memo.

Dos botellas de tequila y unas cuantas cervezas después, Memo y Gilberto estaban listos para retirarse por la noche. Candi e Yvonne fueron al baño varias veces, así que todavía estaban listas para la fiesta.

"Yvonne, consigamos una habitación de hotel y la seguimos ahí".

"Eso suena perverso, es decir, perfecto". Todos se rieron.

Las dos parejas continuaron la fiesta hasta cerca de las cinco de la mañana. Gilberto se fue con Candi a otra habitación. Guillermo envió a Ivonne a su casa en un taxi, para poder dormir. Nunca pudo dormir bien con otra mujer que no fuera su esposa o Galilea. Sabía que probablemente era una parte más de su paranoia y más que probablemente infundada. La idea de estar muerto de sueño y al antojo de una desconocida que podía hacer lo que quisiera con él era bastante inquietante.

Tras unas horas de arduo sueño, Guillermo llamó a la habitación contigua para despertar a Gilberto.

"¡Despierta, Cabrón! Tenemos que reunirnos con Javier a las tres".

"Bueno", gruñó Gilberto al teléfono, con la voz áspera por el sueño.

Guillermo se calzó las botas de cocodrilo azul claro, un cinturón a juego y su caro Stetson negro 100x, interpretando a la perfección el papel de un narcotraficante de la mafia mexicana. Cuanto más cara era la ropa, las botas y el sombrero, más alto aparecía uno en la cadena alimentaria. Guillermo siempre vestía impecablemente con la mejor ropa que el dinero podía comprar. Se ponía su cadena de oro con una hoja de marihuana de oro de 14 quilates y se ponía el anillo a juego. Aunque decía ser de "bajo perfil", Memo disfrutaba de la atención extra que recibía de las damas al arreglarse. Él y Gilberto se dirigieron a la empresa de botas "Baca Blanca". Gilberto vigiló fuera de la oficina mientras Memo entraba.

Javier y Memo se abrazaron, de forma masculina, y luego se dieron la mano.

"Ha pasado mucho tiempo, Javier. No te veía desde la 'escuela'", dijo Memo, "escuela" refiriéndose a su tiempo en la cárcel.

"Parece que fue hace toda una vida, ¿verdad? Arruinados, solos, y luego, de la nada, Don Rafa nos da una nueva vida".

Memo pensó en lo que acababa de decir Javier. Era cierto, Don Rafa les había ayudado a ambos, pero había que pagar un precio. "Definitivamente. Javier, tenemos un nuevo plan para los envíos".

"Don Rafa no me dijo nada".

"Eso es porque aún no lo veo para decírselo. Pero sé que lo aceptará. Mira, compré una empresa maderera en Temochic. Vamos a ahuecar pinos y a enviar la marihuana a un aserradero aquí en Juárez. Tu almacén de madera. Por ahora seguiremos usando tu fábrica de botas, pero una vez que tenga todo aprobado a través de Don Rafa y compres la maderera, será el camino a seguir."

Javier sonrió. "Por un momento, Memo, pensé que ibas a dejarme fuera".

Memo frunció el ceño. "No vuelvas a decir eso, Javier. Ni siquiera lo pienses. Soy más leal a ti y a don Rafa que a mi propia esposa".

Javier se puso ligeramente rojo. "Lo siento, Memo".

Con todo en su sitio, Guillermo y Gilberto volvieron a salir, esta vez los dos solos. Bailaron, conocieron a mujeres y recogieron sus números. Justo antes de que el bar cerrara por la noche, Gilberto y Memo se reunieron en su mesa, pidieron dos chupitos de tequila y una cerveza, y contaron los números que habían reunido.

" ¡Carajo!" Memo le entregó a Gilberto un billete de cien dólares. "Es la tercera vez que consigues más que yo de forma consecutiva. Debes estar haciendo trampa".

"¡Cuñado! Cómo te atreves a sugerir algo tan horrible. Soy más joven y bailo mejor. ¿Qué esperas?"

"¡Cabrón! Te enseñé todo lo que sabes".

"Y el alumno se convierte en el maestro", dijeron ambos al unísono. Se rieron y una chica guapa con un gran trasero le dio una palmada en el hombro a Gilberto. Él se giró hacia ella y sonrió. "¿Sí, mi amor?"

La chica sonrió y se apartó un flequillo largo y rizado del ojo. "Mi amiga -señaló a otra bonita chica sentada a unas cuantas mesas de ellos- y yo nos preguntábamos si les gustaría unirse a nosotros".

Gilberto sonrió y miró a Memo, que se limitó a asentir con aprobación. Gilberto extendió la mano. "Me llamo Gilberto, y éste es Memo".

"Soy Rachelle, y ella es Betty". Se dieron la mano y se dirigieron a la mesa, donde Betty, toda sonrisas y pestañas, las saludó. Tomaron más bebidas justo antes de la última llamada. Betty era la más tímida de las dos chicas, pero hizo evidente que era una participante más que dispuesta al tocar continuamente a Memo, ya fuera en la mano, en la pierna o en su amplio pecho. Memo no creía que fuera posible, pero estaba demasiado cansado para el sexo. O para otra chica. Se levantó y Gilberto lo miró, sorprendido.

"Señoras, Gilberto, ya estoy acabado. Que pasen una buena noche".

Gilberto le miró extrañado. Betty parecía decepcionada.

"Seguro que Gilberto puede entretenerlas a las dos esta noche. Debo de estar haciéndome viejo". Tiró las llaves de la camioneta y una bola de ocho sobre la mesa. Gilberto asintió y tomó la coca y las llaves. Los ojos de las chicas se iluminaron y sonrieron. Memo salió del bar, llamó a un taxi y se fue a casa.

Memo se tumbó en el dormitorio principal de su casa de dos plantas de Juárez y cerró los ojos. Si Galilea estuviera fuera de la cárcel, podría estar allí con él ahora, y no tendría que estar tan solo. Levantó el móvil y marcó a Gilberto.

"Gil, ¿qué haces?"

" Cogiendo, hasta que llamaste en todo caso. ¿Qué pasa?"

"Te vas sin mí mañana a Cuauhtémoc", dijo Memo. "Tengo que ocuparme de algunos asuntos".

"¿Seguro que no necesitas mi ayuda?"

"Sí. Sólo para ver cómo está tu hermana".

"Haré que alguien te lleve el camión mañana por la mañana".

"Que sea temprano, Gilberto. Tengo planes".

"Son las tres de la mañana. ¿Qué tan temprano lo necesitas?"

"Que lo traigan para las ocho. Y llámame cuando llegues a Cuauhtémoc".

"Lo haré". Colgaron, y Memo se puso de lado.

Toda la noche, Memo pensó en cómo podía sacar a Galilea de la cárcel. Pensó en pagar al director de la cárcel, a los guardias, a los jueces, a todos los implicados. Costaría mucho dinero, y muchos de los implicados probablemente intentarían sacarle más dinero después. Optó por pagar simplemente a los guardias. Los guardias tendrían pocos recursos para perseguir a Memo para conseguir más dinero más adelante, y se verían fácilmente desmantelados debido a su relativamente escasa influencia dentro del gobierno. Satisfecho con su conclusión, Memo finalmente se durmió.

Capítulo 20

A las nueve de la mañana, Memo fue el primero en la cola para las visitas en la prisión. Llevaba una pequeña bolsa de deporte con 10.000 dólares y algo de ropa para Galilea. Tras regatear un poco con un guardia de la entrada, Memo se dirigió directamente a los guardias que vigilaban a la gente que salía de la sala común de visitas.

"Tengo algo para ti".

Uno de los guardias hizo una señal al otro, se giró y le indicó a Memo que la siguiera. Entró en un pequeño despacho. Era bajita, poco atractiva y con un grueso bigote.

"¿Qué tienes? ¿Necesitas llevarle algo a tu novia?"

"No. La necesito fuera".

Los ojos de la guardia se abrieron de par en par y se detuvo. "Eso te costará. Somos dos, sabes".

" Traje lo suficiente para las dos". Dejó caer la bolsa sobre el escritorio junto al que estaba el guardia. La abrió y silbó.

"¿Y cómo sabes que no te lo quitaremos sin más? Ya sabes, confiscando el contrabando".

"Porque estoy bastante seguro de que las dos quieren vivir para ver el amanecer de mañana". Memo miró fijamente a los ojos de la mujer.

Ella se separó de su mirada ardiente.

" Bien, bien. Lo entiendo". Levantó las manos en un gesto pacífico. "¿Piensas sacarla de aquí sin más?"

"Sí".

La guardia se rió.

"De acuerdo. Ve a la sala de visitas. Cuando haga una señal, se van".

"¿Cuál será la señal?"

Sonrió, con sus dientes amarillos y torcidos brillando. "Oh, confía en mí, lo sabrás cuando lo veas.

En cuanto Memo entró en la zona común de la prisión de mujeres, Galilea montó su habitual escena para que las demás mujeres de allí supieran que Memo "le pertenecía".

"Gali, mantén la calma. Actúa como si no pasara nada".

"De acuerdo". Sus manos temblaban ligeramente.

"Vas a salir de aquí".

"¿De verdad?"

"Shhh. Relájate. Sí. Le pagué a los guardias. Que se jodan los abogados, los jueces, este estúpido sistema. Voy a sacarte de aquí. Te conseguiremos una nueva identidad y podrás venir conmigo a Cuauhtémoc".

A Galilea se le iluminaron los ojos, pero mantuvo la calma. Unos minutos después, estalló una pelea en la zona común. La guardia que había hecho el trato con Memo estaba en la puerta mientras su compañera se acercaba despreocupadamente al círculo de reclusas que se había formado coreando: "¡Pelea! ¡Pelea!" Memo apretó la mano de Galilea y, cuando se acercaron a la puerta, la guardia se acercó para ayudar a su compañera. Dado que los reclusos iban de civil, y que Memo ya había pagado al guardia en la entrada, la pareja salió junta de la prisión, con la misma facilidad que si acabaran de entrar. Subieron a su camioneta y se marcharon, mientras Galilea lloraba de alegría.

Esa noche llegaron a su casa de Juárez.

"Bienvenido a tu nuevo hogar, por el momento".

"¡Yeiiiii!" Galilea gritó su aprobación. "¡Te amo, te amo, te amo!" Se levantó de un salto y le rodeó la cintura con las piernas. A él le seguía pareciendo muy sexy, incluso con el pequeño vientre de bebé que se estaba formando.

"Hazme el amor".

"Será un placer".

Más tarde, aquella noche, Memo se acostó despierto, con el cuerpo curvilíneo de Galilea a su lado. Ella estaba dormida, pero él no podía ponerse a ello. Algo no le parecía bien.

Golpe. Golpe. Susurros.

Memo se volvió hacia Galilea y le puso una mano firmemente sobre la boca. Ella se despertó, sorprendida y asustada por su extraña acción.

"Shh. Hay alguien fuera. Necesito que te dirijas muy silenciosamente al armario y te metas dentro. Túmbate en el suelo y no te muevas. Pase lo que pase".

Galilea asintió con énfasis.

"Ve".

Memo fue al cuarto de baño, encendió la luz y el agua de la ducha, y cerró la puerta.

Se dirigió sigilosamente al dormitorio trasero. Sabiendo que el lugar más discreto para entrar en la casa era la puerta trasera del patio, Memo se dirigió a la ventana situada justo encima. Había dos hombres en la puerta: uno se estaba cubriendo y el otro estaba forzando la cerradura. Memo habría disparado a los dos desde arriba, pero, si no les daba a los dos, uno podría escaparse y traer más ayuda. Quizá hubiera más esperando en un coche cercano. Memo volvió corriendo al dormitorio principal y miró hacia la calle. Un Crown Victoria negro estaba estacionado en la acera unas manzanas más abajo, pero estaba demasiado oscuro para ver si había alguien dentro. Tendría que suponer que el coche tenía refuerzos, así que, fuera cual fuera su movimiento, tendría que ser rápido y decisivo. Memo colocó las almohadas en forma de cuerpos y las cubrió con una sábana.

Los pasos estaban ahora dentro de la casa. Memo se colocó detrás de la puerta. Apenas pudo distinguir el cañón de la pistola que sostenía uno de los hombres que entraron en la habitación.

Thwip. Thwip. Thwip. Los disparos amortiguados por el silenciador se estrellaron contra las almohadas, y la cama vibró. Los trozos de las entrañas de la cama se levantaron y se alejaron de ella.

El tirador mantuvo la pistola apuntando a la cama, y el otro hombre se puso de puntillas por el suelo y abrió lentamente la puerta del cuarto de baño. Memo sólo tenía un momento para actuar.

Haciendo rodar su cuerpo desde detrás de la puerta de la habitación mientras el otro hombre entraba en el cuarto de baño, Memo disparó tres tiros, dos de los cuales alcanzaron al tirador en el pecho. El hombre del baño reaccionó, pero demasiado lento, y Memo vació la carga en él. Recargando, Memo se acercó al primer hombre. Agachado, levantó la cabeza del tirador y le miró fijamente a los ojos, llenos de dolor y pánico. Luego, colocando el cañón de su arma contra el cráneo del asesino, lo remató.

Limpiándose el sudor de la cara y algunas salpicaduras de sangre de las manos, se levantó y abrió la puerta del armario. Galilea salió corriendo del armario y le abrazó con todas sus fuerzas, llorando sin reparo.

Tras un momento, la apartó de un empujón y fue a inspeccionar los cuerpos. Ambos llevaban pantalones vaqueros de diseño, camisas y botas caras.

"¡Dios mío! Son policías!" Galilea señaló la placa que uno de ellos llevaba en la cadera.

"Judiciales. Detectives. Probablemente trabajan para El Soldado. Tenemos que salir de aquí".

La pareja tomó algo de ropa y la metió en una bolsa de viaje que Memo guardaba en el armario. La bolsa tenía también algo de dinero y un AK-47. Salieron a hurtadillas por la puerta del lado de la casa y Memo indicó a Galilea que se mantuviera oculta hasta que él regresara. Tras inspeccionar el AK-47 y prepararlo para disparar, se escabulló alrededor de la casa y se colocó en un rincón de la pared, cerca de la alta valla que rodeaba su casa. Se dio cuenta de que la verja estaba abierta, con el candado cortado en el suelo. Pudo ver el Crown Victoria, pero no pudo distinguir si había alguien dentro. No tuvo más remedio que despejar el coche antes de que pudieran escapar. Saliendo por la puerta, caminó a paso ligero por el lado opuesto del coche, con el AK a su lado. Cuando se acercó lo suficiente, apuntó con el AK al coche y se acercó rápidamente a él. No hubo movimiento, ni disparos, sólo silencio. Vio que el coche estaba vacío y, tras volver a Galilea, Memo pidió que le llevaran y le hicieran una "limpieza". Saldrían hacia Cuauhtémoc por la mañana temprano. No quería que Galilea estuviera tan cerca de la casa de su mujer, pero era el lugar más seguro para ella. Prácticamente era el dueño del pueblo.

Capítulo 21

Memo miraba el calendario de la pared de la oficina del taller de chapa y pintura del que era propietario -uno de sus muchos negocios legítimos-, un poco mareado por el olor a pintura fresca que penetraba en el edificio. Mujeres con curvas junto a elegantes coches deportivos. A Memo le gustaba especialmente January, una morena de piel oscura.

Se sobresaltó cuando uno de sus subordinados, Martín Espino, dijo: "Don Guillermo, un hombre quiere hablar con usted de trabajo".

El sonido de los hombres puliendo y lijando coches obligó a Memo a casi gritar. "¿Viene recomendado? ¿Qué sabemos de él?"

Espino respondió en voz alta. "Es Socorro Ortiz, el tío de Juanito, y un gran trabajador. La pequeña tienda de ultramarinos de Socorro se hundió hace unos cinco años, después de que su mujer sufriera un grave accidente de coche y él tuviera que hacerse cargo de ella y de los niños. Ha estado traficando con marihuana desde las montañas hasta Ciudad Juárez para los menonitas, pero sabe que hay un futuro mejor para él contigo. Además, ya no quiere ser un burro".

Memo tenía muchos contactos que eran menonitas. La cultura local había afectado a los menonitas locales de forma poco positiva. Muchos ya no practicaban su religión y se habían unido al creciente tráfico de drogas. Se movió en su silla. Poco partidario de hurtar el talento local, Memo preguntó: "¿Para qué puedo utilizarlo?".

"Hace unas dos semanas, fue rodeado por los federales cuando volvía de las montañas. Alguien le había puesto el dedo encima, pero no se rindió. Les pagó a estos tipos el dinero de la protección, pero también querían su carga". Espino tosió por el fuerte olor de la pintura que se desprendía de los vehículos en su interior.

Memo sonrió, recordando la historia. "Ahora sé quién es. Supe que le dijo al comandante que se mataría luchando contra los federales antes de entregarse. El Comandante se rió, y el tal Socorro le voló la cabeza con una escopeta recortada. Los hombres del Comandante estaban tan sorprendidos que no reaccionaron lo suficientemente rápido, y él les voló la cabeza con un AK-47 que llevaba colgado de una correa en el hombro. Extravagante, pero efectivo. Y valiente". Memo se puso de pie. "Creo que me va a gustar. Hazle pasar y hablaremos".

Socorro entró en el despacho, con su sombrero de vaquero en las manos delante de él. Tenía el pelo negro con algunas mechas grises. Llevaba una sencilla camisa blanca del oeste con botones perlados, vaqueros negros y botas de piel de mula. Era delgado, sus largos y nervudos músculos evidenciaban que había trabajado duro toda su vida. Tras unos minutos de medirse en silencio, Memo habló.

" Dicen que te metiste en este negocio para cuidar a tus hijos".

Socorro asintió, mirando a los pies de Memo. Memo hizo un gesto de "espera un momento" con el dedo y asomó la cabeza por la puerta del despacho. "¡Todos tomen treinta!"

Los trabajadores parecían desconcertados. Memo sonrió, y luego gritó: "¡Salgan de aquí durante treinta minutos, ahora!". Los empleados del taller se dispersaron. Memo cerró la puerta de la oficina, se alisó la camisa y los pantalones y se aclaró la garganta antes de volver a hablar.

"Tengo una esposa y dos hijos. Los quiero más que a mi vida. Las cosas se han vuelto, bueno, complicadas. Necesito a alguien que pueda estar cerca cuando yo no esté y que esté dispuesto a recibir una bala o incluso a morir por su seguridad. Cualquiera puede decir que estaría dispuesto a hacerlo, pero muy pocos hombres realmente lo harían".

Socorro miró a Memo a los ojos. "Mi vida no tiene importancia. Daría mi alma para que mi mujer y mis hijos tuvieran todo lo que necesitan. Mi vida es un pequeño precio a pagar. Cuando vi que iba a ser detenido por los federales, lo único en lo que podía pensar era en la pobreza que tendrían que soportar mis hijos. Mi pobre esposa moriría sin mi ayuda. No tengo educación formal. No tengo más habilidades que la agricultura, y ahora, matar. Si puedes asegurarme que, pase lo que pase, mis hijos serán atendidos, protegeré a tu familia con mi último aliento".

Socorro había llegado en un momento perfecto. Memo sabía que necesitaría protección a tiempo completo para su familia ahora más que nunca; los negocios estaban en auge y su riqueza crecía exponencialmente. El reciente atentado de El Soldado contra su vida era sólo el principio. Los dos hombres llegaron a un acuerdo sobre el salario y las funciones de Socorro Ortiz. Guillermo sabía que el hombre necesitaba dinero para su familia, así que le dio un mes de sueldo por adelantado. Había visto la dura mirada de desesperación en demasiados rostros como para no reconocerla. Era tan sencillo como leer en la cara de un hombre una petición que era demasiado orgullosa para hacer. Socorro se marchó feliz con el dinero en el bolsillo pero ansioso por ponerse a trabajar.

Con Socorro cerca de su familia, Memo condujo de vuelta a Juárez, parando a repostar antes de salir. El empleado limpió inmediatamente los cristales y comprobó el aire de los neumáticos sin preguntar. Memo le dio 500 pesos. El empleado le dio las gracias y Memo continuó su viaje, preguntándose si necesitaría el mismo tipo de protección para Galilea.

Capítulo 22

Sonriendo, con el agradable olor de los tamales cocinándose al vapor, Memo dio un mordisco a un tamal dulce y lo bajó con un trago de café negro. Frecuentaba La Choza, una pequeña tienda de tamales en el centro de la ciudad, cada mañana que trabajaba en Juárez. La textura granulosa de la harina de maíz contrastaba agradablemente con las gordas pasas y los jugosos trozos de piña mezclados en su interior. Frunció el ceño al recordar que había matado a sangre fría a dos presuntos asesinos y el fuerte caso de déjà vu que sintió después. Memo se estremeció al pensar en sus recuerdos recientes. El teléfono móvil que llevaba Memo en la cadera sonó, devolviéndole a la realidad.

"Memo, soy Rafa. ¿Has estado tratando de localizarme?" Memo había dejado varios mensajes a Rafa en su concesionario de coches usados en Albuquerque.

"Seguro que sí. ¿Cuándo puedo verte? Sólo dime cuándo y dónde", dijo Memo.

Una breve pausa, luego Rafa dijo: "Hoy, alrededor de la una de la tarde, en la catedral de Juárez. Tienes suerte de que esté en la ciudad".

" Ahí estaré".

En la parte central de la ciudad, a poca distancia de la frontera entre El Paso y Juárez, estaba la enorme catedral de Juárez. La antigua iglesia católica, llena de bellas obras de arte y estatuas, era un oasis en medio de un desierto de pobreza, drogadictos y prostitutas: los principales habitantes de esta zona de la ciudad. Al lado había un gran mercado, y el tráfico de personas era incesante. Un mercado abierto era un lugar fácil para desaparecer y demasiado público para que alguien te mate.

Memo se reunió con Rafa en la entrada principal y se dirigieron a un puesto de cócteles de camarones al final de la calle. Después de comer, caminaron por una calle llena de hombres que limpiaban zapatos por dos dólares. Rafa y Memo se hicieron lustrar las botas, evitando cuidadosamente las discusiones de negocios mientras esperaban. Memo pagó a los dos limpiabotas, dándoles 10 dólares de propina a cada uno. Rafa miró a Memo como si pensara que estaba loco por dar tanta propina. Memo se limitó a sonreír; sabía que tenían mucho, y era mejor tener al hombre común de su lado si la mierda proverbial llegaba al ventilador. Memo y Rafa entraron en el Hotel Continental, donde Rafa se alojaba por la noche.

Se acomodaron en las sillas de su habitación, donde podían hablar sin ser molestados.

"Rafa, tenemos que hacer algo", dijo Memo. "Un par de sus policías intentaron matarme".

Rafa asintió. "Yo también he estado pensando en eso. El Soldado tiene un socio llamado Carlos Medina. Para que lo entiendas, déjame que te hable de Medina. Empezó a vender cocaína a principios de los ochenta. Él y su mujer vivían en una zona peligrosa de Juárez, y odiaba dejarla sola cuando iba a trabajar. En el bar donde trabajaba como camarero, empezó a traficar con cocaína".

Se recostó en su silla. "Al principio, se limitaba a hacer las conexiones para los clientes del bar, comprando a un traficante callejero local llamado El Soldado, y conformándose con la propina que le diera el cliente. Al cabo de unos meses, cada vez lo buscaban más clientes. El Soldado vendía la coca más pura disponible en las calles, y eso era difícil de encontrar. Cuando los demás le preguntaban de dónde la sacaba, les decía simplemente que su primo se la traía del sur". Hizo una pausa y Memo levantó un dedo.

"¿Quieres algo de beber? ¿Cerveza?" Preguntó Memo.

"Sí. Que traigan un paquete de seis de Modelo Negra".

Memo ordenó al servicio de habitaciones que trajera las cervezas.

Rafa continuó. "Medina decidió comprar mayores cantidades a El Soldado. Cuando la gente empezó a buscarle en su casa, su mujer se enfrentó a él por los visitantes. No tuvo más remedio que confesar. Por suerte, el dinero era bueno, así que su mujer no se quejó mucho. Al cabo de un tiempo, Medina no tenía que salir de casa para dirigir su nuevo negocio, y pudo dejar su trabajo".

Alguien llamó a la puerta. "Qué rápido", dijo Memo, desenfundando su 45.

"¿Quién es?"

"El servicio de habitaciones".

Rafa se levantó y abrió la puerta, Memo a un lado, listo para disparar si era necesario. Un joven con granos les entregó la cerveza. Memo se relajó. Destapó las botellas y le entregó una a Rafa. "Continúa".

"Cada semana, Medina compraba medio kilo de cocaína, lo llevaba a casa y lo cortaba con un cardo de leche". Rafa dio un trago a la cerveza.

"¿Por qué cardo mariano, precisamente?".

"Lo creas o no, se mezcla excepcionalmente bien con la coca. De todos modos, el kilo se convirtió en kilo y medio, y lo vendía por onzas. Un joven vecino, Yeyo Morales, empezó a vender para Medina, y Carlos pudo mantenerse al margen. Al cabo de un año, Medina y su mujer se mudaron a una casa más grande en una zona más bonita de la ciudad. La pagó al contado". Rafa volvió a hacer una pausa para beber, y luego continuó con su historia. "Medina compró un restaurante de mariscos en una zona lujosa de Juárez para justificar sus ingresos constantes y, en consecuencia, obtuvo un visado con la intención de comprar una casa en El Paso".

Rafa dejó su botella vacía sobre la mesa.

"Mientras tanto, El Soldado se convirtió en el hombre más poderoso de Juárez y se hizo con el control del cártel de Juárez en un sangriento golpe de Estado", dijo. "Durante la violencia, Medina se trasladó a su casa de El Paso y empezó a traficar en EE.UU. Había escasez de coca en Juárez, así que Medina acudió a mí y yo le suministré marihuana. Ese resultó ser uno de los problemas que El Soldado tenía conmigo. Pensaba que estábamos tratando de eliminarlo. En realidad, no queríamos molestarlo mientras lidiaba con su pequeña guerra. Y para ser honesto contigo, Memo, en ese momento pensamos que El Soldado no iba a lograrlo. Mucha gente lo quería muerto. Lo arreglamos dándole a El Soldado una gran parte de nuestros beneficios durante nuestros tratos con él, pero nunca estuvo realmente satisfecho".

Memo dio un respingo cuando sonó el teléfono de la habitación del hotel.

Rafa contestó, y mientras hablaba, su expresión era preocupada.

"Lo entiendo. Gracias, Tomás". Rafa colgó el teléfono. Frunciendo el ceño, Rafa se dirigió a Memo. " Vámonos de aquí. Tomás es el dueño del hotel, y somos amigos desde hace mucho tiempo. Cuatro detectives están fuera ahora mismo preguntando por mí. Supongo que El Soldado sabe que estoy aquí".

El Hotel Continental, que no es el más lujoso de Juárez, tenía una clara ventaja sobre los demás de la zona: una vía de escape. Tomás había construido un túnel subterráneo que unía el hotel con otro de sus negocios, un club de striptease situado a una manzana de distancia. Nadie más que él y algunos de sus amigos más cercanos conocían el túnel; ni siquiera los empleados del hotel sospechaban su existencia. Rafa y Memo se apresuraron a atravesar sus fríos pasillos hasta llegar al club. Lo mejor que podían hacer era quedarse allí hasta la noche. La policía nunca sabría que estaban allí.

El club seguía tranquilo; era demasiado pronto para las strippers. Rafa y Memo se sentaron en una mesa y pidieron más cerveza. Rafa continuó donde lo había dejado en la habitación del hotel, apenas sin aliento por la caminata rápida.

"Memo, hace una semana, un teniente de la policía de El Paso me hizo una visita. Dijo que sabía que yo estaba involucrado con las drogas, que todos mis negocios en Albuquerque eran sólo fachadas. Dijo que no estaba allí para arrestarme sino para ayudarme. Trabaja con Medina".

"Entonces, ¿quiere eliminar a Medina?"

"Exactamente. Este tipo, Barba, no cree que Medina vaya a estar mucho más tiempo. No sé si podemos confiar en Barba, pero también tiene conexiones en Aduanas".

"Bueno, he perdido más de un cargamento en la frontera. Podría ser rentable".

"Mira, si le pasa algo a Medina, El Soldado se volverá loco. Se olvidará de nosotros por un tiempo. Mientras tanto, podemos planear contra él. Tenemos que deshacernos de él".

Memo lo pensó y frunció el ceño. En realidad, no quería entrar en guerra con uno de los mayores narcotraficantes de México, pero El Soldado había empezado. Sintiéndose particularmente paranoico, Memo llamó a Socorro.

"¿Qué pasa, jefe?"

"Sólo hay que estar más alerta. Ha pasado mucha mierda".

"Sí, señor".

Capítulo 23 (Arturo)

El Patio, un bar de mala muerte en el centro de Juárez, apenas soportaba la cantidad de gente que había entre sus temblorosas paredes, como ocurría normalmente un viernes cualquiera por la noche. Arturo Cereceres observó cómo las nubes de humo llenaban la sala, dificultando aún más la visión en el bar, ya de por sí poco iluminado.

La entrada de la planta superior conducía a una pequeña zona de bar en el centro, y las mesas corrían a lo largo de las paredes en forma de herradura. La planta inferior era el centro del bar, y la pista de baile estaba colocada contra la pared del fondo, hacia el centro de la sala. Las mesas de madera rústica sostenían botellas de cerveza, en su mayoría de las dos marcas mexicanas de Tecate y Carta Blanca, botellas medio llenas y un cuarto lleno de licores, Tequila y Presidente, y muchos limones exprimidos. Arturo disfrutó de la música de una banda local, un típico estilo "norteño"; el grupo contaba con un acordeón, percusión y guitarras acústicas y bajo. Las canciones sobre el narcotráfico o el patriotismo regional eran siempre populares en cualquiera de los bares locales. Alineados en el baño para conseguir finas líneas blancas de valor temporal, los hombres compraban pequeños papeles de cocaína como si fueran caramelos de primer grado. Supuestamente la coca compensaría los efectos de la bebida y podrían "aguantar la noche".

Arturo se rió para sus adentros, mientras observaba a los traficantes de drogas, evidentes por su aspecto, con sus grandes objetos de oro colgados del cuello y alrededor de las muñecas y los dedos, teléfonos móviles en la cadera y, a menudo, también beepers. Entre las manos de los traficantes, camareros, camareras y clientes, la coca y los billetes de cien dólares fluían tan fácilmente como la mantequilla derretida. Los hombres regateaban los precios de sus vicios, y las prostitutas los alquileres de sus cuerpos.

A Arturo le hubiera gustado estar en el bar por placer, pero su trabajo estaba a punto de comenzar. Había llegado a primera hora de la tarde para observar a Yeyo Morales y Paco Amador; estaban sentados en una mesa del rincón más alejado de la entrada. Arturo lo sabía todo sobre ellos, aunque ninguno de los dos le conocía. Yeyo traficaba con drogas desde los quince años; ahora tenía treinta. Paco empezó hace apenas cinco años con Yeyo, pero los dos pronto se convirtieron en un equipo de rápido ascenso dentro de la mafia mexicana. Utilizando camiones agrícolas que transportaban manzanas y maíz desde las montañas de Chihuahua, traficaban con grandes cantidades de cocaína y marihuana para producir tiendas en Juárez y El Paso.

El jefe de la operación era "El Soldado". Respondiendo sólo a "El Soldado", la pareja dirigía el negocio a su antojo. Yeyo convenció a Paco para que se uniera a él en el negocio cuando el negocio de productos de Paco fracasó. Convertidos en compadres inseparables, habían bautizado a los hijos del otro. Sin embargo, ninguno de los dos estaba acompañado por sus esposas en ese momento, y definitivamente no estaban pensando en sus hijos, y mucho menos en sus esposas. Paco y Yeyo llevaban cada uno una chica del brazo, ambas guapísimas y mostrando mucho escote. Arturo se había acercado sigilosamente a su mesa para escuchar su conversación.

Paco se tragó la mitad de su cerveza y la dejó sobre la mesa de madera con un golpe.

"Oye, Cabrón, no te olvides de nuestra reunión con Medina mañana. Si sigues bebiendo, tendrás tanta resaca que no te levantarás a tiempo", reprendió Yeyo a Paco.

"No, guey, no te preocupes", aseguró Paco a su amigo. "Ni siquiera pienso ir a dormir".

"A El Soldado no le gustaría que te presentaras sin estar preparado", refunfuñó Yeyo. "Tendremos que ir a casa en algún momento".

"Estaré listo". Paco recogió su cerveza y la vació. "Dormir o no dormir".

Los cuatro se rieron del chiste flojo, el humor reforzado por el alcohol y la cocaína. Yeyo y Paco eran muy buenos en lo que hacían, pero demasiada gente les oía hablar, mencionando nombres de personas importantes en sus conversaciones.

El negocio de la droga era para los precavidos y, sobre todo, para los discretos. Arturo se levantó de repente, sacando el AK-47 que llevaba escondido en su abrigo y apuntando a los dos hombres.

"¡El Soldado les manda saludos!"

Paco y Yeyo intentaron tomar sus armas, pero Arturo tenía el elemento sorpresa de su lado. En cuanto Arturo abrió fuego contra los dos hombres, el estruendo del AK-47 provocó el pánico entre el resto de los clientes del bar. La gente gritó y corrió hacia la única salida del bar, algunos atropellando a otros. Los más sensatos se lanzaron a cubrirse bajo una mesa o una silla. La cerveza y el licor lo salpicaron todo, los cristales se hicieron añicos al romperse las botellas.

Tan rápida y espantosamente como había comenzado la escena, terminó. Los disparos fueron sustituidos por un horrible silencio, casi más ensordecedor que los propios disparos. Arturo salió caminando a paso ligero -nadie le vio realmente-, tan invisible como un vampiro después de cobrarse sus víctimas. Las imágenes de Yeyo y Paco, con los ojos en blanco en un sueño eterno, parecían seguirle.

Arturo oyó que las sirenas lejanas se hacían cada vez más fuertes. Hizo una señal a un taxi cercano y se subió, instando al conductor a que se adentrara a toda velocidad en la noche. Cuando abandonó la escena, llegaron la policía de la ciudad de Juárez y las ambulancias. Arturo dudaba de que alguien pudiera identificarlo como el asesino, la penumbra del bar hacía que sus rasgos, ya de por sí muy normales, fueran aún menos memorables. La gente de la ciudad de Juárez tenía demasiado miedo a las repercusiones de la mafia mexicana como para decir algo a la policía, a pesar de todo. El crimen se sumaría a la ya interminable lista de crímenes sin resolver en la zona.

Se recostó en el taxi, pensando que los diez mil dólares que acababa de ganar por los dos hombres muertos le durarían varios meses. Por fin podría cambiar el equipo de música de su camioneta Dodge Ram por un modelo más nuevo y potente.

Se inclinó hacia delante para hablar con el hombre que conducía el taxi, su amigo desde la infancia, Leobardo. "Vamos al S-Mart de López Mateos, Leobardo".

El S-Mart, un supermercado local, permanecía abierto veinticuatro horas. Al detenerse en un teléfono público en el estacionamiento, Arturo llamó a su contacto y simplemente dijo "hecho". Se dirigieron a un callejón oscuro y se estacionaron, hablando de chicas, camiones y música mientras esperaban su cita. Nunca hablaron del trabajo, en parte por superstición y también por el código de secreto de la mafia.

Veinte minutos más tarde, un coche de policía sin marcas se acercó al lado del pasajero del taxi, y ambos hombres se tensaron. Las personas que trataban con los Judiciales solían acabar enterradas en el desierto circundante para ser encontradas meses o incluso años después. A veces nunca se les encontraba; simplemente desaparecían. La mayoría de los policías trabajaban para El Soldado, el ex militar a cargo de todo el cártel de Juárez.

Arturo abrió la ventanilla y tomó la bolsa de papel que le entregaron. Mientras contaba el dinero, el coche de policía se alejó con el chirrido de los neumáticos. Ambos hombres se relajaron y Leobardo condujo el taxi hasta un hotel local llamado Le Baron.

Las habitaciones del hotel, de estilo oasis, tenían un guardia armado en la entrada y estaban conectadas por estacionamientos individuales. La espaciosa habitación de Arturo y Leobardo, con dos camas y grandes espejos en los techos, tenía un aspecto elegante, pero no había duda de su finalidad. Después de cambiarse de ropa, salieron en el Dodge de Arturo y se dirigieron a Norma's, un cabaret que Arturo frecuentaba y, en consecuencia, era tratado como la realeza.

Leobardo se fue con una joven stripper a su casa. Arturo hizo una llamada a su novia principal, Selene, desde su teléfono móvil.

"¿Hola?" El sueño le dio a su voz un tono ronco.

"Es Arturo", murmuró al teléfono. "¿Puedo pasar a buscarte?".

"¿Qué hora es?" Arturo oyó el crujido de los muelles de su cama al moverse. Parecía que se alegraba de tener noticias suyas.

"Es tarde", le dijo.

"Te espero".

Arturo condujo hasta el apartamento de Selene y la llevó a comer a Pozole. Después, se dirigieron a su habitación de hotel. Arturo estuvo a punto de arrancarle la ropa a Selene de su curvilíneo cuerpo. Cuando ambos se desnudaron y estuvieron en la cama, Selene tomó el control y se puso encima. Arturo no se quejó. Después de todo, ella era la experta. Selene trabajaba en un salón de "masajes" y, como tantas mujeres atractivas de la gran ciudad, utilizaba su aspecto y sus habilidades especiales para ganar dinero.

Más tarde, Arturo dio una larga y profunda calada a su Marlboro, la mantuvo durante un momento y luego exhaló. Los anillos de humo subían perezosamente alrededor de su cara. Tumbado a su lado, el cuerpo de Selene permanecía inmóvil salvo por su leve respiración.

Reflexionó sobre cuándo se habían conocido. Claudio, el jefe de Selene, era un buen amigo de Arturo, y la pareja se conoció en su primer viaje al negocio de su amigo. Selene le decía a menudo a Arturo que le quería, pero Arturo no correspondía al sentimiento, incapaz de confiar en una mujer que vendía su cuerpo. La mayoría de las mujeres con las que salía eran strippers o prostitutas. No es que no le gustaran las mujeres "buenas", pero sólo había conocido a una mujer decente en su vida: su madre.

Alta y agradable a sus veintidós años, con una buena educación, Selene era la novia "oficial" de Arturo. Sin ser monógamo, Arturo la utilizaba para que le acompañara a eventos y fiestas importantes. Como asesino a sueldo, le invitaban a menudo a las funciones de sus distintos empleadores. No le gustaban muchos de sus empleadores, pero asistía a sus funciones para dar una falsa sensación de seguridad a su alrededor. Nunca se sabía cuándo un empleador anterior se convertiría en una marca potencial. Selene no tenía ni idea de a qué se dedicaba, y nunca se lo preguntaba. Era una de las razones por las que le gustaba. Mientras pensaba en ella y en los sucesos del día, Arturo se sumió en un sueño perturbado, el tipo de sueño que tenían los asesinos con algo de conciencia.

Arturo se despertó con un sobresalto y volvió a mirarla. El cuerpo de Selene, sin vida a su lado, derramaba sangre sobre las sábanas de satén que los envolvían. Agarró la sábana y jaló, de alguna manera ya sabía lo que iba a ver, pero no pudo evitarlo. A Selene le faltaba la cabeza, y Arturo se levantó de un salto, buscándola frenéticamente. El pánico le invadió.

Salió corriendo a buscar en las calles de Juárez. Tropezando continuamente con cosas, peinó la zona en busca de la cabeza de Selene. Sin embargo, cada vez que tropezaba, los cuerpos humanos muertos y las bolsas de cocaína abiertas le miraban fijamente. De repente, rodeado de niños desnutridos vestidos con trapos que vendían chicles, como es habitual en las fronteras de México con Estados Unidos, Arturo corrió enloquecido hacia la frontera estadounidense, el Puente de las Américas.

Llegó al puente y empezó a cruzarlo, pero los disparos resonaron en sus oídos. Sintió las tripas calientes y húmedas. Cayó de rodillas, viendo a una figura de su pasado caminar hacia él, un agente de la patrulla fronteriza. Un escalofrío le recorrió la espina dorsal, de esos que se sienten en todo el cuerpo. Arturo reconoció el rostro descompuesto del agente de la patrulla fronteriza, como el de un hombre al que mató hace años. No pudo distinguir las palabras del agente porque la boca del hombre se había podrido casi por completo y, para horror de Arturo, también sus ojos. Arturo sabía que éste iba a ser su escolta directo a las fosas del infierno.

Literalmente empapado en sudor, Arturo se despertó de su pesadilla. Vacilante, volvió a mirar a Selene. Como si ella sintiera su mirada, se movió, un murmullo somnoliento se le escapó de los labios. Apartó las sábanas y entró en el baño para bañarse. Después de ducharse, miró su cuerpo plagado de cicatrices y tatuajes en el largo espejo de la puerta y se rió. Cada una de sus cicatrices guardaba un recuerdo doloroso. Sólo Dios sabía por qué había escapado tantas veces de la muerte por un pelo.

Dejando en el aparador dinero más que suficiente para un taxi, Arturo salió a la calle. No se quedaba en su casa a menudo; era la forma más fácil de que alguien te encontrara y te matara. Utilizaba sobre todo su apartamento de una habitación para ducharse y cambiarse. Conduciendo por Juárez, se dio cuenta de que había alguien vendiendo algo -cigarrillos, caramelos, periódicos o simplemente mendigando- en cada esquina. A veces las calles eran así sin importar la hora a la que uno saliera.

Angustiado por sus inquietantes sueños, Arturo llamó a su madre. Le explicó detalladamente su sueño y le preguntó qué debía hacer.

"Tienes que ir a hacerte una limpieza espiritual. Ve al centro de Juárez, a cualquiera de las tiendas que venden medicina natural y velas, cosas así. Pregúntales cuánto cuesta una limpieza. La más barata es con la que vas".

"Pero mamá, me va bien de dinero".

"Lo sé, hijo, gracias a Dios, pero esa no es la razón. Los que más cobran suelen ser unos farsantes".

" De acuerdo, mamá, gracias".

Arturo hizo lo que le había dicho su madre. Tras preguntar en cinco o seis tiendas, Arturo encontró por fin la más barata. Cinco dólares. La pequeña tienda estaba a las afueras del Mercado, llena de velas, hierbas y cualquier otra cosa relacionada con la magia. Un hombre joven llevaba la tienda, pero dijo que su abuela hacía las limpiezas rituales. Condujo a Arturo a una habitación trasera conectada con la tienda. Un gran altar estaba en el centro de la pared, una estatua de una figura esquelética rodeada de varios tipos de velas, alcohol y cigarros.

"Necesitas una limpia, joven. Con urgencia. Has hecho cosas terribles. Ven aquí, más cerca".

Arturo vio a la increíblemente arrugada y calva anciana fuera de su visión periférica, pero no pudo evitar mirar el altar. En la mayoría de las velas que rodeaban la estatua se leía: "La Santísima Muerte".

"¿Te asusta eso, eh? No hace falta. Esa es la Santa Muerte. Ella vendrá a ti, como viene a todos nosotros, cuando sea tu momento. Ella es la única cosa en la vida que todo el mundo tiene garantizada, pobre o rico, grande o pequeño. Ella no discrimina a nadie. Asesinos, ladrones, hombres santos, piel clara, piel oscura, todos son iguales para ella".

La anciana comenzó el ritual. Sacó un huevo y, rezando, lo pasó por todas las partes del cuerpo de Arturo. Cuando terminó, rompió el huevo sobre un vaso de agua que su nieto había preparado. Cuando la yema cayó en el agua, se formó una sangre oscura a su alrededor.

"¿Lo ves? ¿Ves cómo necesitabas la limpieza?"

Arturo sólo pudo asentir. Inquieto por todo el asunto de la magia, le entregó a la señora sus cinco dólares. Mientras se daba la vuelta para marcharse, se le ocurrió una idea. Si esta dama mágica era real, cinco dólares no eran suficientes. Sacó cien y se los entregó. La dama sonrió y depositó el billete de cinco dólares que él le había dado primero a los pies de la estatua de la muerte. Arturo se estremeció, temeroso de la estatua, pero también fascinado por ella.

A eso de las dos de la tarde, se detuvo en el D'Mazatlán, una elegante marisquería. Formar parte de la organización más respetada o temida de México tenía sus ventajas. Arturo tenía fama de dar buenas propinas y los camareros estuvieron a punto de pelearse por quién atendería su mesa. El encargado trajo seis botellas de Dos Equis enfriando en hielo en una cubeta de lata.

Arturo pidió un filete de pescado cubierto con una salsa picante de tomates, chiles y cebollas. El pescado se había asado primero, con ajo y pimienta, y la salsa se había añadido después. Se acompañó de arroz blanco con queso Monterey jack fundido por encima. Contento después de la comida, dejó una propina de 10 dólares por una comida de 20 dólares. Se detuvo fuera, y el encargado del estacionamiento se apresuró a atenderle. Le resultaba familiar, así que Arturo le preguntó al hombre su nombre.

"José Alfredo Cereceres Santiago, Señor, a sus órdenes".

Arturo lo conocía, sin duda. Su padre, que había dejado a la madre de Arturo con siete hijos hacía más de veinte años, era ahora el encargado del estacionamiento del restaurante favorito de Arturo. La vida estaba llena de sorpresas. Le dio un dólar al hombre y se fue, decidiendo no decirle nada a su padre. Sólo le habría causado más dolor. Seguramente su padre querría aprovecharse de su buena suerte, o peor aún, tal vez Arturo se dejaría llevar por sus emociones y acabaría haciendo algo de lo que podría arrepentirse.

Arturo creía que algunos hombres habían nacido malvados. Evidente en sus acciones hacia otros niños, e incluso en sus ojos desde que eran pequeños, hacían cosas que otros niños no hacían. Otros hombres se convierten en malvados a través de una serie de acontecimientos, elecciones y otros factores que contribuyen a la autodestrucción de su alma. Arturo sentía que era este último tipo de hombre, que había nacido como una persona esencialmente buena, pero que, tras años de perversión y malas elecciones, se había convertido en un hombre malvado. Mató por dinero, y eso, en sí mismo, lo condenó. Un día, tendría que responder ante Dios, y ninguna cantidad de dinero lo salvaría. Muchas veces había sido arrestado por circunstancias sospechosas o por posesión de armas, pero siempre había comprado su salida. Comprar su salida del infierno probablemente no era una opción.

Cuando Arturo cumplió nueve años, su padre supuestamente abandonó a la familia y entró ilegalmente en Estados Unidos para mantenerlos. Al cabo de un año, la familia lo dio por muerto y los siete hermanos se pusieron a trabajar. Arturo trabajaba con tres de sus hermanos mayores en una mina a pocos kilómetros al este de su ciudad natal, Mapimí, Durango, México. La mina estaba oficialmente cerrada desde hacía unos veinte años, pero la gente todavía sacaba a veces mármol de ella, y el tío de los chicos vendía el mármol en la cercana ciudad de Torreón. Después de que tres de sus hermanos murieran por causas relacionadas con el trabajo, Arturo decidió irse a Estados Unidos. Llegó a Juárez con doce años, sin un centavo a su nombre. Por la noche, dormía en los parques en bancos, y durante el día buscaba trabajo.

Un día, empezó al final de la calle llamada Benito Juárez, llamada así por un famoso presidente mexicano que dijo una vez: "El respeto al derecho ajeno es la paz". Era la franja principal para los turistas de Estados Unidos, todo a poca distancia de la frontera. Deteniéndose delante de cada tienda, puesto y restaurante, Arturo barría toda la basura y el polvo que se acumulaba justo delante de ellos. Algunos de los propietarios le daban algo de dinero; muchos de ellos simplemente le hacían un gesto para que se fuera.

Frente al Tenampa, un restaurante muy frecuentado, alguien acababa de vomitar. Eso no detuvo a Arturo. Encontró unas bolsas de plástico y limpió toda la zona. Pidió al dueño que le proporcionara algún tipo de limpiador para quitar el olor. El dueño lo observó limpiar diligentemente e, impresionado por la ética de trabajo del joven, lo contrató para lavar los platos y despidió al vago que tenía ese trabajo.

Arturo hizo del trabajo su prioridad, llegando temprano, saliendo tarde, trabajando duro durante todo el día y tomando pocos o ningún descanso. Pronto ganó suficiente dinero para alquilar una habitación de hotel semanalmente, y después de limpiarse un poco y comprarse ropa nueva, el jefe le ascendió a camarero, entre las quejas del resto de la plantilla. Los demás camareros también estaban molestos, pero cuando Arturo ganaba más dinero en propinas que ellos, les enfurecía hasta el punto de querer hacer algo al respecto.

Después de un turno nocturno un viernes de pago, dos de los camareros decidieron seguirle hasta su casa. Arturo se había vuelto muy astuto en la calle y se dio cuenta de que le seguían. Salió corriendo y, al llegar a su habitación, cerró la puerta con llave. Los camareros que le seguían estaban empeñados en hacerle daño, en darle una lección. Pagando el equivalente mexicano de veinte dólares al empleado de la planta baja, consiguieron una llave de la habitación de repuesto y entraron en ella.

Arturo se defendió muy bien para tener trece años, pero los camareros tenían diecinueve y veinticuatro años, y no fue rival para ellos. Le dejaron magullado, con los ojos morados, las costillas y la nariz rotas y sin dinero. No se presentó a trabajar durante dos días por el dolor, pero cuando por fin llegó, el dueño lo llevó inmediatamente al médico. En la clínica, esperando al médico, el jefe de Arturo le preguntó qué había pasado.

Arturo no creía en el chivatazo. "Me asaltaron el viernes después del trabajo".

El jefe no parecía convencido, pero no pudo hacer que Arturo cambiara su historia. Cuando los camareros que le habían golpeado se dieron cuenta de que Arturo no había contado nada al jefe, las cosas se calmaron y le dejaron en paz durante un tiempo. Al cabo de unas semanas, uno de los camareros se acercó a Arturo.

"Tienes huevos, muchacho", dijo el camarero, señalando sus testículos con una mano ahuecada. "Aquí tienes el dinero que te quitamos".

La experiencia enseñó a Arturo una valiosa lección sobre el silencio y la imposición de respeto, una especie de código que seguiría durante el resto de su existencia.

A los dieciséis años, Arturo cruzó ilegalmente la frontera de Estados Unidos por primera vez. Una vez allí, consiguió un trabajo recogiendo chiles. Era un trabajo duro, y había formas de mover las manos a la perfección para que una persona con habilidad pudiera hacer el doble de trabajo que cualquiera que estuviera empezando. A todo el mundo se le pagaba por el número de bolsas de chiles recogidas, no por horas, e incluso los más viejos superaban a Arturo. Cuando el capataz pidió voluntarios para un trabajo nocturno especial con una paga mayor, Arturo fue el primero en ofrecerse.

Un solo acontecimiento en la vida de una persona puede alterar significativamente todo el curso de la misma. Para Arturo, fue la primera noche del trabajo especial nocturno. A las dos y media de la madrugada, seis mexicanos y un estadounidense -Félix, el capataz- cruzaron la frontera entre Estados Unidos y México, cada uno de ellos con una bolsa de lona de 50 kilos llena de marihuana. Mientras cruzaban las montañas de la Sierra a pie, se produjeron disparos de hombres con uniformes verdes, y dos de los siete cayeron. Félix y uno de los otros hombres sacaron pistolas y devolvieron el fuego a ciegas, impactando sólo en la tierra.

El miedo a los agentes de la patrulla fronteriza y los disparos que estaban recibiendo no hicieron más que alimentar una ira burbujeante en su interior. Observando el tiroteo entre los agentes de la BP y Félix, Arturo mantuvo su posición detrás de una gran roca. Sólo quedaban tres agentes, pero tenían a Félix inmovilizado en una depresión de la ladera.

Arturo se arrastró por el suelo hacia uno de los traficantes caídos y recogió el arma junto a su cuerpo. Sólo quedaban él y Félix; los demás estaban muertos, heridos o simplemente habían huido. Félix consiguió herir a uno de los tres agentes y ahora sólo dos le dispararon. Sabiendo que probablemente en pocos minutos más agentes estarían sobre ellos, Arturo tomó una decisión que le perseguiría y cambiaría su vida para siempre.

Apuntó cuidadosamente a uno de los agentes y disparó. Seguramente fue pura suerte; nunca había disparado un arma de fuego antes de ese día, pero era el tipo de cosas que convierten a alguien en una leyenda, aunque sea infame. El agente de BP cayó inmediatamente, con una bala en el ojo. Arturo apuntó al otro, pero Félix terminó el trabajo por él. Los dos huyeron, cada uno con una bolsa de lona, y escaparon por la frontera mexicana. Aquella noche, Arturo cruzó la línea entre el bien y el mal, y toda la inocencia de la infancia que había tenido desapareció.

En dos años, Arturo se convirtió en un sicario muy solicitado. Al principio, sus objetivos no solían sospechar que era un asesino debido a su juventud. Pasaba todos sus momentos de vigilia practicando el tiro al blanco y aprendiendo todo lo necesario para conocer las herramientas de su oficio. A medida que envejecía, su aspecto seguía siendo engañoso; era alto, delgado y tenía una ligera sobremordida. Sus dos dientes delanteros eran muy grandes, y más de un hombre había cometido el letal error de llamarle Bugs Bunny hasta que su reputación empezó a precederle. Años de acné grave le habían marcado la cara para siempre, y la barba que llevaba era irregular y con parches.

Un hombre poco atractivo, que vestía con ropa anodina: una camisa vieja de estilo occidental, unos viejos vaqueros Wrangler, un par de sandalias de cuero o botas de piel de mula y un sombrero de vaquero de paja eran su atuendo típico. A primera vista, la mayoría de la gente lo confundiría con un vulgar peón de rancho. Si alguna de esas personas que suponían falsamente lo miraban un poco más de cerca, directamente a los ojos, verían que era un hombre que había visto la muerte; había hecho un pacto con ella, maldito a servirla hasta el día de su muerte.

A medida que aumentaba la carga de trabajo de Arturo, se daba cuenta de que los desplazamientos de ida y vuelta eran cada vez más arriesgados. Tenía que cambiar de vehículo constantemente. Como no se fiaba de cualquiera, decidió pedir ayuda a su amigo de la infancia, Leobardo. Al no tener mucha experiencia en nada más que en el trabajo en ranchos, Leobardo se encargaba principalmente de llevarle y traerle de los lugares de los golpes. Después de cambiar de vehículo tres o cuatro veces, Leobardo hizo la sugerencia de utilizar un taxi. En lugar de cambiar de coche, podrían cambiar las matrículas y los números del coche. Arturo lo hizo aún mejor. Compró una serie de diez taxis, todos los coches en servicio.

Cada vez que Arturo y Leobardo hacían un negocio, cambiaban de taxi. Cinco de los diez vehículos estarían siempre en servicio. No sólo era una excelente tapadera, sino también una buena inversión comercial. Aunque supusiera la pérdida de un posible negocio, Arturo tenía la firme norma de no divulgar nunca su modus operandi a posibles empleadores.

En el negocio de los asesinatos nunca se sabía cuándo uno se convertiría en la presa en lugar del depredador.

Cuando el teléfono móvil sonó con fuerza, un sobresaltado Arturo dejó caer su cigarrillo recién encendido, su rememoración terminó abruptamente. "¡Mierda! ¿Bueno?" Arturo estaba en la sala de estar de su apartamento, la televisión apenas se oía.

"Tengo un trabajo para ti", respondió El Soldado. "Ese pedazo de mierda de Godínez ha estado compartiendo información sobre la empresa con un cerdo de El Paso. Te voy a dar diez mil razones para que no vuelva a cometer ese error".

El Soldado era un hombre de pocas palabras y colgó inmediatamente sin esperar siquiera una respuesta de Arturo. Nunca nadie le dijo que no a El Soldado. Godínez era un intermediario, tenía más contactos que la AT&T y unía principalmente a personas y servicios que no se podían encontrar en las Páginas Amarillas. La mayoría de los narcotraficantes le aguantaban la boca, pero El Soldado tenía una política estricta sobre la discusión de los negocios de la empresa con personas ajenas a ella.

Arturo estaba encendiendo de nuevo su cigarrillo cuando el móvil volvió a sonar. "Sí, ¿qué pasa?"

"Hola, Arturo, habla Godínez. Necesito verte por un trabajo".

Arturo se rió para sus adentros, pensando en lo irónico que era que su próxima marca lo llamara para verlo. Normalmente, tenía que salir de su camino para encontrar a sus víctimas. Obviamente, Godínez no tenía ni idea de que había perdido el favor de El Soldado.

"Nos vemos en el Noa Noa". A Arturo le encantaba el bar donde Juan Gabriel, un pobre y humilde cantante y compositor, dio sus primeros pasos hacia la fama y la fortuna que ahora tenía. El Noa Noa no era exactamente un antro de clase alta, pero estaba en pleno centro de Juárez, y a pocos minutos de un arroyo donde Arturo podía dispararle y deshacerse de su cuerpo. Arturo volvió a encender el cigarrillo y le dio una larga calada, como si realmente estuviera proporcionando a sus pulmones el oxígeno que realmente necesitaba. Llamó a Leobardo y se dirigieron al centro.

Incluyendo a Arturo, Godinez y los empleados, las diez personas estaban en el Noa Noa un miércoles a la una de la madrugada. Presa y depredador se tomaron varias cervezas, y Arturo preparó su trampa dándole a Godinez el único señuelo al que no podía resistirse: la comida.

"Sabes, Godinez, conozco un lugar a la vuelta de la esquina que sirve el mejor Menudo. Le ponen mucha carne y el pan tostado con mantequilla es increíble".

Godínez se lamió la saliva que ahora rezumaba por las comisuras de la boca. "¿Quieres ir?"

"Pero si ni siquiera hemos hablado del trabajo".

"Pensaremos mejor con el estómago lleno".

Godinez asintió con rotundidad, como si hubiera compartido el mismo pensamiento. Arturo pagó la cuenta y salió del bar con el brazo colgando despreocupadamente del hombro de Godinez. Leobardo estaba esperando como le habían indicado y se acercó cuando vio a los dos hombres salir del bar.

"¡Qué suerte! ¿Un taxi a estas horas?" exclamó Godinez. Por suerte para Arturo Godinez no vio la sonrisa de satisfacción que apareció en su rostro.

"Restaurante El Arroyo", le dijo Arturo al "taxista" y subieron una empinada cuesta por una carretera que les llevaría finalmente a un callejón sin salida que se convirtió en un arroyo.

"Umm, Arturo, no sabía que hubiera restaurantes por esta zona. De hecho, nunca he estado en esta zona". Godinez miró a Arturo, nervioso.

"No te preocupes, Godínez, yo te protegeré".

"Estoy seguro. De todos modos, ¿dónde está este lugar?"

"Es un pequeño agujero en la pared un poco más arriba. Ya sabes, muchas veces los lugares más pequeños del tipo mamá y papá tienen la mejor comida". Como si la mera mención de la palabra "comida" tuviera un efecto tranquilizador en el obeso Godinez, pareció relajarse de nuevo.

"Bueno, déjame contarte sobre la marca".

"Claro, adelante".

"Es un policía de la policía de El Paso. Ha estado husmeando en los asuntos de la empresa, y algunos miembros se están poniendo nerviosos-" Godinez se detuvo repentinamente al darse cuenta de que el camino había terminado y los dos estaban ahora en un arroyo.

Arturo puso una mano ya en su Magnum 44 que llevaba metida en la cintura.

"Sal de la camioneta, Godínez".

"¡Por favor Arturo, no me mates! Doblaré lo que te hayan ofrecido". Las lágrimas rodaron por los lados de sus ojos.

"Sal, Godinez, o te golpearé hasta que lo hagas".

Godinez, lloriqueando, se bajó de la camioneta. "Por favor, por favor, te lo ruego. ¡Triplicaré la oferta! Haré lo que sea".

"Godinez, sabes que no trabajo así". Arturo apuntó la pistola, centrando el cañón en la frente de Godinez, y luego apretó el gatillo. La sangre y la materia cerebral salieron disparadas por la parte posterior de la cabeza de Godinez, que cayó hacia delante, aterrizando con un golpe seco. La sangre rezumaba por el agujero del tamaño de un cuarto de la frente, pintando la arena del desierto. Encendiendo un Marlboro, Arturo subió al taxi y se alejaron en silencio, reconociendo que un día él también estaría en el extremo receptor de la pistola. Decidió llamar a Selene, tal vez con la necesidad de algún tipo de consuelo, o tal vez era sólo la forma en que la luz de la luna se reflejaba en el charco de sangre lo que le hacía sentir un poco romántico. La llamó al móvil y, como no le contestó, decidió ir en coche a su apartamento para darle una sorpresa después de que Leobardo lo dejara en el suyo. En el camino, se detuvo en una tienda para comprarle una pequeña rosa de chocolate.

Selene vivía en un barrio llamado la Galeana, una zona pobre pero habitable de Juárez donde los apartamentos se amontonaban como niños asustados. Su Sabre blanco le llamó la atención en el estacionamiento, y se dio cuenta de que las luces del apartamento estaban encendidas. Sospechando, estacionó la camioneta a la vuelta de la esquina y se acercó silenciosamente a la puerta principal. Oyó la voz de Selene y luego una voz masculina que hablaba, reía y susurraba.

Arturo nunca tuvo celos de los clientes de Selene en el salón de masajes. Sin embargo, esto, fuera del trabajo, parecía más bien una cita. Por alguna razón, la idea le enfureció. Se apresuró a volver a su camioneta y sacó una palanca que llevaba detrás del asiento de su camioneta, y luego se dirigió al apartamento. En lugar de asesinar al hombre con ella, Arturo le daría una paliza. Era la única manera de restaurar su honor. Una paliza para Selene también estaría bien, aunque Arturo no estaba acostumbrado a golpear a las mujeres.

Arturo giró lentamente la llave en la puerta del apartamento que había alquilado para ella. Empujó suavemente la puerta para abrirla. Lo que vio le enfureció más de lo que hubiera imaginado. Selene y su "amigo" se abrazaban apasionadamente, ambos desnudos y en el suelo del salón; Selene hacía ruidos que nunca hacía cuando estaba con él.

"¡Puta! ¿Qué te hace pensar que está bien traer a cualquier cabrón a coger en el apartamento que te alquilé?"

"¡Arturo!" Los ojos de Selene se abrieron de par en par por el miedo y sus manos temblaron.

El hombre era atractivo y bien dotado, y Arturo decidió que cambiaría eso. El hombre empezó a decir algo, pero Arturo, con la palanca en la mano, se la clavó en su atractivo rostro. Selene gritó.

"¡Cállate, perra!" Arturo la golpeó en el pecho, directamente en su seno operado. Ella se acurrucó de dolor. "Oh, Arturo, por favor... no..."

"Ahora, mi apuesto y joven amigo, es hora de pagar. ¿Selene nunca te dijo nada sobre mí?"

El hombre negó rotundamente con la cabeza, incapaz de hablar, con la mandíbula rota.

"Si lo hizo, estás mintiendo. Si no lo hizo, eres un pobre bastardo. De cualquier manera, ¡te voy a joder!"

Al igual que cuando había visto en las noticias la forma en que los marineros golpeaban a las focas sin piedad, en algún lugar de la zona del Polo Norte, Arturo golpeó repetidamente al hombre en la cara, y en sus manos y brazos cuando le cubrían la cara. La sangre le salpicó a él, al suelo, a los muebles y a las paredes. Arturo sabía que el tipo no aguantaría mucho más, así que volcó su ira en Selene. El hombre golpeado se desplomó en el suelo, apenas consciente. Suplicó que le perdonaran.

"Arturo, por favor, ¡sólo era trabajo! Necesitaba dinero y no sabía dónde estabas. Por favor, detente".

Arturo sonrió sarcásticamente, sus dientes torcidos y amarillos de fumador brillando a la luz de la luna que entraba por la ventana del apartamento. Selene era buena; sus mentiras eran tan rápidas como las balas de la magnum 44 que llevaba. Tiró la palanca al suelo y empezó a golpear a Selene en la cara, en el estómago, en los brazos, en las piernas y en todo lo que pudo. Cuando finalmente se desmayó, Arturo sacó un gran cuchillo de caza de la funda que llevaba en el costado.

"Sabes, es increíble las cosas que uno puede hacer con un cuchillo afilado".

Selene se despertó por un momento cuando Arturo le cortó el primer implante del pecho derecho. Se miró los pechos abiertos y gritó.

"¡Perra, yo pagué por estas cosas!"

La sangre corrió libremente por el pecho y el estómago de Selene, goteando sobre el suelo de cemento de su apartamento, y se desmayó de nuevo. Como no quería que muriera, Arturo le envolvió el pecho con las sábanas de la cama, cuya sangre manchó rápidamente su color blanquecino. Arturo se dio una larga ducha y se cambió de ropa. Sacó los pocos objetos que poseía del apartamento y se marchó. Sin embargo, nunca lo denunciarían a las autoridades; Selene sabía que estaría como muerta si lo hacía. De repente, demasiado cansado para conducir de vuelta a casa, Arturo se detuvo y alquiló una habitación de motel. Se sentó en la cama y encendió un cigarrillo, estudiando su cara llena de cicatrices de acné. Ninguna mujer lo amaría por su aspecto. Se preguntaba si alguna mujer, aparte de su madre, le querría.

La violencia de la noche penetró en sus sueños. Soñó que estaba en su ciudad natal, Mapimí, en el funeral de alguien. Su madre lloraba a gritos, otras mujeres la consolaban. Estaba sucio, con manchas de sangre en los pantalones y la camisa, y tenía una extraña necesidad de ver quién era el difunto, tan fuerte que sentía que ya no tenía voluntad propia. Reconoció a gente en las sombras: sus hermanos muertos, gente que había asesinado y un agente de la Patrulla Fronteriza.

Finalmente llegó al ataúd abierto, pero estaba vacío. Entonces, ya no miraba dentro del ataúd, sino que estaba dentro del ataúd mirando hacia fuera. El funcionario de inmigración sonrió y cerró la tapa del ataúd. Arturo oía cómo echaban la tierra sobre el ataúd y no podía respirar. Intentó gritar, pero no había suficiente aire. Se despertó de la pesadilla, empapado de sudor, boca abajo sobre la almohada.

Se sentó y dio un puñetazo a la almohada, murmurando obscenidades a la habitación vacía. Arturo echaba de menos los momentos en los que realmente dormía bien. ¿Por qué no podía encontrar una buena chica como su madre? Pensando en ella, Arturo la llamó.

"¿Bueno?", respondió su madre con voz somnolienta.

"Mamá, perdona que te despierte. Te echo de menos".

"Ayyy, mijo. Yo también. Pero, ¿tenías que llamarme a las cuatro de la mañana para decírmelo?".

"No mamá. Lo siento".

"Ahh, no pasa nada. ¿Está todo bien, Arturo?"

"Sí, todo está bien. Sólo quería escuchar tu voz. Te quiero, mamá".

"Yo también, hijito".

Arturo se levantó y encendió un cigarrillo. Recordó cómo se había sentido cuando se había "limpiado". La Santa Muerte era perfecta para alguien como él. Después de todo, ¿no ayudaba él a hacer su trabajo? Había enviado a muchos hombres a verla a lo largo de los años. Arturo decidió que le construiría un altar.

Capítulo 24 (Memo)

Don Rafa y Memo no querían el control del narcotráfico en Juárez. Sólo querían poder hacer negocios sin tener que luchar contra la gente de El Soldado. Estar a cargo del Cártel en Juárez era demasiado peligroso para sus familias, y tendrían que adaptarse a una nueva forma de vida. Memo y Don Rafa estaban sentados en el salón de la espaciosa casa de Memo en Cuauhtémoc, con la chimenea encendida. El constante aullido del viento en el exterior era un recordatorio del frío extremo de la montaña fuera del cálido interior.

"Memo, después de que saquemos a El Soldado del panorama, todas las facciones locales, así como los cárteles de fuera, lucharán por el control".

"Será una anarquía regular. Si podemos mantenernos organizados, podríamos repartir más que cualquier otro grupo ahí fuera".

"El Soldado apenas puede mantener las órdenes que tiene ahora que Medina está muerto. Parece estar demasiado ocupado incluso para darse cuenta de nosotros. Tenemos que acabar con él y con sus principales hombres al mismo tiempo para que ninguno tenga tiempo de escapar". El fuego parpadeó, aparentemente de acuerdo. "La próxima semana nos reuniremos con el capitán Barba. Él conoce los entresijos de la operación de El Soldado ahora que no puede contar con Medina".

"No confío en ese hombre".

"Yo tampoco, hijo, pero nos necesita más que nosotros a él. Me dijo que desde la muerte de Medina está perdiendo hombres a diestro y siniestro".

"¿Policías?"

"Policías, agentes de aduanas, abogados, lo que sea. Parece que alguien se está cargando a todo el mundo dentro de su pequeña organización corrupta, y cree que es El Soldado".

Memo se levantó y puso otro tronco en el fuego. Se quedó mirando el fuego, hipnotizado, mientras éste empezaba a quemar sigilosamente el tronco fresco por la parte inferior, y de repente se extendía también a los lados y a la parte superior. Pronto el tronco fue consumido por la llama, y Memo pensó que era similar a la forma en que él y Don Rafa planeaban deshacerse de El Soldado y su organización.

Una semana después de que Memo y Rafa hubieran discutido sus planes, Memo y Barba se sentaron en silencio en lo alto de una colina desierta de Ciudad Juárez, con la calefacción a tope. Barba sacó un cigarrillo y empezó a encenderlo.

"No se puede fumar en mi camioneta, Barba".

El capitán del EPPD miró mal a Memo y abandonó los cálidos confines del Ford Lobo de Memo. Temblando, Barba hizo tres intentos inútiles de encender su cigarrillo en el frío viento. Tras el tercer fracaso, Barba se dio por vencido y volvió a subir a la camioneta. Memo sonrió, conteniendo una carcajada. Aunque no le gustaba que se fumara, en realidad sólo quería asegurarse de que Barba conociera su lugar.

"El Soldado debería llegar en cualquier momento. Siempre supervisa los cargamentos de cocaína que vienen de Durango".

Memo recordaba cuando había sido sheriff, cómo se emocionaba al ver un octavo de onza de cocaína. Ahora estaba tratando con toneladas.

"Mira, Memo. Ahí está". Barba le pasó a Memo un par de prismáticos.

Memo vio cómo El Soldado llegaba en el asiento trasero de un Lexus. Su chófer y su guardaespaldas se bajaron primero, y examinaron la zona.

"Entonces, ¿sigues trabajando para El Soldado, Barba, o trabajas para nosotros? ¿O estás jugando a dos bandas?"

"Nunca he trabajado para El Soldado. Trabajé con Medina, y Medina mantuvo en secreto su parte de la operación, por si El Soldado se volvía más ambicioso de lo que ya era. El Soldado y yo nunca hemos hablado".

Memo asintió. Unos hombres descargaron cajas de un semirremolque estacionado en medio de un cruce de caminos en las afueras del desierto. "¿Por qué no me cuentas lo que sabes de El Soldado?".

"Sólo sé lo que Medina me contó de él. Era huérfano y a los dieciséis años se alistó en el ejército, para ser licenciado unos años después. Ascendió rápidamente al rango de sargento, pero era tan sanguinario y despiadado en su trato con los guerrilleros indios que intimidaba incluso a los oficiales de mayor rango. La lealtad de sus hombres hacia él era inequívoca, así que lo liberaron del servicio, junto con dos de sus hombres más leales, Germán Prieto y Mario Quintero. El Soldado comenzó su negocio en el centro de Juárez, asociándose después con

Medina. Los otros dos compañeros del servicio siguieron su camino, pero al parecer siguieron en contacto. Uno es un ex-luchador de la Ciudad de México y el otro es un transexual. El Greñas y El Joto".

Memo se sorprendió. "¿Un transexual? A ver si lo entiendo, después de la mili, ¿uno de sus compañeros se hizo luchador y el otro transexual?"

"Sí. Una prostituta. Por lo que he oído, es igual que una chica. Incluso salió en una película porno".

Mientras Memo digería la información, bastante extravagante, Barba continuó. El Soldado había traficado principalmente con cocaína, pero recibía muchos pedidos de marihuana, y sólo traficaba con drogas de la mejor calidad. El Padre era su tercer socio y principal proveedor. El Padre, un sacerdote católico de la sierra de Chihuahua, procedía de una familia con una larga tradición de que el tercer nacido debía dedicar su vida a Dios.

Obligado a ser sacerdote, Giorgio fue sorprendido literalmente con los pantalones bajados en una posición bastante comprometida con el secretario de la iglesia. Los funcionarios de la Iglesia lo castigaron desterrándolo a un pequeño pueblo en las montañas de Chihuahua.

La población india apache del pueblo sabía muy poco de la iglesia, y la mayoría ni siquiera hablaba español. El nivel de pobreza animó al Padre a ayudar a la gente de allí a empezar a cultivar marihuana para mejorar su situación económica. La afinidad de su familia con el cultivo de vino le dio un toque vegetal, y su marihuana se ganó rápidamente la reputación de ser la mejor de México.

Memo se sorprendió de lo mucho que Barba sabía realmente sobre El Soldado. Barba tomó los binoculares y observó el encuentro en el desierto. Memo tomó su par e hizo lo mismo. Uno de los guardaespaldas empezó a apuntar hacia ellos, gritando frenéticamente.

"¡Mierda, Barba, nos vieron!" Memo puso la camioneta en marcha y condujo tan rápido como el estado del camino de tierra se lo permitía. Por suerte, se habían estacionado a una buena distancia del punto de encuentro, así que tenían una buena ventaja. En pocos minutos se incorporaron a la carretera y pronto se perdieron entre el denso tráfico de Juárez, a salvo de cualquiera que hubiera intentado seguirlos.

Pasaron meses después de la reunión con Barba, y Don Rafa y Memo estaban sentados en el hotel Camino Real de Juárez, cada uno con una cerveza fría en la mano y las botellas oscuras de Negra Modelo sudando a pesar del excelente aire acondicionado de la habitación del hotel. Habían estado planeando los posibles asesinatos que cada uno tendría que llevar a cabo cuando sonó el teléfono móvil de Don Rafa.

"¿Bueno? ¿De verdad? Son buenas noticias". Rafa colgó el teléfono y se giró para mirar a Memo. "Estamos de enhorabuena. El Greñas murió anoche de un ataque al corazón inducido por la cocaína. Parece que ahora sólo tenemos que eliminar a tres".

"Rafa, he estado pensando en eso. ¿Realmente tenemos que eliminar al cura? Apuesto a que después de que El Soldado y el Joto estén muertos no dará muchos problemas en las montañas. Diablos, probablemente podríamos hacer negocios con él. He oído que tiene la mejor marihuana de los alrededores".

Don Rafa asintió. "Es curioso, yo estaba pensando lo mismo. Bueno, ¿cuándo quieres hacerlo?"

"Barba y yo hemos seguido a ese cabrón durante tres meses. Está bien protegido y no le he visto bajar la guardia ni una sola vez. El año pasado, cuando tú y yo empezamos a planear esto, lo seguí hasta un cementerio en Puebla. Barba dice que va allí cada Día De Los Muertos a ver a su familia que murió en un accidente de coche".

"Es cierto. Cuando trabajaba con él era igual. El Greñas, El Soldado y yo estuvimos bastante unidos durante un tiempo. Hasta que, claro, El Greñas se puso celoso y empezó a echar mierda sobre mí con El Soldado".

"¿Así fue como empezó todo?" Memo recordó las largas charlas que tuvieron él y Rafa cuando estaban en la cárcel.

"Los celos causan mucha destrucción. Los vecinos son perfectamente compatibles hasta que uno tiene más que el otro, o al menos se percibe que uno tiene más que el otro. Entonces empiezan los problemas. El trato directo con Medina fue la gota que colmó el vaso".

"Falta un mes para el 2 de noviembre. Voy a tener que ir al cementerio y hacer algunos planes".

"Sólo dime lo que necesitas. ¿Cuántos hombres vas a llevar?"

"Yo. Eso es todo. El Soldado es muy poderoso. Nadie más que tú y yo debe saber de esto. Nunca se sabe quién puede ser codicioso, otra emoción problemática".

"¿La codicia es una emoción?"

"Si no lo es, debería serlo. Una emoción es el estado de ánimo de una persona derivado de su estado de ánimo o de las circunstancias o de la reacción ante los demás. Los hijos de puta se están volviendo muy codiciosos mientras nosotros sólo nos estamos volviendo ricos".

Rafa y Memo se rieron.

Memo condujo una Durango desde su hotel de Puebla hasta el cementerio local a primera hora del 2 de noviembre. Llevaba varias pistolas y un AR-15 a un brazo de distancia en el asiento trasero, cubierto por una manta. Una Kawasaki en un remolque iba detrás. La idea era que pareciera alguien que iba de excursión, y llevaba una identificación falsa, además de que el vehículo estaba registrado a nombre de otra persona.

A unos quince kilómetros de la ciudad, una patrulla federal lo detuvo por exceso de velocidad. Memo sacó un billete de cien dólares y se lo entregó al agente, un hombre bajo con un grueso y oscuro bigote que apareció en su ventanilla unos minutos después.

El oficial le dirigió una larga mirada. "Vuelvo enseguida".

Memo observó cómo el agente volvía a subir a su unidad con su compañero y, tras una breve conversación, ambos agentes bajaron del coche patrulla y comenzaron a caminar hacia él. Obviamente, habían decidido que había más dinero que ganar. Memo echó mano del AR-15 que había en el asiento trasero. Cuando se acercaron al todoterreno, Memo les disparó a ambos, con el rifle automático vibrando en sus manos, disparando mientras salía del vehículo. Movió el rifle de arriba abajo mientras disparaba, alcanzando a los agentes en las piernas, el estómago y la zona del pecho. Memo miró a su alrededor. No pasaba nadie, y el sol apenas asomaba por las verdes colinas. Se acercó al agente que se le había acercado por primera vez, se inclinó y le puso la mano en el cuello para sentir los latidos del corazón.

"Cerdos codiciosos", gruñó, tras confirmar que el agente seguía vivo. "Si tú y tu compañero no hubieran sido tan codiciosos, aún estarían vivos para disfrutar de los cien dólares que les di. Sin embargo, ahora no los necesitarás. No hacia dónde se dirigen".

La respuesta del agente fue un gorgoteo en la garganta. El otro hombre que yacía en la calzada se movió ligeramente, pero la cantidad de sangre que se filtraba en el pavimento hizo saber a Memo que no duraría mucho.

Memo volvió a tomar el billete de cien dólares del bolsillo del pecho del primer oficial. Colocó la boca del AR-15 en la frente del oficial, hizo la señal de la cruz y apretó el gatillo. La bala le atravesó el cráneo y rebotó en el asfalto de la carretera haciendo un terrible ruido de ping. El otro hombre estaba ahora evidentemente muerto, así que Memo no se molestó en dispararle de nuevo. Arrastró los cuerpos hasta el coche patrulla y los apoyó en los asientos. Probablemente pasarían varias horas antes de que alguien los llamara por radio, y probablemente varias horas más antes de que los encontraran. Memo supuso que los civiles que pasaran por allí no los mirarían dos veces por miedo a ser detenidos. El sol calentaba el rocío que se había depositado en las flores del lado de la carretera, lo que hacía una extraña mezcla de olores con los disparos.

Memo llegó al cementerio vacío una media hora después. Estacionó la Durango en la parte trasera, y Memo entró en el cementerio por la salida. Cuando Memo planeó el golpe, había donado una gran suma de dinero para que renovaran el baño, que fue reconstruido según sus especificaciones. Parte del dinero fue a parar también al administrador del cementerio, por supuesto, por su discreción.

Memo había especificado que el cuarto de baño debía mantenerse limpio en todo momento, lo cual era una gran hazaña, pero necesario, ya que tendría que pasar cinco horas de espera en él. Otra especificación que había hecho era que se instalara una escotilla, que diera al fondo del cementerio, en el armario de las escobas del baño de hombres y mujeres. Memo pensó que si la puerta estaba cerrada por fuera, podría salir por la escotilla. Sólo él y los constructores sabían de las escotillas.

La puerta era de metal grueso y las paredes eran de bloques de cemento con una fachada de ladrillo. No era muy diferente a una pequeña fortaleza. Memo quería estar seguro de que podría resistir bajo el fuego durante un tiempo en el baño si era necesario. Después de haber observado a El Soldado desde el amanecer hasta el atardecer del último Día de los Muertos, Memo había pasado el último año creando su plan.

Memo pensaba esconderse en el armario hasta que entrara El Soldado. Si algo tenía El Soldado de regular, era su regularidad. Como un reloj, entre las diez y las diez y media de la mañana, iba al baño, con sus guardaespaldas esperando fuera. Memo se preguntaba si los militares le habían enseñado eso. " ¡La mierda a la hora, soldado! " Memo se rió.

Memo había elegido una Beretta de 9 mm con silenciador como herramienta de muerte. Si todo salía bien, podría escapar por la escotilla antes de que los guardaespaldas de El Soldado lo revisaran. El Soldado solía tardar unos veinte minutos en ocuparse de sus asuntos, así que Memo tenía tiempo de sobra. Los planes de contingencia eran indispensables cuando existía la posibilidad de que el "Plan A" se desviara, y Memo también tenía uno de ellos. Memo tenía una motocicleta para escapar rápidamente y un pasaje de aeropuerto a Chihuahua.

En el armario de las escobas, Memo preparó su arma. El silenciador encajaba perfectamente en el cañón. El cargador tenía capacidad para quince cartuchos, y Memo tenía cuatro cargadores adicionales ya cargados. Casi durmiéndose, la adrenalina de Memo se disparó cuando oyó que El Soldado y sus guardaespaldas se acercaban. El Soldado entró en el cuarto de baño, y Memo esperó a que tomara su posición en el "trono".

Al oír el cierre de los pantalones de El Soldado, seguido de que el hombre se acomodaba en el asiento del retrete, Memo salió con sigilo del armario de las escobas. Los retretes estaban abiertos, ya que Memo había especificado que se instalaran sin puertas. Memo disparó al capo varias veces en el pecho, la sangre salpicó todo el retrete y la pared. El Soldado parecía definitivamente sorprendido, pero sus ojos carecían del terror habitual que Memo estaba acostumbrado a ver cada vez que disparaba a alguien a corta distancia. Aun así, fue capaz de levantarse del asiento del retrete y caer, estrellándose contra el suelo y alertando a los guardias. Mientras Memo aseguraba la 45 de El Soldado, uno de los guardaespaldas entró en el baño. Hasta aquí fue el plan "A".

Memo despachó rápidamente al guardaespaldas con un disparo en la cabeza y otro en la garganta. Empujó al hombre del cuarto de baño hacia el otro guardaespaldas, y luego cerró la puerta metálica con el pie.

Cuando Memo se agachó para cerrar la puerta, El Soldado, que parecía haber vuelto de entre los muertos, le agarró por detrás con una llave de estrangulamiento. La visión de Memo se tambaleó cuando el agarre en el cuello se hizo más fuerte, así que echó mano por detrás de sí mismo de su 9 mm y de su recién adquirida 45, tratando de apuntar al hombre que tenía a su espalda sin dispararse a sí mismo en el proceso. Vació sus cargadores contra El Soldado, y una de las balas rozó su propia espalda. El agarre del soldado se aflojó y Memo se liberó a tiempo de reaccionar ante otro guardaespaldas que clavó su 44 en el baño y empezó a disparar a ciegas. Las balas rebotaron alrededor de Memo. Cuando Memo se lanzó hacia la puerta, una bala le rozó el brazo derecho. Memo se estrelló contra el suelo detrás de la puerta. Se levantó y pateó la puerta con toda la fuerza que pudo, arrancando el arma de la mano del guardaespaldas. Recogiendo el arma del guardaespaldas mientras corría, Memo se dirigió a la escotilla de escape y se escabulló fuera del baño. Dio la vuelta al frente y encontró al guardaespaldas rezando en silencio. Disparó al guardaespaldas varias veces, pensando en Yosemite Sam y su famosa frase: "¡Di tus oraciones, alimaña!".

Riendo a carcajadas, corrió hacia su motocicleta y salió en dirección al aeropuerto. El asesinato no había salido como se había planeado, pero el resultado aún había funcionado para Memo. Recordó haber visto una casa de adobe abandonada por el camino y se detuvo allí para cambiarse de ropa. Estaba ensangrentado, pero, por suerte, también había previsto eso. En la alforja de la moto llevaba gasas, esparadrapo y una muda de ropa. Después de curarse el brazo, metió la ropa sucia y las pistolas en la alforja, tras sacar el dinero que había guardado allí también. Dejó caer la alforja en una grieta bastante profunda que había visto en el lateral del edificio. Al llegar al estacionamiento del aeropuerto, Memo estacionó la moto, limpiándola lo mejor que pudo para eliminar las huellas dactilares. No volvería a por ella, ni pensaba volver nunca a Puebla.

Capítulo 25

Después del golpe, Memo y Don Rafa se encontraron en Chihuahua. A Memo le encantó la catedral de piedra de tres naves ricamente decorada y los edificios de la ciudad que aún representan sus orígenes del siglo XVIII. Los hombres vestidos de vaqueros llenaban las calles, las damas con vestidos de ricos colores los acompañaban, o simplemente caminaban juntas. Rara vez había una dama en Chihuahua que no estuviera acompañada por otra dama o un caballero. En la plaza cercana al ayuntamiento había un hombre con un megáfono en la glorieta gritando la rectitud del camino de Dios y hombres escasamente vestidos con equipos de lustrado de zapatos que trabajaban en los zapatos y botas de hombres de una clase económica claramente superior.

Sentados en la mesa de un restaurante que sirve platos típicos mexicanos, Memo y Rafa pidieron Menudo, una combinación picante de callos de ternera y sémola de maíz con pan tostado y mantequilla al lado. Rafa comió mientras Memo relataba el asesinato de El Soldado.

Al terminar su Menudo, Don Rafa comenzó a contar cómo había matado a Mario, el narcotraficante transexual.

"El Joto tenía una cita para la depilación en su salón favorito el Día de los Muertos. Contraté a tres hombres ajenos a nuestra organización para que trabajaran con él. Entramos en la peluquería, atamos y amordazamos a los tres estilistas y a otros dos clientes. El Joto estaba en el cuarto de atrás, desnudo, con un joven marica que le quitaba el pelo de las piernas con cera caliente. Abrí la puerta y El Joto se dio la vuelta. Tendrías que haber visto sus pechos falsos rebotando".

Don Rafa se detuvo un momento. "No podía creer lo mucho que se parecía a una mujer. Si no fuera por las pelotas que tenía... le disparé seis veces en línea desde el vientre hasta la cabeza".

Imitó cómo las mujeres atadas sollozaban de terror.

"Les dije", dijo don Rafa con una sonrisa amenazante, "cuando la ley te pregunte qué pasó, les dices que te robaron tres hombres con máscaras y que no puedes identificarlos. Les dices que, por su acento, parecía que los hombres eran de Ciudad de México. No pienso volver nunca a Durango, así que ninguno de ustedes debería volver a verme. Pero, si tengo que volver por culpa de alguno de ustedes, será lo último que vean".

Rafa y Memo se rieron con ganas. Cambiando de tema, Memo preguntó cómo estaba la familia de don Rafa.

"Bien", dijo el otro hombre con una sonrisa. "Mi vieja está feliz, mi señora aún más, y los cinco niños, bueno, están en la escuela aprendiendo inglés".

Memo asintió. "Y tú, ¿cómo va tu inglés?"

"¿Quién necesita hablar inglés en Albuquerque? Casi todo el mundo habla español, y los que no, realmente no me sirven".

Rafa dio otro bocado, antes de añadir: "Pero realmente extraño a Chihuahua. A veces te envidio, Memo, por vivir aquí. Con la desaparición de El Soldado, podrías ser el nuevo número uno aquí".

Memo reconoció inmediatamente lo que Rafa quería decir. Después de haber sido traicionado por su jefe y de haber pasado un tiempo en la cárcel, Rafa probablemente sentía que no podía confiar completamente en nadie. Memo quería asegurarle al otro hombre que no tenía intención de intentar desbancar a Rafa de su posición en su pequeña organización.

"No, don Rafa, usted será el número uno. Estoy aquí para ayudarte". Memo miró fijamente a los ojos del otro hombre. "No creas ni por un minuto que quiero estar al mando, o que voy a olvidar lo que hiciste por mí en el Cereso. Eres como un segundo padre para mí".

Don Rafa sonrió y le dio a Memo una paternal palmada en el hombro.

"Y tú has sido como un hijo para mí". Miró alrededor del restaurante. "Me pregunto qué tendrán de postre".

Al volver a casa, Memo fue recibido con besos y abrazos por su mujer y sus dos hijos. Lucía llevaba unos vaqueros de diseño, un jersey verde caza y unas botas a juego, con el pelo largo y negro suelto alrededor de la cara y el cuello. Los niños iban vestidos como su padre, con botas de avestruz y sombreros de paja. Más tarde, esa misma noche, después de que Memo marinara unos T-bones con una mezcla de salsa de soja, lima y tequila, jugó con sus chicos durante unas horas, dejando que las brasas ardieran hasta que brillaran de un rojo intenso. Puso la carne y cerró la parrilla de hierro. Cuando se estaba construyendo la casa, había especificado que se hiciera una parrilla dentro de una de las paredes de ladrillo del patio. La normalidad de cocinar en la parrilla hizo que los recientes acontecimientos parecieran parte de la vida de otra persona, y Memo olvidó, aunque sólo fuera por un rato, que acababa de eliminar a uno de los más poderosos líderes de la droga en México. El olor de la carne cocinada le devolvió al presente, y su estómago rugió.

La parte del negocio de Guillermo funcionaba sin problemas. Como el cártel reinante ya no estaba en el negocio, Memo y Don Rafa se esforzaron por mantener el ritmo de todos los pedidos de coca. El margen de beneficio de la coca superaba al de la marihuana, lo que hacía de la coca la prioridad número uno.

Unas semanas más tarde, Memo estaba de vuelta en El Paso, en un club de striptease llamado Naked Harem. Memo y Barba se reunieron para discutir algunos problemas que se estaban produciendo en el sistema de Memo. Cada pocas semanas, Memo perdía un cargamento de coca en la frontera a manos de los agentes de aduanas de Estados Unidos. Esas pérdidas eran demasiado caras para tolerarlas.

"Hola Memo. ¿Cómo va todo?"

"Bien. Siéntate. Tenemos muchos asuntos que discutir".

"Sí, me lo imaginaba. Al menos tenemos una vista decente aquí".

Memo levantó la vista y vio a una rubia pechugona dando vueltas alrededor de un poste metálico, y ella le sonrió. Memo le devolvió la sonrisa y reanudó la reunión.

"Primer problema. No tenemos suficientes aduanas en nómina. Estoy perdiendo demasiado. Sólo voy a utilizar a tu hombre cuando tengamos que pasar algo realmente importante".

"Bueno, eh, hay un problema allí, pienso. Fue encontrado asesinado anoche en su apartamento. Su garganta fue cortada de oreja a oreja".

"Eso es un problema. Oye, Barba, ¿no te preocupa esto? Se está acercando mucho a ti, ¿no?"

"Me ocuparé de ello. Pero encontrar gente nueva puede llevar algún tiempo".

"Entendido, pero eso tiene que ser una prioridad si quieres cobrar. Mi siguiente problema es el almacenamiento de las cargas que recibimos aquí. Las casas que hemos estado alquilando para el almacenamiento no son lo suficientemente seguras. Entre los robos al azar y los inquilinos codiciosos, he estado perdiendo varios cientos de miles de dólares al mes".

"Sólo puedo reforzar la seguridad hasta cierto punto con estas recientes pérdidas de mi gente".

"Por eso he decidido hacer algunos cambios". Memo levantó la vista y se dio cuenta de que Barba tenía una expresión de preocupación en el rostro. "No te preocupes, sigues estando incluido. Pero estaba pensando en otra forma de proteger nuestras cargas. La mafia italiana utilizaba matones para extorsionar a los lugareños para que pagaran la protección. ¿Por qué no podemos utilizar a los matones para que se encarguen de los almacenes y mantengan a los inquilinos honrados? ¿Qué banda de El Paso es la más poderosa?"

"Los Aztecas". En su mayor parte, no están organizados y no son de fiar, y muchos de ellos cruzan la frontera entre EEUU y México con regularidad, por lo que suelen tener problemas con la ley en ambos lados. Podrías utilizar tu influencia y tu dinero para ayudarles con sus problemas legales a cambio de su ayuda".

"Me gusta. Puedo contratar a un cierto número de miembros de la banda para que protejan mis almacenes y pagarles un sueldo mensual. También podrían servir para impartir justicia a los que me traicionen. Organiza una reunión".

Roberto "Chito" Sandoval medía aproximadamente 1,70 m y pesaba 250 libras de músculo sólido. Su cabeza afeitada, su perilla y sus tatuajes le daban un aspecto aún más amenazador del que ya tenía su físico. Memo había matado a tres hombres como él en el Cereso, así que no se sentía especialmente intimidado, pero estaba alerta. Chito dirigía a los aztecas en El Paso, y nada importante ocurría sin su aprobación o sin que se negociara primero su parte del negocio. Con treinta y siete años, gozaba del respeto de jóvenes y mayores. Era un veterano que había vivido más allá de la edad esperada para un gánster a tiempo completo y sus conexiones con los bajos fondos eran innumerables.

"Así que eres el malote mexicano que quiere dirigir mi banda, ¿eh?"

"No, soy el malote mexicano que quiere contratar a tu banda".

"Lo siento hermano, pero no me interesa. Esta reunión está terminada. Guardia".

Memo salió de la prisión perturbado. Odiaba tratar con gente demasiado insegura y de mente estrecha para aprovechar las oportunidades. Sin embargo, entendía en cierto modo por qué Chito no quería que Memo se involucrara. Probablemente la única razón de Chito para vivir era su poder; era lo único que tenía, dentro o fuera de la cárcel. Sin su poder, no era más que otro matón.

Memo llamó a Barba. "Ese pedazo de mierda no quería ni oír el trato".

"Entonces tengo a otro tipo. Coordina las actividades de la banda fuera de la cárcel".

"Esta vez, intentaré un enfoque diferente. No puedo permitirme que él también me diga que no".

Memo pagó por información sobre el segundo al mando de la banda. Alex García, un hombre de veintidós años que había nacido en Juárez de padre mexicano-americano y madre mexicana, cruzaba la frontera con regularidad, y lo había hecho desde los diez años. Sus padres eran cholos y heroinómanos.

Como no conocía otra vida que las drogas y la violencia, Alex estaba condenado a seguir los pasos de sus padres. Empezó con pintura en aerosol y pegamento, y luego progresó hacia la coca y la metanfetamina. El robo, la agresión y el asesinato eran actividades diarias, y Alex descubrió que tenía talento para esos actos. Las mujeres iban y venían, demostrando que Alex era incapaz de amar a nadie. Memo pensó que probablemente tendría menos problemas para convencerle de que trabajara para su organización. Barba organizó la muerte de Chito en la cárcel, y cinco mil dólares después, Chito ya no estaba.

Memo observó cómo Alex y tres de sus amigos salían de uno de los muchos bares de striptease del centro de El Paso. Barba utilizó su celular para llamar a un coche patrulla para que los detuviera a pocas manzanas del bar. El coche patrulla se llevó a los hombres con Alex y dejó a Alex con Barba y Memo. Aunque Alex estaba esposado, se mantuvo desafiante. Empezó a levantarse de la acera y Barba le empujó hacia abajo.

"Malditos cerdos. No hice nada!"

Barba respondió. "Puede que no lo hayas hecho, pero dos de tus tres amigos tienen órdenes de detención y llevabas un arma mortal oculta".

"El Paso es una ciudad peligrosa".

"Tienes razón", dijo Barba, mientras abría la parte trasera de su unidad sin marca, donde Memo ya estaba sentado. Se desplazó y Barba volvió a levantar a Alex. "Ahora mete el culo antes de que te lo meta a golpes".

Alex escupió en el suelo delante de él. "Los paleaba a los dos y alguien más si no tuviera puestas estas esposas".

Barba agarró al mucho más delgado Alex y lo metió en el coche. "No te preocupes, Alex, pronto tendrás tu oportunidad".

Barba condujo hacia la carretera que llevaba a Alamogordo. Alex había estado maldiciendo durante todo el camino, pero cuando vio que estaban lejos de la jurisdicción de cualquier policía de la ciudad, se calló.

"¿Qué carajo está pasando? Esos otros tipos son mis amigos, ¿sabes? Son testigos".

Memo habló sin mirar a Alex. "Me importan una mierda los testigos. Te traje aquí por una propuesta de negocios. Si te quisiera muerto, ya lo estarías. Le ofrecí a Chito el mismo trato, pero no era un gran hombre de negocios".

Alex frunció el ceño, obviamente consciente de que Chito había sido asesinado en la cárcel apenas unos días antes.

"Alex, ciertamente espero que seas más inteligente que Chito". Barba detuvo el coche y Memo continuó. "Ahora, lo primero que haré será quitarte estas esposas. Nadie debería tener que hacer negocios con las esposas puestas".

Memo y Barba salieron del coche y ayudaron a Alex a salir. Barba le quitó las esposas y Alex se frotó las muñecas.

"Ahora, todos somos hombres libres. Quiero que entiendas algo, Alex. Quiero contrataros a ti y a Los Aztecas para que trabajen conmigo. Los trabajos estarán bien pagados. Quiero que tú seas el líder, no yo. Sólo quiero contratarte".

Alex no dijo nada.

"Puedes decirme que no. Puedes decirme que me vaya al infierno. Eres un hombre libre".

Alex soltó una risa cínica. "Sí, claro. Si digo que no, estoy muerto. Son ustedes dos y yo, y ambos tienen armas".

Memo hizo un gesto y Barba subió a su coche y se marchó. Memo mostró a Alex que estaba desarmado.

"Sólo tú y yo. Haz lo que necesites".

"En cuanto haga algo, tu amigo volverá para meterme una bala".

Memo negó con la cabeza. "No, no lo hará. Para empezar, no es mi amigo. De hecho, no le gusto mucho. Y es seguro que él no me gusta".

"En cualquier caso, estoy jodido. No puedes joder a los cerdos".

"Te equivocas de nuevo. No soy un policía. Me llamo Memo y soy un empresario de Juárez".

Alex se tomó un momento para decidir si luchar y huir o quedarse y escuchar. Había oído hablar de Memo y sabía que iba muy en serio. Se acercó a Memo, agitando los brazos para intentar golpearle.

Riendo, Memo esquivó fácilmente los salvajes golpes de Alex. Alex, que respiraba con dificultad, se detuvo un momento.

"¿Qué mier...?"

Memo detuvo las palabras de Alex cuando le golpeó con un gancho de izquierda en el hígado. Alex se tambaleó un momento y luego cayó de rodillas.

"Escucha Alex, podemos hacer esto por las malas, o por las muy malas. De cualquier manera, nos harás perder el tiempo". Memo sacó un paquete de billetes de cien dólares del bolsillo izquierdo de su pecho y lo arrojó frente a Alex. "O puedes empezar a ganar más dinero del que jamás habías soñado".

Los ojos de Alex se abrieron de par en par y se puso lentamente en pie, recogiendo el dinero.

"Son cinco mil dólares, sólo el comienzo. Escucha Alex, Chito tenía miedo de perder el control de Los Aztecas. Y tenía razón, pero sólo porque no miraba el panorama general. No soy un gánster, ni quiero serlo. Soy un hombre de negocios. La banda y el poder no me interesan lo más mínimo".

" Bien, lo entiendo. ¿Qué necesitas de mí?"

"Necesito un paso seguro para mi producto y un almacenamiento seguro. A cambio, te pagaré directamente. Cómo desembolses el dinero, me da igual. Si tu gente se mete en líos legales con la policía a ambos lados de la frontera, puedo ayudar. En Juárez, Los Aztecas serán intocables. Las armas y la munición serán tan abundantes como la arena en la playa. Si te joden a ti o a alguno de los tuyos, me aseguraré de que quien cause los problemas, sean bandas rivales o no, no viva para repetirlo".

Alex sonreía.
"Seré fiel a ti y a tu gente. Pero Alex, si tú o alguno de los tuyos me traicionan, te mataré a ti y a los más cercanos a ti. No lo dudes nunca".

Una fría brisa azotó a los dos hombres, casi como si estuviera allí para reforzar las palabras de Memo. Las estrellas brillaban en el cielo del desierto de El Paso. Memo rompió el silencio con su teléfono móvil, llamando a Barba para que los recogiera.

Capítulo 26

Durante el año siguiente, Alex y Memo controlaron El Paso. Nadie se atrevía a cruzarse con ellos, pues habían aprendido de las repentinas desapariciones de los que lo habían hecho. Ni una sola carga de contrabando podía pasar por la frontera o desde El Paso a otras ciudades, sin autorización previa. Los Aztecas tenían órdenes estrictas de no matar a nadie en El Paso sin autorización previa y, a cambio, el capitán Barba prometió que el EPPD no se desviviría por detener a los miembros de la banda. Cualquier asunto relacionado con un homicidio se llevaba a Juárez. En Juárez, los miembros de la banda recibían identificaciones falsas de trabajadores de fábricas que, al mostrarlas a la policía, se utilizaban como tarjetas para salir de la cárcel.

Memo se reunió con algunos de los burros que transportaban su droga para repasar las reglas con las que jugaba. Alquiló un salón, normalmente utilizado para fiestas de cumpleaños, en el barrio más bonito de Juárez. Once personas -seis mujeres y cinco hombres- se sentaron en largas mesas de metal.

" Los once son lo mejor que tengo. A ninguno de ustedes lo han atrapado, y cada uno de ustedes ha cruzado un mínimo de quince cargas". Memo miró a cada uno de sus trabajadores, estableciendo contacto visual con cada uno.

"El negocio ha crecido; necesito más de cada uno de ustedes, y necesito que sean aún mejores. Les pagaré más por carga, pero hay que seguir ciertas reglas. Después de repasar las reglas, si alguno de ustedes quiere salirse, le daré una oportunidad. Después, mis reglas deben seguirse al pie de la letra, o habrá graves consecuencias. Por consecuencias, me refiero a la muerte".

" En los últimos tres años he contratado a muchos burros, y todos ustedes son los mejores. Los once son ciudadanos estadounidenses y todos hablan inglés con fluidez. Después de estudiar los hábitos de la aduana estadounidense, he ideado un plan para garantizar que las cargas pasen. Las reglas son sencillas. Haz exactamente lo que te indique, cada vez, siguiendo cada detalle, o te matarán. Si te atrapan y no sigues mis instrucciones, me cargaré a tus amigos y familiares. Si no estás preparado para estas consecuencias o crees que no quieres seguir mis instrucciones, vete ahora". Nadie se fue, así que continuó. " He comprado un coche nuevo para cada uno de ustedes".

Los burros aplaudieron, y Memo levantó una mano para acallarlos. " Deben registrar y asegurar los coches con sus nombres reales. Usen los coches para todo. Los utilizaremos para pasar mercancía. Las aduanas buscan cualquier cosa fuera de lo normal, así que queremos ser muy 'normales'. Cada uno de ustedes tiene que tener al menos un trabajo a tiempo parcial".

Algunos de los burros se quejaron al pensar en el trabajo regular.

"Cruzarán la frontera todos los días a la misma hora, asegurándose de entrar en una fila en la que el agente de aduanas está en el lado del conductor del vehículo. Tendrás tu carné de identidad preparado y el cinturón de seguridad puesto. Los hombres deben ir bien afeitados, y las mujeres vestidas adecuadamente, con un maquillaje muy ligero.

Tienen que permanecer empleados si quieren seguir trabajando para mí". Dos o tres de las mujeres sonrieron cuando Memo estableció contacto visual con ellas.

"Cuando pases una carga, te estacionarás en un terreno designado por mí. Tomarás un taxi para ir al trabajo y, si alguien te pregunta, dirás que el coche está en el taller. Cuando vuelvas del trabajo, tu coche estará de nuevo en su sitio y listo para salir".

Memo dejó que sus palabras calaran antes de continuar: "Ahora, antes de que repasemos algunos detalles más, quiero dejar una cosa bien clara. Les pagaré bien, les sacaré de la cárcel y les mantendré a salvo de cualquier daño. Pero, como ya dije, si alguno de ustedes llega a burlarse de mí, yo... bueno, déjenme mostrarles. Levántate, Sergio".

Sergio Martínez dio un salto. De unos veinticinco años, siempre vestía como un nerd: camisa de algodón, pantalones caqui y pelo corto. Se puso de pie, temblando. "¿Yo?" Los otros burros se apartaron de Sergio.

"¿Quién más, Sergio? ¿O hay otro de mis empleados llamado Sergio que ha sido capturado recientemente por la DEA y se olvidó de mencionármelo?" Memo miró al grupo. Muchos rostros palidecieron cuando sus ojos pasaron por encima de ellos. Bien, pensó. Deberían preocuparse, porque él les mostraría lo que la cagada les había traído. Los dos hombres que habían estado sentados cerca de Sergio se apartaron de él. El sudor goteaba de la frente de Sergio, y se derramaba por debajo de sus brazos.

"¿Crees que no vigilo mis bienes? ¿O mi espalda? La cagaste, Sergio".

Sergio levantó las manos, con las palmas hacia arriba, tartamudeando: "No les dije nada que pudieran utilizar, Memo. Lo juro".

"Sí, por eso estás aquí y no en la cárcel del condado ahora mismo". Memo suspiró. "No tendrás otra oportunidad de mentirme".

Con ello, Memo sacó su Glock. Recordaba que ese mismo momento había tenido lugar antes, pero no podía situar cuándo ni cómo. Una de las mujeres se desmayó. Uno de los hombres que había estado sentado junto a Sergio sollozaba en silencio, temblando con cada lágrima. Aunque Memo había matado antes, eso no hacía que esto fuera más fácil. Como si el tiempo se hubiera ralentizado casi hasta detenerse por completo, Memo pudo ver las gotas de sudor en el aire mientras caían de la frente de Sergio. Puso la pistola en la sien de Sergio, y las súplicas de éste se convirtieron en un borrón incoherente. Cuando Memo apretó el gatillo, otra mujer gritó, y el estruendo de la pistola ensordeció a todos los presentes en el eco del almacén. Memo había optado por no utilizar un silenciador para dar énfasis. Sus oídos retumbaron cuando echó un buen vistazo a los burros restantes. Sabía que cada uno de ellos recordaría este día si alguna vez los atrapaban las fuerzas del orden. Seguro que sabían que probablemente ésta sería la consecuencia, pero ver la consecuencia de primera mano era mucho más poderoso que la mera conjetura.

Después de que todos salieran de la habitación, Memo vomitó profusamente, la imagen de la cabeza de Sergio explotando se repetía en su mente como una cinta de VCR endemoniadamente poseída.

Capítulo 27

Una semana después del encuentro con sus burros, Memo pidió a Rafa que bajara a Juárez para verlos trabajar. Don Rafa y Memo se quedaron en la cola para cruzar la frontera hacia El Paso en el nuevo Escalade de Rafa, esperando varios coches detrás de dos de sus "cargas" destinadas a Albuquerque. El primer coche tenía un piso falso, y la rueda delantera del lado del pasajero contenía unos veintisiete kilos de marihuana y dos de cocaína. Memo oyó el suspiro de alivio de

Rafa cuando el coche pasó sin problemas. Memo destacaba en los detalles, como la colocación del contrabando.

El burro, Yvette, una joven mexicano-estadounidense, siguió sus instrucciones al pie de la letra, alineándose para que el agente de aduanas estuviera en el lado izquierdo del coche. El agente revisó todos los vehículos golpeando con un martillo los neumáticos del lado izquierdo, sin molestarse en cruzar y revisar el otro lado del vehículo, el agente ni siquiera sospechó que el coche llevaba una carga considerable dentro, incluyendo sesenta libras dentro de los neumáticos del lado derecho del coche.

Yvette medía menos de metro y medio, y el agente no pareció darse cuenta de que la tarima era más alta de lo habitual. Memo nunca utilizaría el entarimado como escondite para sus burros más altos. Sus rodillas metidas en el pecho harían que los agentes de aduanas se dieran cuenta.

El segundo coche pasó aún más fácilmente, ya que el agente reconoció a la conductora como una habitual y le hizo un gesto para que pasara.

Había sido un día exitoso, y Memo se fue a casa contento.

Sonó el teléfono móvil. La pantalla decía Galilea.

"Domino's Pizza, ¿te gustaría probar uno de nuestros especiales de hoy?"

"Sólo si incluye un pedido doble de Memo".

"Eso tiene un coste adicional, pero probablemente podamos satisfacer su pedido, señora. Nos vemos esta noche, cariño".

Después de que Rafa cruzara de vuelta a Estados Unidos, Memo condujo de vuelta tan rápido como pudo a Cuauhtémoc. Lucía no le esperaba hasta el día siguiente, así que tenía tiempo para pasar con Galilea y su hija de dos años, Miriam. Todas las luces se apagaron cuando Memo entró en la entrada de la modesta casa de Galilea, de cinco habitaciones, situada en una comunidad vigilada. Memo se acercó a la casa en silencio, con su pistola en la mano. Al abrir lentamente la puerta, las luces se encendieron y Galilea y Miriam aparecieron, mientras Galilea gritaba "sorpresa". Arrodillándose, Memo colocó rápidamente su pistola entre la cintura y la parte baja de la espalda, abrazando a Miriam con la mano libre. Si Galilea se había percatado del arma, desde luego no lo demostró.

"Papi, papi, mira". Miriam le llevó de la mano a su habitación. Estaba decorada con motivos de Winnie the Pooh.

"Nos pasamos todo el fin de semana trabajando en su habitación. ¿Qué te parece?"

Memo sonrió. "Está muy bien".

Mientras Galilea preparaba la cena, Memo se dedicó a jugar con Miriam. Hizo sus mejores imitaciones de Pooh, Tigger y Conejo, mientras jugaban con sus peluches. Después de la cena, Miriam se quedó dormida en sus brazos. La arropó en la cama y la besó en la frente. "Buenas noches, mi princesa".

Galilea y Memo bebieron tequila y hablaron hasta muy tarde, y se fueron al dormitorio principal, quitándose la ropa antes de llegar a la cama. Despúes de hacer el amor, Galilea apoyó la cabeza en el pecho de Memo.

"Me gustaría que estuvieras más aquí, Memo".

"Lo sé. Conocías mi situación cuando nos juntamos".

"Lo sé, lo sé. Eso no cambia el hecho de que te echemos de menos. Te dije que siempre respetaría tu matrimonio. Nunca me he entrometido y no lo haré, eso no ha cambiado. Pero eso no lo hace fácil".

Hablaron un rato más, sobre todo, Galilea, y Memo no tardó en caer en un profundo sueño. Su sueño era inquieto.

Aunque era de día, el interior de la iglesia estaba oscuro. La típica cruz con Jesús clavado no estaba al fondo, donde normalmente estaría. Las estatuas tampoco eran santos. Eran hombres y mujeres desnudos, siempre entrelazados en un orgasmo aparentemente eterno. Un sacerdote salió de la nada, con tres mujeres desnudas. Todas llevaban armas. El cura parecía estar muy enfadado y le gritó a Memo en latín. Memo buscó su pistola, pero no la tenía. El cura y sus mujeres se rieron del esfuerzo de Memo, y todos le apuntaron con sus armas.

Memo se despertó empapado de sudor, y la mano de Galilea en su hombro lo sacudió suavemente de un lado a otro para despertarlo.

"¿Estás bien, cariño?"

"Sí. Sólo fue un sueño".

Al volver a Juárez, Memo estudió el tráfico de drogas con diligencia, conduciendo por la frontera con frecuencia para comprobar los hábitos y métodos de los agentes de aduanas. Cruzando la frontera varias veces, Memo se dio cuenta de que los burros no tenían que utilizar exclusivamente vehículos. Se podían cruzar toneladas de contrabando, poco a poco, con peatones. Memo llamó a Barba y organizó una reunión en Juárez. "Trae a tu hombre de la aduana contigo".

Carnitas Don Epi era un restaurante que servía principalmente carne de cerdo ahumada. Memo se sentó en una mesa solo, con sus guardaespaldas situados en otras mesas cercanas para no llamar la atención. El restaurante estaba formado por grandes palapas, refugios de palma con paja; no era un buen lugar para ir en un día de viento, y Memo se preguntaba cómo hacían negocio cuando lo había. Barba se presentó con Frank Pacheco, un hombre robusto con una corta barba canosa que hacía juego con su espeso cabello. Barba llevaba su típico traje de abogado, y Frank unos jeans y una camiseta negra. Cuando se dieron la mano, a Memo le gustó que Frank tuviera un fuerte apretón. Le hacía sentir que el hombre era de confianza.

" Pedí carnitas. Toma una cerveza", dijo Memo, señalando el cubo de lata lleno de hielo y cerveza. "Corona es todo lo que tienen aquí".

Frank parecía desconcertado. "¿Qué son las carnitas?"

"En Don Epi's, es carne de cerdo de los dioses. Ahumada y luego guisada en su propia grasa".

"Mmmm. Suena bien. También suena como un ataque al corazón, pero una buena manera de irse".

Nadie habló de negocios. Mientras bebían cerveza y comían, los hombres hablaban de cosas sin importancia, de las chicas que habían conocido y fornicado, y de los grandes lugares para comer en El Paso. A Memo le encantaba escuchar las conversaciones triviales. Era tan importante como cuando hablaban de negocios; guardaba toda esa información en un lugar especial de su mente. Si alguna vez necesitaba encontrar a alguien, conocer sus hábitos y lugares favoritos era una buena manera de hacerlo. Después de comer, Memo comenzó la conversación de negocios.

"Frank, el otro día estaba caminando por la frontera y me di cuenta de algo. Todas las veces que crucé caminando, nunca vi ningún perro, y sin embargo los veo donde cruzan los vehículos casi a diario. ¿Puede explicarme esto?"

"Claro. En primer lugar, el objetivo principal de las aduanas estadounidenses no es encontrar droga, sino detectar a los extranjeros ilegales antes de que pasen. En consecuencia, los perros antidroga se utilizan poco, y la mayor parte de los esfuerzos de los agentes se dedican a encontrar ilegales, y la mitad de las veces hace demasiado calor para los perros por aquí. Además, ¿cuánta droga puede cruzar una persona en comparación con un vehículo?". Frank hizo una pausa mientras daba un trago a su cerveza.

Al ver que sólo quedaban dos cervezas en la cubeta, Memo hizo un gesto para que el camarero trajera más.

"En segundo lugar, hay dos tipos de perros de la droga, los agresivos y los pasivos. Los pasivos alertan cuando huelen la droga sentándose y los agresivos ladrando, arañando, mordiendo o una combinación de ambos. Por mucho que moleste a algunos agentes, la seguridad pública tiene que ser lo primero, y como los perros pasivos no son tan buenos como los agresivos, no se compran demasiados."

Tras la reunión, Memo llamó a Alex. "Tenemos trabajo que hacer. Reúnete conmigo en la oficina".

Alex y Memo llamaron al Club Panamá, un club de striptease local, la oficina.

"Alex, este es mi plan".

Una encantadora dama se sentó de repente en el regazo de Memo.

"¿Me invitas a una copa?"

"Ahora no, cariño".

La joven se marchó, con una sobreactuada mirada de decepción en su rostro.

"Ofrezco 800 dólares por medio kilo a los burros peatonales". Los ojos de Alex se abrieron de par en par. "Sé que es mucho más que la cantidad normal de dinero que se paga por este tipo de cosas. La lealtad nunca se puede comprar de verdad, pero el dinero ayuda".

Alex asintió.

" Tú y tus ejecutores pueden lidiar con cualquiera que se vuelva codicioso. Imagina a cientos de burros caminando por los puentes fronterizos de El

Paso/Juárez, con pequeños paquetes por valor de miles de dólares atados a sus piernas, o entre sus muslos, bajo los pechos, vientres, etc. entregados en puntos designados, como un área de descanso en un McDonald's o algo similar. Una vez que la droga llega a un contenedor de basura exterior, un miembro de la banda la recoge. El dinero se entregará al día siguiente en Juárez. Así, si algún policía se mete en nuestra organización, lo tendrá difícil para perseguirnos". Memo hizo una pausa para asegurarse de que Alex estaba entendiendo. "Los paquetes se reunirán en las distintas casas que se utilizan como almacenes. Una vez que se reúnan los suficientes, la cocaína se volverá a empaquetar y se enviará a otras partes del país en semirremolques con paredes falsas." Volvió a hacer una pausa y miró fijamente a Alex hasta que obtuvo un asentimiento por su parte.

"Contrataré a hombres y mujeres jóvenes, limpios y guapos, con identificaciones americanas. Tu banda los vigilará de cerca mientras hacen las entregas. Todo lo que necesito es alguien que reclute a estas personas".

Alex sonrió. "Conozco a alguien que puede hacerlo".

Memo se puso de pie. "Vamos entonces".

Alex estaba fuera de Vértigo, un club frecuentado principalmente por jóvenes de entre 18 y 24 años, hablando con el portero. Memo estaba sentado en su vehículo más nuevo, un Expedition, la edición Eddie Bauer. Tras una breve conversación, Alex llevó al portero hasta Memo. Era bajito, probablemente de 1,70 metros, y llevaba la cabeza afeitada. Llevaba unos pantalones vaqueros muy holgados, con los calzoncillos a la vista, y un jersey de mujer.

Alex dijo: "Memo, este es el tipo del que te había hablado, Cameron. Su español no es tan bueno".

"No hay problema. Hablaremos en inglés. Alex dice que conoces a muchos jóvenes americanos que cruzan la frontera para ir a este club. Necesito que reclutes a los que necesitan dinero y son de confianza. Preferiblemente chicas, pero no necesariamente. Si son menores de 18 años, aún mejor. Todos los que contrate te ganan 500 dólares. Si no contrato, no recibes nada, sin importar mi razonamiento. No debes cuestionarme, nunca".

"¿Y cómo sé que no los contratarás pero me dejarás fuera?"

Alex le dio una palmada a Cameron en la nuca. "Estúpido, lo que Memo dice, lo hace. No vuelvas a cuestionar su palabra".

"Lo siento".

Memo llevaba cerca de un mes en Juárez sin volver a casa, así que decidió que era hora de descansar. Siempre en movimiento, tener que estar pendiente de su entorno todo el tiempo con posibles enemigos en cada esquina le pasó factura. Mientras conducía hacia Cuauhtémoc, sintió la alegría que uno siente cuando ha estado fuera de casa durante mucho tiempo. De todos modos, en agosto hacía un calor infernal en Juárez, y Memo estaba harto del calor y del polvo. Recordó la vida sencilla que había llevado antes de ir a la cárcel. La echaba de menos. Tener riqueza y poder tenía sus ventajas, pero a veces el coste parecía demasiado alto. Sergio, el joven burro al que había disparado en la cabeza, y la pesadilla que había tenido años antes y que básicamente presagiaba el suceso, se entrelazaron en un solo momento y, mientras conducía, lo revivió. Una sola lágrima se escurrió por el rabillo del ojo, bajó por un lado de la nariz y se posó en el labio superior con bigote. Se la limpió con el dorso de la mano y dio un trago a la Carta Blanca fría que llevaba en el portavasos. Su mente volvió al presente y mientras conducía por la carretera de curvas y subía la colina antes de llegar al pueblo, Memo se alegró de ver las nubes de lluvia que se formaban sobre él.

Cuando llegó a casa, sus hijos y su mujer se alegraron mucho de verle. Jugó con los niños toda la tarde y cocinó en la parrilla, como era costumbre. Cuando los niños se cansaron por fin, Memo los metió en la cama.

"Deberían bañarse antes de acostarse, mi amor".

"Lo sé, Lucía, pero están muy cansados. Y tú y yo tenemos algunos asuntos que atender". Memo tomó a Lucía en brazos y la levantó. Ella jugó con él, y lucharon todo el camino hasta la cama.

Cuando Memo y Lucía terminaron de hacer el amor, Lucía apoyó la cabeza en el amplio pecho de Memo, abrazándolo con fuerza.

"Te amo, querida", susurró él contra su pelo. "Has hecho de mi vida el cielo en la tierra".

Ella se retorció entre sus brazos para mirarle, con sus ojos oscuros brillando. "¿De verdad, Memo? ¿Lo dices en serio?"

"Por supuesto que sí". Le pellizcó suavemente la nariz. "Tú y los niños son lo mejor que me ha pasado en la vida".

Ella volvió a acomodarse contra él y, tras unos largos instantes, murmuró: "Memo, tengo miedo".

Él apretó sus brazos alrededor de ella de forma protectora. "¿Por qué, mija?"

"Tenemos tanto", dijo ella, acariciando su mano por su vientre desnudo. "Nunca soñé que un día viviríamos en una mansión, tendríamos guardaespaldas y ranchos aquí y allá. Da miedo. Sé que nunca hablamos de lo que haces, pero me da miedo. No quiero perderte a ti o a uno de los niños un día por culpa de los enemigos o de la policía o..."

Memo le puso una gran mano en la mejilla para silenciarla. "Sé que esto no era exactamente lo que teníamos en mente. Créeme, nada me gustaría más que alejarme de todo esto".

"Entonces hagámoslo". Ella lo miró de nuevo, con una mirada suplicante. "No me importan estas cosas que tenemos. Prefiero que tú y los niños estén a salvo".

"Ojalá fuera tan fácil", respondió él con tristeza. "No lo entiendes. Con todo el poder y el dinero por el que he luchado, no puedo irme sin más. Ahora tengo enemigos poderosos, y si supieran que estoy fuera, nos perseguirían y nos matarían. A todos nosotros. Es como una gran jaula construida con barrotes de oro".

Lucía empezó a llorar y Memo la abrazó con fuerza.

"Todo esto ha sido como un sueño, como si no tuviera control sobre él. Cuando Don Rafa y yo nos deshicimos de El Soldado, pensamos que alguien más tomaría el control. En lugar de eso, la gente empezó a acudir a nosotros en busca de protección, de orientación, y lo siguiente que supimos fue que éramos los nuevos líderes del Cártel."

"¿Qué podemos hacer, Memo?", sollozó ella contra su pecho.

"No lo sé", dijo Memo, sintiéndose realmente impotente. No sabía cómo calmar sus miedos cuando tenía tantos propios. "No quería esto, pero es como una especie de virus que crece y crece".

Le acarició el pelo, y Lucía se quedó finalmente dormida, con los sollozos calmados. Memo se quedó mirando la oscuridad, contemplando el destino de su familia. Habiendo estado en las fuerzas del orden, Memo sabía que nunca podría relajarse de verdad. A medida que el negocio crecía, cada vez más personas querían trabajar para él, y aún más personas estaban ansiosas por conseguir su parte del pastel. El negocio de la droga daba mucho trabajo y a menudo se convertía en un desastre. A menudo había que "ajustar" a la competencia, a las fuerzas del orden e incluso a los socios, por cualquier medio. A Memo le gustaba utilizar un objeto punzante para hacer notar la situación. "Desordenado y en público", había oído en alguna parte, y le gustaba la idea. Mantenía a la gente normalmente honesta, y los deshonestos se lo pensaban dos veces antes de cruzarse con él. Pero era una forma difícil de vivir la vida cotidiana. Y sabía que lo más probable era que acabara "muriendo por la espada".

Capítulo 28 (Lalo)

Lalo sonrió, mientras releía el artículo del El Paso Times de hacía meses que había encontrado mientras eliminaba a otro de los enemigos de Dios. En el artículo, un preso llamado Chito Sandoval había sido asesinado por otros presos en una aparente guerra de bandas. Lalo nunca había olvidado ese nombre, el hombre que probablemente había matado a sus primos muchos años antes. Qué satisfactoria es la vida, pensó Lalo, cuando uno hace el trabajo de Dios. Se estiró, su cuerpo era una máquina afinada, preparándose para su carrera diaria. Tenía que estar en mejor forma que cualquiera de sus enemigos.

Sonriendo, Lalo corrió alrededor del Parque Chamizal, cerca del centro de El Paso, con el cuerpo allí pero con la mente lejos. Mientras observaba a los niños jugar, casi podía ver a Isela y Manuela allí también. De día o de noche, Lalo era constantemente torturado por las imágenes y los recuerdos de su familia perdida.

Tras sus dos horas de carrera, Lalo hizo una larga serie de ejercicios que había aprendido como marine. Hizo boxeo de sombra y saltó a la cuerda durante otra hora y finalmente, agotado, se dio una larga ducha caliente. El constante golpeteo del agua sobre sus hombros le ayudó a relajarse y cerró los ojos. Se transportó de nuevo a su bañera justo antes de la explosión, y el cuerpo de Lalo se tensó. En su mente, volvió a pasar por la explosión; no se molestó en abrir los ojos porque sabía que estos constantes recordatorios formaban parte del plan de Dios para él, la contrición por sus pecados.

Normalmente Lalo no salía a comer, no quería que nadie lo reconociera, aunque no se parecía mucho al Lalo de antes de la explosión. Al ver que no había nada que comer en el apartamento, optó por algo de comida rápida. Una tienda de burritos no estaba muy lejos del apartamento.

Lalo entró con cautela. Mantuvo la cabeza baja, evitando el contacto visual con nadie. Al hacerlo, Lalo se topó con un hombre joven, delgado, vestido con caquis y un jersey de mujer. Tenía el pelo corto y negro, un bigote y una perilla a juego.

"Oye, hijo de puta, cuidado".

Los puños de Lalo se cerraron.

"Alex, tranquilo, fue un accidente. Lo siento, señor".

El hombre que habló en nombre de Alex era Guillermo Smith. Lalo lo reconoció tras un momento de rebuscar en sus recuerdos, aunque era un poco mayor y obviamente había ganado algo de peso. Lalo nunca había olvidado a Smith; era el único hombre que lo había noqueado. Y dos veces, además.

Lalo murmuró algo apenas audible en el sentido de que no había problema y se alejó. Sintió una fuerte mano en su hombro y se giró ligeramente, preparado para reaccionar con violencia. Smith pareció sentir la reacción de Lalo y retrocedió un paso, posicionando ligeramente su cuerpo para estar listo para un ataque.

"Oye amigo, ¿no te conozco? Me resultas muy familiar", le dijo Smith.

Mascullando de nuevo, Lalo contestó, dando su mejor actuación de hombre loco como pudo, "No. No. Yo no. Nadie me conoce. No. No. Yo no".

Memo sonrió y le dejó marchar. Lalo se relajó un poco, ya no tenía que reaccionar de forma drástica. Pidió un burrito de un metro de largo y se fue. El joven con Smith llamado Alex se quedó mirando a Lalo todo el tiempo que estuvo en la tienda.

Lalo se preguntó cuál era la conexión. La última vez que había visto a Guillermo Smith era diputado en Las Cruces. ¿Cuál era su conexión con este personaje de Alex? Tal vez ahora trabajaba como agente encubierto. Lalo no tenía forma de comprobarlo, y no era algo que tuviera que estar en sus planes inmediatos. Dios tenía otras tareas para él. Tenía que mantenerse concentrado, por mucho que le hubiera gustado tener otra oportunidad de luchar contra Smith.

De vuelta en su apartamento, Lalo comió su burrito mecánicamente, con cuidado de no disfrutarlo, también parte de su contrición. Lalo repasó en su mente lo que pronto sería su próximo golpe, fácilmente la centésima vez que lo hacía.

Lalo llevaba siete meses planeando cómo llegaría por fin la hora de Juan Barba. Las visitas de Barba a su madre eran predecibles; el último día de su visita, recogía su Grand Marquis, ponía las brasas y asaba pollo. Lalo casi podía imaginar a la madre de Barba diciéndole que tuviera cuidado, que le quería, dándole sus bendiciones, etc. ¿Qué decepción se llevaría al saber que su pequeño Johnny era en realidad un asesino y traficante de drogas que se escondía tras la fachada de un capitán de policía?

Justo después de la puesta de sol, el hombre conocido como "Rafa" aparecería, conduciendo desde el callejón y los dos tendrían un breve intercambio, tal como lo había hecho las últimas ocho veces que Lalo los había observado. Lalo, el ángel vengador de Dios, libraría al mundo de dos peones más de Satanás de un solo golpe. O al menos ese era su plan.

Capítulo 29 (Memo)

Después de que Memo llevara su negocio unos dos años, contrató a un joven, Jaime García, que le había suplicado que trabajara. Memo lo utilizó como burro para llevar cargas desde las montañas de Chihuahua hasta Juárez. Cuando Jaime llamó al teléfono móvil de Memo desde la cárcel, éste no se lo pensó dos veces para sacarlo. Después de que Memo pagara a algunos funcionarios públicos, Jaime fue liberado.

Sin embargo, a Memo le pareció que algo no estaba bien; la carga estaba supuestamente perdida, y Jaime estaba ileso. No era propio de la policía de México no sacarle a alguien información a golpes para llegar al pez gordo. Jaime tampoco había sido el mismo últimamente. Todas sus sospechas se justificaron cuando recibió una llamada de Galilea. Ahora trabajaba en un banco local, un empleo que Memo había conseguido para ella después de tener a su bebé. Su hija tenía ahora tres años.

"Hola mi amor". Parecía feliz de escuchar su voz. "¿Cómo estás?"

"Bien, gracias al Señor", respondió Memo con cálida sinceridad. Cuidaba bien a Galilea y a su hija. Galilea hacía lo que podía para ayudarlo. "¿Y tú? ¿Qué pasa?"

Hizo una pausa. "Quería hablarte de un depósito reciente hecho a la mamá de Jaime García".

La mano de Memo se tensó sobre el teléfono. "¿Cuánto?"

"Exactamente 200.000 pesos".

"¿Casi 20.000 dólares?" El aliento de Memo salió con dureza. "Qué idiota es Jaime, teniendo el dinero depositado en un banco. Pensó que de alguna manera estaba siendo inteligente al depositarlo a nombre de su mamá. La avaricia y la estupidez son enemigos del hombre, y si no los superas, sacan lo mejor de ti". Memo, recordando que Galilea estaba en el trabajo y no podría estar al teléfono con él todo el día, cortó la conversación. "Lo siento, cariño. Nos vemos luego".

Con una sensación de opresión en la boca del estómago, la que siempre tenía cuando alguien le traicionaba, Memo se dirigió a la casa de Jaime, formulando un plan de acción por el camino. Llamó a Socorro, el guardaespaldas de la familia y encargado de las tareas en general, y repasó el plan con él. De camino a la casa de Jaime, Memo se tomó unas cervezas, tratando de relajarse antes de llegar.

Cuando Jaime salió a recibir a Memo, parecía preocupado, pero no asustado. Después de ver la cerveza, se relajó. Los trabajadores de Memo sabían que no bebía por negocios. Jaime subió a la camioneta con Memo y aceptó una de las cervezas.

"Jaime, ¿cómo estás? Esos cerdos no te hicieron daño, ¿verdad?".

"N-no, don Guillermo. Tuve mucha suerte". Descorchó la tapa de su cerveza y dio un largo sorbo, luego se limpió la boca con la manga. "Los judiciales le tienen miedo, y saben que trabajo para usted".

"No pueden tener tanto miedo", dijo Memo. "Me robaron una de mis cargas, ¿no es así?".

Jaime bebió otro sorbo, permaneciendo en silencio, como si no estuviera seguro de adónde quería llegar su jefe con ese comentario. Memo terminó su cerveza, sonrió a Jaime y subió el volumen del equipo de música. Condujeron por la ciudad, bebiendo cerveza y hablando de nada en particular. Memo pudo ver que Jaime se relajaba con cada kilómetro que recorrían.

Memo se detuvo en un restaurante especializado en pollo a la parrilla. Los pollos se estaban cocinando en una larga parrilla. El aroma del pollo asado y el humo del mezquite en el exterior era mucho más eficaz que cualquier anuncio.

Jaime siguió a Memo al interior, riéndose de alguna broma que acababan de compartir. Gilberto y Jorge, dos cuñados de Memo, entraron y se sentaron con ellos. Jaime no pareció notar nada raro. Después de una buena comida de pollo a la parrilla, cebollas encurtidas y una exquisita salsa con tortillas de maíz hechas a mano, el cuarteto partió hacia el rancho de Memo, a unos cuantos kilómetros al noroeste de Cuauhtémoc.

Jaime se sentó entre Jorge y Gilberto de camino al rancho. Cuando llegaron, Gilberto puso una pistola en la cabeza de Jaime y le ordenó salir con las manos en alto. Jaime se bajó de la camioneta y Jorge tomó la pistola calibre 32, escondida en la parte trasera de la cintura de Jaime.

Los cuñados arrastraron a Jaime a un granero abandonado detrás del edificio principal, y Memo se acercó.

"Todo lo que hice por ti, por tu familia, y así es como me pagas", le espetó al más joven. "Ya sabes cómo tratamos a los traidores en esta organización. Cómo te atreves a insultarme de esta manera".

Memo clavó su puño en el hígado de Jaime. Jaime se dobló de dolor, sin fuerzas en las piernas. Memo y sus cuñados ataron a Jaime a una silla.

"Te voy a matar, Jaime, pero antes vas a reparar el mal que cometiste contra la organización y contra mí. Socorro fue a recoger a tu hermana al trabajo. Es un hombre muy leal. Hará todo lo que le pida. Lo sabes, ¿verdad?"

Jaime asintió, con los ojos marrones muy abiertos por el miedo y la incredulidad.

"Pon a Socorro al teléfono, Jorge".

Jorge llamó al guardaespaldas/asesino, y Jaime habló con Linda.

"¿Estás bien, Linda?"

"Claro Jaime, por qué no..."

Memo tomó el teléfono antes de que se pudiera decir algo más y colgó.

"Jaime, estúpido pedazo de mierda. ¿En qué demonios estabas pensando? ¿Creíste que te saldrías con la tuya al traicionarme?"

Jaime sollozó.

"Te voy a explicar cómo va a ser esto. Si algo no sale como lo planeé, traeré a tu hermana, a tu madre y a tu padre. Entonces, mataré a todos y cada uno de ellos... mientras tú lo verás".

A Memo no le gustaba llegar a estos extremos, pero sabía que, si mostraba debilidad, sus hombres le perderían el respeto. Y sus enemigos perderían aún más.

Hacia las dos de la tarde, la madre de Jaime fue al banco y retiró los 50.000 dólares que pertenecían a Memo. Era aproximadamente una cuarta parte de lo que habría ganado si la carga hubiera llegado a su destino original, pero tenía que demostrar a los demás que este tipo de sucesos tendría graves consecuencias.

Al cabo de una hora, la madre de Jaime llegó al punto de encuentro con el dinero. Jorge recogió el dinero y llamó a Memo, quien a su vez llamó a Socorro y le ordenó que devolviera a Linda a su casa sana y salva.

Satisfecho sólo en parte por haber conseguido el dinero, Memo le propinó a Jaime un puñetazo en el pecho. La fuerza del golpe hizo caer su silla.

En el silencio, Memo pudo oír al hombre caído respirar con dificultad. Asintió a Gilberto y enderezaron la silla, colocándola de nuevo frente a Memo.

Le clavó el puño en los riñones varias veces, y cada vez Jaime respondía con un gruñido y un jadeo. Memo siguió castigándolo hasta que Jaime empezó a toser sangre.

"¡Mátame, maldita sea!" El joven miró a Memo con las líneas de dolor dibujadas en su rostro.

"No te preocupes, Jaime, lo haré. Pero primero hablarás". Memo inclinó el cuello hacia un lado, sintiendo la tensión en los músculos acordonados. "Cuéntamelo todo. A menos que quieras que alguien más de tu familia pague también por tu traición".

Como un pecador arrepentido en el confesionario, Jaime relató sin aliento los sucesos que condujeron a su inminente desaparición.

Después de recoger una carga de doscientas libras de marihuana en un Chevrolet Dually, Jaime se dirigió de nuevo hacia la ciudad. Los judiciales lo detuvieron en un tramo solitario de la carretera. Eran casi las dos de la mañana, no había señales de otros conductores en la carretera, y Jaime sabía que estaba en peligro. El estrecho y ventoso tramo de carretera era conocido por los bandidos con retenes improvisados que detenían los vehículos, robaban a los conductores y pasajeros y los mataban. Sin dejarse llevar por el pánico, bajó la ventanilla y sonrió a la linterna que le apuntaba a la cara.

"¿En qué puedo ayudarles, agentes?"

"No jodas y sal de la maldita camioneta", gritó uno de los agentes.

Había cinco agentes, tres con AR-15 apuntando hacia él. Uno de ellos lo agarró con fuerza y lo tiró al suelo en la carretera asfaltada.

El agente dijo: "Soy Julio César Rocha, jefe de la investigación. No me ando con chiquitas. Si te metes conmigo, te torturaré, te mataré y violaré a tu hermana, y luego mataré a tu familia. Sé quién es tu jefe, y voy a tomar esta carga que acabas de recoger. Si eres inteligente, te haré un buen trato".

O bien podía aceptar el dinero, no decir nada y seguir perdiendo cargas de vez en cuando, o bien morir. Jaime optó por lo primero. Veinte mil dólares se depositarían en la cuenta que él eligiera, y con sólo unas pocas cargas perdidas más en el futuro, su familia estaría lista por varios años. En definitiva, no era un mal trato, balbuceó, y a don Guillermo le sobraba. Dos o tres cargas no le harían daño a su negocio, y la única vez que Jaime estaría directamente involucrado sería ésta. Él proporcionaría la información sobre las otras cargas y ellos conseguirían otros conductores, aliviando parte de las sospechas sobre él. O eso pensó en ese momento.

Memo miró a Jaime, atado a una silla por los tobillos, las muñecas, el pecho y la cabeza, y casi sintió pena por él. Casi.

"Por favor, perdóneme, don Guillermo", suplicó el hombre atado. "Haré todo lo que quiera, pero no me mate".

Memo agarró la pistola que llevaba en la funda del hombro. "Siento de verdad que hayas hecho esto, Jaime".

Memo apuntó el cañón de la pistola a la cabeza de Jaime. Jaime se meó en los pantalones, y la mancha húmeda se hizo cada vez más grande alrededor de la ingle y la parte superior de las piernas. Ignorando el dolor de su alma, Memo apretó el gatillo, salpicando de materia cerebral y hueso del cráneo fracturado todo el granero.

Memo ordenó que llevaran el cuerpo al ladrillero, que tenía un horno donde ardía un fuego constante, alimentado por neumáticos, residuos de plástico, virutas de madera y estiércol. Por una tarifa bastante razonable, también quemaba cuerpos humanos.

Memo regresó a su casa de tres pisos en Cuauhtémoc, justo a tiempo para poner algunas brasas en el fuego y jugar con sus dos hijos, que ahora tienen cuatro y dos años. Nadie en su casa sospecharía jamás que este hombre, padre y esposo cariñoso, mató a un joven y dejó su cuerpo para que ardiera en un horno.

Memo le dijo a Socorro que pronto tendrían una reunión de emergencia y que reuniera a todos. Había que vengarse, y como los policías le habían robado su carga, los policías serían los próximos objetivos. Sabía que a Socorro le encantaba matar policías, y Memo entendía su lógica. La policía en México era la más hipócrita. Al menos la mafia era la mafia; no había máscaras de por medio. Los policías supuestamente defendían la ley, la hacían cumplir, pero en cambio utilizaban esa tapadera para cometer los actos criminales más intensos mientras trabajaban. Para Socorro, matar a unos cuantos policías sería como exterminar cucarachas.

Tras concertar una reunión con los miembros más peligrosos de su cártel, Memo se detuvo en una licorería para comprar un tequila caro. Condujo durante unos quince minutos, a las afueras de la ciudad, en una zona sombría conocida como la "Zona Rosa". Una reunión así en la ciudad seguramente atraería una atención no deseada. Condujo hasta la entrada era un camino de tierra bordeado por una vieja valla de alambre de púas. Había varios edificios en ruinas y las únicas personas que había allí eran las putas que trabajaban en los bares por la noche y algunos cuidadores. Memo se detuvo en uno de los bares y lo abrió con una llave que llevaba en su llavero. El bar era un viejo edificio tipo rancho, con la pintura de las paredes desconchada y el olor a orina, humo y cerveza como elemento permanente. Puso la botella de tequila sobre una mesa en el centro de la barra y alineó cinco vasos de chupito de detrás de la barra. El bar disponía de mucho tequila barato para los clientes, pero Memo ya no servía tequila barato. Uno a uno, la gente de Memo llegó.

Socorro y los otros tres hombres eran un grupo interesante. Los otros hombres eran asalariados, sus ojos sin vida, sus sonrisas y risas oscuras eran un recordatorio poco amistoso para Memo de lo que posiblemente llegaría a ser. Socorro era diferente; mataba, pero sus ojos aún conservaban algo de compasión. Memo sirvió tequila en cada uno de los vasos.

"Debido a la indiscreción de un cerdo en particular, hemos perdido a un hombre de nuestra organización. Esto es sólo el principio, ya que se trata de un policía peligroso con planes para acabar con nosotros. Tenemos que hacer una declaración a todos los demás policías y a la competencia que quieren robarnos el negocio. Pongo diez mil dólares en la cabeza de Julio César Rocha, literalmente. Yo también lo perseguiré, así que sálvese quien pueda. Que gane el mejor. ¡Salud!"

Todo el mundo tomó los vasos de shot y bebió el tequila. Después de haber hablado

Julio César... el mero hecho de pensar en ese nombre hizo aflorar la ira y el resentimiento en Memo. Mientras conducía de vuelta a su taller de carrocería, pensó en que aquel hombre debía de tener una grave obsesión por Lucía para hacer algo tan escandaloso como lo que había hecho. Finalmente, a solas en su despacho, recordó cuando se había peleado con Lucía porque él se había enterado primero de su embarazo. Con el puño cerrado, Memo lo golpeó sobre el escritorio y Socorro entró corriendo, con la pistola desenfundada.

"Jefe, ¿todo bien?"

"Sí, no te preocupes. Vete a casa, ahora. Estaré bien".

Socorro empezó a irse pero se volvió, con una mirada de preocupación en su rostro.

"Memo, hiciste lo que tenías que hacer. La traición es lo peor que alguien puede hacer. Le trataste como a un amigo, como haces con todos nosotros. También eres generoso con nosotros. Algunos toman eso como un signo de debilidad, pero yo sé que no es así. Si no hubieras tratado la situación como lo hiciste, habrías perdido todo el respeto de tu gente y tu negocio, así como tu vida, estarían en peligro."

"Sabes que no habría hecho que mataras a esa chica".

"Lo sé. No es propio de ti".

"A veces, Socorro, las apariencias pueden ser tan poderosas como la realidad".

"Tienes razón jefe. Cuídate, ¿vale? Pasaré por tu casa y me aseguraré de que todo esté en orden".

"Gracias". Socorro cerró suavemente la puerta tras de sí al salir.

Aunque no era eso en lo que había estado pensando, ahora la mente de Memo volvió a los acontecimientos del día. Mientras repetía la muerte de Jaime en su mente, Memo se sintió repentinamente muy enfermo. Las lágrimas se formaron en las esquinas de sus ojos, resbalando por sus mejillas, epítome del remordimiento que sentía por el atroz acto.

No pasó mucho tiempo después de la reunión cuando alguien avisó a Julio César de su inminente ejecución. Sabiendo que Memo buscaría alguno de sus vehículos, Julio César se puso en contacto con un buen amigo que transportaba inmigrantes ilegales a través de la frontera, luego preparó una mochila y salió hacia la estación de autobuses para viajar a la casa de su amigo en Palomas, Chihuahua, un lugar excelente para cruzar la frontera.

Palomas era una zona desértica con limitada cobertura de inmigración y muchas rutas clandestinas a lo largo de los ranchos del lado estadounidense. Una vez que Julio César llegara, Memo tendría muy poco tiempo para actuar. Llamó a Socorro, pero estaba demasiado lejos. Memo se puso en contacto con dos de los asalariados que habían estado en la reunión. Esperaron en la estación de autobuses de la ciudad hasta que llegó Julio César. Desde el interior de la estación de autobuses, observó cómo los asalariados se colocaban en su sitio, listos para el policía.

Abrieron fuego contra Julio César mientras caminaba hacia el autobús, con cuidado de no golpear a los otros posibles pasajeros. Una de las cosas que hacían de Memo un hombre tan poderoso y popular era su respeto por los inocentes, a diferencia de otros golpes de la mafia mexicana que se llevaban por delante la vida de personas que simplemente estaban en el lugar y el momento equivocados. Julio se aprovechó de la regla de Memo y tomó como rehén a una joven. Julio César, un excelente tirador, aniquiló a los dos sicarios de dos disparos con una pistola que sacó de su funda de hombro. Alcanzando un coche que pasaba con la pistola y el rehén, Julio se dirigió a Palomas, arrojando a la mujer al suelo antes de salir en trompo del terreno de grava.

Memo llamó a alguien para que viniera a recoger los cuerpos de sus hombres y organizara los mejores funerales y el apoyo a sus familias antes de ponerse a buscar a Julio. No podía dejar que llegara lejos. Ofreció una generosa recompensa por cualquier información que condujera al paradero de Julio César, enviando un mensaje tanto a las autoridades locales como a las personas que, directa o indirectamente, trabajaban para su cártel.

Julio César se puso en contacto con un viejo amigo de Palomas, Flaco, que también fue socio de Memo durante varios años. Memo recibió la información del Flaco casi simultáneamente y sonrió porque Palomas era el lugar perfecto para cometer la ejecución; los llamados hombres de la ley eran pocos y baratos. Memo llevaría a su hombre de mayor confianza, Socorro, como respaldo.

En medio del desierto, lleno de polvo, indigentes, drogadictos y gente que trataba de ganarse la vida con sus restaurantes y hoteles, el pueblo fue construido por narcotraficantes y polleros que cruzaban ilegalmente la frontera. Palomas, Chihuahua, era un pueblo de unos diez mil habitantes y otros diez mil en visitantes con sueños de trabajo en Estados Unidos, dinero fácil a través de las drogas u otros tipos de contrabando ilegal. Las caras cambiaban constantemente aquí, y era un lugar ideal para entrar y salir rápidamente, sin que ningún testigo real pudiera o quisiera hablar.

Los residentes estaban acostumbrados desde hacía tiempo a los sucesos de la mafia, y sabían que no debían hablar de nada de lo que veían. Si alguna vez tuvieran que hablar de los sucesos ilegales presenciados, probablemente no sabrían por dónde empezar.

Palomas existía por su ubicación privilegiada en una parte de la frontera mexicano-estadounidense difícil de vigilar, por la falta de aplicación de la ley y por el hecho de que el pueblo estaba acostumbrado a la delincuencia.

Dos carreteras principales conectaban Cuauhtémoc, Chihuahua, con Palomas. Memo y Socorro salieron en un Chevy Suburban rojo con las armas escondidas en un espacio bajo el asiento trasero. Sólo un control de carretera les bloqueó el paso, pero los soldados no miraron con suficiente atención para encontrar las armas.

Una vez en Palomas, los dos recuperaron estas armas, un AK-47, un AR-15 y una Glock del calibre 40. Memo se llevó la Glock y el AR-15, Socorro el AK. Julio César fue registrado en el Hotel Palomas, y la pareja de homicidas se estacionó a pocas cuadras del desaliñado hotel.

Uno de los atributos de Memo era un asombroso instinto, la capacidad de comprender sus señales, y de repente le gritó.

"¡Socorro, cuidado!", gritó.

En el momento en que pronunció esas palabras, varios hombres, desde distintos ángulos, abrieron fuego contra ellos. Ante la estruendosa lluvia de balas sobre ellos, Socorro empujó a Memo hacia abajo y devolvió el fuego. Encontrando cobertura detrás de un Lincoln estacionado frente al hotel, Memo devolvió el fuego. A pesar de que varias balas penetraron en el cuerpo de Socorro, éste consiguió abatir a dos de los asesinos con su AK antes de caer.

Ahora sólo quedaban dos atacantes, Memo apuntó cuidadosamente con el AR-15 y disparó a la pierna de uno de los emboscadores detrás de una vieja camioneta Ford, y luego corrió y rodó detrás de otro coche para conseguir un mejor ángulo. Mientras el hombre se esforzaba por levantar su arma, Memo le disparó en la cabeza.

"Somos sólo tú y yo, Julio César", dijo Memo en la zona abierta. "Lucha como un hombre. Sal y defiéndete con las manos, no con las armas".

En el silencio que siguió a sus palabras, Memo oyó la pesada respiración de Socorro y se arriesgó a echarle una mirada.

"Espera. Voy a salir".

Las palabras de Julio César le devolvieron la atención al frente. Memo se puso entonces en pie y los dos caminaron el uno hacia el otro, como dos pistoleros del Viejo Oeste. En cuanto Memo estuvo a su alcance, Julio César trató de golpearle con una patada giratoria a la cabeza. Memo bloqueó la patada, absorbiéndola con su brazo y mano izquierdos, y contraatacó acercándose y enganchando a Julio César en el hígado y la cabeza, siguiendo con un derechazo. Luchando por su vida, Julio César trató de zafarse con puñetazos, pero Memo se mantuvo cerca de él, ya que las patadas de Julio César eran más efectivas a distancia, y continuó con ganchos a la cabeza y al cuerpo en un asalto despiadado. Memo sonreía con cada golpe que recibía, la sangre y los dientes de Julio volaban de su boca, ahora muy hinchada.

De espaldas, Julio César consiguió dar una patada a Memo en el plexo solar mientras éste lo acorralaba con sus puños, pero de poco sirvió para detenerlo. Al darse cuenta de que Julio César estaba incapacitado, Memo se puso en pie, levantó su pie calzado y dijo a su rival: "Luces fuera", dando un pisotón para aplastar el cráneo de Julio. Tras varios intentos, su cabeza se aplastó finalmente, ya que el cráneo humano es mucho más duro de lo que Memo había imaginado. Cualquiera que fuera la habilidad de Julio César como instructor de cinturón negro de varios grados en taekwondo no había sido rival para las habilidades de Memo como boxeador.

Miró hacia atrás, a través de la tierra, hasta donde Socorro yacía, con el pecho inmóvil y la cabeza inclinada hacia un lado. Socorro se había convertido en algo más que un guardaespaldas para Memo, sino también en un amigo y confidente. Se dio cuenta de que lo más probable es que ésta fuera sólo una de las que podrían ser muchas pérdidas en el futuro.

Una semana después, Memo le dio a Socorro un funeral que cualquier muerto envidiaría. Los mariachis tocaron mientras bajaban el ataúd y vertían tierra sobre él, y continuaron durante casi una hora. Sobre la tumba se colocó un pequeño altar con la foto de Socorro, un cuadro del arma preferida de Socorro, el AK-47, y otro de la Virgen María. Bastante borracho al final de la ceremonia, Memo colocó sobre el altar una botella del mejor tequila que el dinero podía comprar.

Las cinco hijas de Socorro se abrazaron en un estrecho círculo, llorando junto a su abuela. Memo también lloró con ellas, con el corazón roto al verlas. Estarían bien atendidas con una suma de dinero lo suficientemente grande como para que todas las hijas asistieran a las mejores escuelas y universidades de México, y la madre de Socorro nunca tendría que preocuparse por ninguna necesidad material. Ninguna cantidad de dinero podría sustituir al hombre que era Socorro, y eso era un hecho del que Memo era dolorosamente consciente.

"Sé que esto no puede compensar lo que has perdido -dijo Memo, mientras entregaba el dinero a la madre de Socorro-, pero es lo mejor que puedo hacer por el momento. Cualquier cosa que necesites -me refiero a cualquier cosa- sólo tienes que llamar".

La anciana aceptó el dinero sin mirar a Memo a la cara, y éste sintió una frialdad por su parte. No se ofendió porque comprendía que a menudo era más fácil para la gente afrontar la pérdida si tenían a alguien a quien culpar. Socorro había hecho su elección de vivir por la espada, al igual que Memo.

Tras varios días analizando el fiasco de Palomas, Memo decidió que la única manera de que Julio César fuera capaz de montar la emboscada, o incluso de saber a ciencia cierta que Memo se dirigía allí para matarlo, era el mismo hombre que había alertado a Memo de la presencia de Julio César en el lugar, Flaco. Quizá Flaco sintió remordimientos por su amigo y cambió de opinión en el último momento. Memo se quedó sin tiempo y sin buenos asesinos, y necesitaría a los mejores para acabar con un hombre poderoso y bien protegido como Flaco.

Cómo lo recordaba todavía era un misterio, pero le vino a la mente Arturo el asesino. Si seguía vivo, el hombre que había conocido brevemente seis años antes mientras estaba encarcelado sería perfecto para el trabajo. Ciudad Juárez era su territorio y estaba a sólo treinta minutos de Palomas. Antes de que pudiera completar su siguiente pensamiento, sonó el celular.

"¿Bueno? ¿Quién es?"

"Habla Rafa", dijo una voz conocida. "Estoy teniendo algunos problemas. Grandes problemas. ¿Cuándo podemos reunirnos tú y yo?".

Memo suspiró. "No hay descanso para los malos. Mañana me voy a Juárez".

Rafa se rió. "En eso tienes razón, definitivamente somos malos, y para nosotros no hay descanso. Nos vemos en el mismo hotel de siempre. Hasta mañana".

"Hasta mañana", repitió Memo y se dirigió a su vehículo.

El viento frío soplaba con fuerza contra el techo, que producía sonidos tumultuosos y ominosos. Lucía se sentía especialmente juguetona y se había colocado encima de Memo, machacando una de sus gruesas piernas. Memo estaba cansado, pero el movimiento de Lucía y, al sentir su húmeda vagina en su pierna, le hizo estar listo para la acción. Lucía se quitó la blusa y empezó a jugar con sus pezones. Memo se sentó y lamió cada uno de ellos, duros, marrones y redondos. Lucía soltó una risita y se mojó aún más. Unos repentinos golpes en la puerta devolvieron a la pareja a la realidad.

"¡Mami! ¡Papi! Tenemos miedo!" Tanto Miguel como Guillermo Junior golpeaban la puerta sin cesar. Lucía se tapó y Memo se puso un par de bóxers, el soldado seguía saludando.

" Entren, muchachos". Hasta aquí llegó su noche de pasión, pensó un decepcionado Memo.

Salió hacia Juárez a eso de las cinco de la mañana. A pesar de su exceso de velocidad, ningún policía le paró, y llegó en un tiempo récord de cuatro horas. En Juárez abundaban los hoteles, pero Memo sólo se alojó en el Holiday Inn, uno de los más lujosos y, por mucho, de los más seguros de la ciudad. Un botones que reconoció al mafioso corrió hacia Memo y le llevó las maletas que llevaba a la recepción. Memo no donaba mucho dinero a la iglesia, pero dio una buena propina al trabajador, por considerarlo una donación más "directa" a los pobres. A diferencia de la propina de 50 dólares de los botones y camareros, las donaciones a la iglesia rara vez causaban mucho fervor. Ser generoso era una de las claves de su nivel de popularidad en la comunidad, y pensaba seguir siéndolo.

Rafa le esperaba en el vestíbulo y, tras estrechar la mano e intercambiar breves palabras, ambos se dirigieron a la habitación de Memo para reunirse. Rafa relató los acontecimientos de los últimos meses, en los que había perdido a todos sus contactos policiales en El Paso, salvo uno, por golpes de tipo mafioso, lo que no tenía sentido para ninguno de los dos. Su competencia no podía saber de todos los vínculos que tenían con la policía de El Paso y con inmigración. Nadie más tenía contacto con ellos. De hecho, el único policía con el que habían tenido contacto directo era el capitán Barba. Quizá Barba estaba atando los cabos sueltos en caso de una investigación de la DEA, en cuyo caso Barba también iría a por ellos. La única conclusión lógica a la que podían llegar era que Barba tenía que ser el culpable y tenía que morir.

Ni Rafa ni Memo querían arriesgarse a ser atrapados por el asesinato de Barba, así que acordaron contratar a un profesional. Memo decidió hablar con Rafa sobre Arturo. Recordando al hombre de antes de que trasladara su operación a Estados Unidos, la conexión que Rafa tenía con Arturo era a través de unos detectives de Juárez. Memo iría a la oficina del detective en el edificio estatal más tarde ese mismo día, pero antes almorzarían en Los Canarios, un local de tacos que servía las mejores flautas del mundo.

Como no había estado en el edificio estatal desde que lo habían encarcelado, a Memo no le entusiasmaba ir, sobre todo para ver a un par de policías corruptos. Rafa había perdido sus números hacía tiempo, así que lo lógico era contactar con ellos en su último lugar de trabajo conocido. De los dos detectives, sólo uno, Juan Guerrero, seguía trabajando allí, según la secretaria que atendía fríamente a Memo. Llevaba el pelo largo y negro recogido en un moño apretado, y llevaba un ligero maquillaje y gafas. Memo se dio cuenta de que en realidad era bastante atractiva mientras la veía ir a las oficinas traseras para avisar a Guerrero del visitante.

Un hombre alto de tez clara regresó, y Memo lo reconoció como uno de los oficiales que lo habían interrogado en su arresto. Sin embargo, Guerrero no reconoció a Memo, y después de que éste le dijera que se trataba de un asunto privado, ambos se dirigieron a su despacho. Tras una rápida revisión de los cables y otros dispositivos de vigilancia, Guerrero le indicó a Memo que se sentara.

Guerrero encendió un Marlboro, aspiró profundamente y exhaló. "¿En qué puedo ayudarle?"

Memo, incómodo con el humo, tosió. "Don Rafa dijo que usted podría ayudarme".

Guerrero se asomó a su escritorio de madera, esperando que Memo continuara.

"Necesito un número o una ubicación, algo, de un tipo que conocí en la cárcel hace unos años. Puede que ya no esté por aquí".

"¿Cuánto vale esta información para usted?"

Memo contó quinientos dólares sobre el escritorio de Guerrero. "Se llama Arturo. Se dedica a 'limpiar' a la gente del tipo de negocio de Rafa".

Guerrero sonrió y tomó el dinero. "Te voy a dar un número". Anotó el número y se lo deslizó. "Un placer hacer negocios con usted. ¿Cómo dijo que se llamaba?" Guerrero estudió la cara de Memo. Memo estaba seguro de que lo recordaría.

"Guillermo".

"¿Guillermo qué?"

Memo se levantó. "Sólo Guillermo".

El hombre asintió como si fuera la respuesta esperada. "Cuando quieras, entonces, Guillermo, sólo Guillermo".

Memo odiaba tratar con la policía. Eran una panda de capullos sarcásticos, y en México eran asesinos, imprevisibles y peligrosos.

Memo llamó al número que le dio el detective desde su teléfono móvil. Arturo contestó y ambos acordaron reunirse en el hotel donde se alojaba Memo. Cuando Arturo llegó al hotel, era exactamente como Memo lo recordaba. Alto, de piel oscura y delgado, Arturo tenía un aura de maldad. Llevaba una camisa indescriptible de estilo occidental, unos jeans desteñidos y unas botas de piel de mula desgastadas.

Memo dijo: "Vamos a dar una vuelta".

"Claro".

El Dodge Durango dorado de Memo estaba estacionado frente al hotel. Memo y Arturo se subieron y, conduciendo por la ciudad, hablaron de las marcas, el dinero y el pago. Se detuvieron en una tienda de autoservicio para comprar cerveza, Carta Blanca. En uno de los semáforos, un Ford Expedition azul se interpuso delante de ellos, haciendo que Memo frenara bruscamente y derramara su cerveza.

Muy irritado, Memo se detuvo junto al todoterreno y bajó la ventanilla. El hombre del lado del pasajero bajó también la suya e hizo un gesto con la cabeza como diciendo: "¿Qué demonios quieres?". Unos seis hombres con la cabeza rapada y suficientes tatuajes como para cubrir una valla publicitaria llenaban los asientos del vehículo.

Memo les saludó con un dedo y aceleró. El otro todoterreno les persiguió por detrás.

Reduciendo la velocidad, Memo se dirigió a Arturo. "Vamos a girar en esa gasolinera". Arturo sacó su pistola.

"No la necesitarás".

Arturo enfundó su arma. Memo necesitaba que Arturo supiera qué clase de hombre era, así que tenía que causar una buena impresión. Abriendo la puerta, se deslizó fuera del vehículo. Un empleado de la gasolinera le preguntó cuánta gasolina tenía que echar, y Memo le hizo un gesto para que se marchara.

"Yo llenaré el depósito, amigo. Tú no te metas".

El Expedition azul se detuvo junto a su Durango, y el empleado entró corriendo en la gasolinera, con los ojos muy abiertos y asustados.

"Oye, pinché Guero, jódete", gritó uno de los tatuados.

" ¿Creen que pueden, maricones? Buena suerte con eso", se burló Memo, con la boquilla de gas en la mano.

Enfurecidos por los comentarios y la actitud de Memo, el conductor y los dos pasajeros del asiento trasero se bajaron gritando improperios y haciendo señas de pandilla. Pensándolo mejor, Arturo desenfundó su pistola y la tuvo preparada mientras Memo esperaba a que se acercaran a él. Cuando los hombres estaban a pocos metros, Memo roció a los tres hombres y a su vehículo con gasolina. Los tres hombres corrieron hacia el vehículo, subiendo a él, mientras le llamaban loco de mierda. Memo subió al Durango y los siguió. Un semáforo en rojo y el tráfico congestionado detuvieron la Expedición, y Memo se detuvo junto a ellos. Los idiotas llevaban las ventanillas bajadas, gritándose sobre la quema de gasolina y lo loco que era. Arturo encendió un cigarrillo y Memo le hizo un gesto para que se lo pasara. Memo se lo metió entre los labios, entornando los ojos ante el humo. Bajó la ventanilla por completo y apretó el cigarrillo entre los dedos.

El pasajero vio a Memo y le gritó al conductor que se fuera, pero era demasiado tarde. Memo encendió el cigarrillo en el Expedition y arrancó cuando el semáforo se puso en verde. El Expedition y los hombres que iban dentro estallaron en llamas, y los Cholos salieron del todoterreno para rodar por el asfalto.

Memo volvió a la gasolinera riendo. Arturo también se rió, haciendo que la flema le llenara la garganta. Tosió con la tos de un fumador de toda la vida y escupió por la ventanilla.

Memo miró a Arturo mientras llenaba el depósito y dijo: "De todas formas, nunca me han gustado los cholos".

Pagó al encargado y volvió a subir a la camioneta.

"Bien, volvamos a lo nuestro". Memo puso una fotografía en la mano de Arturo. "Este tipo se llama Flaco. Su dirección está en el reverso. Su problema es que sigue vivo".

Arturo sonrió con una sonrisa torcida de dientes amarillos. "Tengo una cura para eso".

Memo sonrió. "Sabía que la tendrías".

Capítulo 30 (Arturo)

Arturo esperó fuera de la residencia altamente vigilada del Flaco durante unos dos días. Cansado de esperar, Arturo llamó a Leobardo y le pidió que trajera su calibre 50 israelí. Era perfecto para el trabajo. Arturo encontró un buen lugar para disparar el rifle desde una colina a unos mil metros de la casa del Flaco. Al no haber sido entrenado profesionalmente para ser un asesino, Arturo no era conocido por su delicadeza. La gente que lo contrataba solía querer una ejecución de alto perfil y desordenada. Apuntando con la mira del arma al ancho pecho de Flaco, Arturo disparó. Un enorme agujero sustituyó parte del pecho y el vientre del blanco, y por la expresión de su cara, Flaco nunca supo qué le golpeó.

De repente, la casa se llenó de movimiento, hombres armados que corrían fuera para escudriñar la zona en busca del tirador.

Arturo sonrió. Que busquen; estaba bien escondido y tenía mucho tiempo para huir antes de que descubrieran dónde estaba. Recogió sus armas y se marchó. Eran diez mil dólares fáciles de conseguir, pero tenía que encargarse de un asesinato más, que valía dos veces el de Flaco, y estaba ansioso por terminar el trabajo. Utilizando caminos secundarios que sólo conocían los rancheros y los narcotraficantes y que la policía no se atrevía a utilizar, Arturo regresó a Juárez, dejando su calibre 50. Con todos los controles de carretera aleatorios por parte de las numerosas unidades policiales y militares de la zona, conducir con un arma de grado militar era una mala idea.

Arturo sentía que México era un país lleno de hipocresía y doble moral. La prostitución era ilegal, pero en ciertas zonas las mujeres trabajadoras desfilaban por la calle a todas horas del día y de la noche, mientras los vehículos policiales señalizados pasaban todo el tiempo. Las armas eran ilegales, pero se podía tener una pequeña pistola en casa. Sin embargo, si la usabas en la calle, justo delante de tu casa, era un delito federal. Pero el sistema le funcionaba perfectamente.

Arturo siempre llevaba una pistola consigo. Si le pillaban, el delito era bastante menor, y sólo perdía el arma y unos cientos de dólares. Una pistola del calibre 50 era una historia totalmente diferente y conllevaba una pena grave, o tenía que poner mucho dinero para salir de la cárcel, al menos veinte mil dólares.

Cada vez que Arturo emprendía un viaje al "otro lado", sacaba uno de sus altavoces montados detrás de su asiento en la camioneta y colocaba la pistola que iba a utilizar, esta vez una Glock del 40 con cargadores de capacidad extra. Arturo planeaba comprar munición extra en El Paso, y después conducir hasta Albuquerque para instalarse y encontrar su objetivo. Si la policía le paraba por el camino o a la vuelta, su historia de tapadera era sencilla pero creíble: iba de camino a la subasta de automóviles de Albuquerque para comprar un coche americano usado, y llevaba suficiente dinero en efectivo para respaldar la historia.

Al cruzar la frontera a las cuatro de la mañana para evitar las largas colas de la madrugada, Arturo desayunó en una parada de camiones en el lado norte de El Paso. Cuando abrió la armería que solía visitar, compró dos cajas de balas de punta hueca para su Glock y se dirigió al norte por la I-25 hacia Albuquerque, un viaje de unas cuatro horas. Llegó sobre las tres de la tarde. No se preocupó demasiado por ser visto; eso respaldaría su tapadera.

Rafa y Memo organizaron el encuentro habitual de Rafa con Barba en la casa de la madre de éste a primera hora de la tarde del mismo día de la subasta. Memo planeó la mayor parte del golpe, dejando los detalles menores para Arturo. Arturo quedó impresionado con el extenso plan de Memo. Estaba claramente diseñado para el éxito, con planes de contingencia para cada escenario.

Parecía que Memo quería utilizarlo para futuros trabajos, y Arturo no estaba seguro de cómo se sentía al respecto. Arturo nunca se había planteado trabajar únicamente para una persona u organización hasta ahora, pero estaba impresionado por la generosidad, el carisma y la inteligencia de Memo. Memo era capaz de anticiparse y ver los diferentes escenarios y prepararse para cada uno de ellos, todo ello de forma inmediata. Arturo lo respetaba y decidió que no le importaría trabajar para un hombre como Memo, que era honesto, pero astuto, agudo y sabio más allá de su edad.

El hotel no ofrecía nada más que un lugar para dormir, y después de preparar su arma y tomar una ducha caliente, Arturo se instaló para pasar la noche. Puso el despertador a las cinco de la mañana para poder correr temprano para quemar la adrenalina y mantener la puntería

A la mañana siguiente, acudió a la subasta de automóviles y compró un Nissan Sentra en buen estado por unos cientos de dólares. Lo enganchó a una barra de remolque en su camioneta y condujo hasta su motel. Hacia las siete de la tarde, desenganchó el Sentra y le colocó las placas de otro vehículo que Memo tenía en Juárez. Las matrículas eran de Nuevo México y estaban en vigor, así que tendría que tener cuidado de que no le parara la policía. Si le paraban, el golpe se cancelaba, y tendría que volver a intentarlo en otro lugar.

Desde que alguien había estado matando a la gente de Barba, éste ya no iba a Juárez como antes y apenas se le veía en público en El Paso. Un golpe en cualquier otro lugar sería difícil, así que Arturo tendría que hacer valer este.

Condujo hasta una tienda de comestibles en la zona del golpe y esperó en la esquina. Rafa llegó en un monovolumen Ford Aerostar y Arturo se subió.

El plan era bastante sencillo: dejarían a Arturo al final del callejón detrás de la casa de la madre de Barba. Mientras Barba y Rafa hacían su habitual intercambio de información, Arturo se acercaría por detrás y pondría una bala en la cabeza de Barba, luego una en la espalda y otra en el corazón. Él y Rafa se irían en la camioneta, y Rafa dejaría a Arturo en la misma esquina donde lo había recogido. Esperaban marcharse rápidamente antes de que alguien supiera que Barba había sido alcanzado.

Capítulo 31 (Lalo)

Puntual como siempre, Rafa llegó hasta el portal y se estacionó junto a los botes de basura del callejón. Tras poner el silenciador a su 9 mm, Lalo respiró un poco, se persignó y salió de detrás de los botes de basura, mientras Barba abría el portón. El olor a pollo asado impregnó el callejón.

Lalo disparó a Rafa en la espalda y a Barba en el hígado. No tuvo el lujo de alargar sus muertes estando en un lugar tan público. La sangre oscura se filtró en la camisa de estilo hawaiano de Barba, que se deslizó por la verja. Una mancha de sangre le siguió por la verja, como si la hubiera pintado con su espalda. Rafa yacía boca abajo, con un charco de sangre que manchaba la prístina hierba verde que era el césped de la familia de Barba.

"¿Te acuerdas de mí, perro?" A Lalo le gustaba la expresión del hombre cuando le llamaba perro, más de lo que merecía. "Sí, por tus ojos puedo decir que sí".

Barba intentó tomar su magnum 357, pero Lalo se la arrebató, con su mano enguantada, más rápido que el moribundo capitán de policía.

"No necesitas eso, no donde vas. Dile a Satanás cuando lo veas, que luego le enviaré más peones suyos. ¿Recuerdas a mi hija y a mi esposa, bastardo? Una vez te invité a cenar y las conociste. ¿Cómo pudiste?"

Barba tosió un poco de sangre y sonrió. "Un medio para un fin. Nunca fue algo personal. Eras demasiado difícil. Tenías que saber la verdad, ¿no es así, sin importar el costo? Tú tienes la misma culpa".

"Lo sé", dijo Lalo, mientras apuntaba con cuidado y disparaba a Barba a bocajarro en la frente. Oyó que Rafa murmuraba algo. Sonaba a "Memo". Lalo se dio la vuelta rápidamente y puso a Rafa de espaldas.

"¿Qué dijiste?"

Rafa tosió sangre y puso los ojos en blanco.

" ¿Por quién preguntaste? ¿A quién quieres?"

"Memo..." y Rafa murió.

Una sensación familiar de liberación lo llenó, como la que había sentido las últimas veces que había ejecutado a los peones de Satán, pero unos pasos en el callejón lo despertaron de su estado de ensoñación. Las balas le atravesaron el muslo y el pie derecho cuando saltó detrás de la valla, devolviendo el fuego. Un hombre delgado y de piel oscura se acercó al callejón, efectuando disparos deliberados a través de la valla de madera que protegía a Lalo, pero acercándose con cada ráfaga. Lalo se tiró al suelo, con la pierna ardiendo, y disparó contra la valla, pero su munición no penetró muy bien, los disparos no alcanzaron su objetivo.

Una mujer gritó y los vecinos se asomaron a las puertas y ventanas de sus casas para contemplar la escena. El hombre delgado se detuvo para mirar a su alrededor, luego se dio la vuelta y corrió por donde había venido. Mientras el ulular de las sirenas chirriaba en la distancia, Lalo se puso en pie a duras penas mientras mantenía el rostro alejado de cualquier luz para que no pudieran identificarlo. Una motocicleta le esperaba a una manzana de distancia. Haciendo acopio de todas las fuerzas que le quedaban, Lalo se dirigió a la moto y se marchó.

Debilitado por la pérdida de sangre, Lalo se detuvo a varias calles de distancia, en una esquina oscura, y se ató la camisa de algodón alrededor de la herida de la pierna. Le ayudó un poco, pero empezaba a sentirse débil y se devanaba los sesos tratando de averiguar qué hacer.

Como si estuviera borracho, la pérdida de sangre le pasaba factura, Lalo condujo lentamente y serpenteó por la carretera hasta llegar al hospital del condado. Lalo esperó en la zona de estacionamiento a que alguien que trabajaba allí saliera por la noche.

Una atractiva enfermera de pelo largo y rubio y piel clara atravesó la entrada de urgencias y se dirigió a su coche con las llaves en la mano. Lalo la siguió en su motocicleta hasta un complejo de apartamentos en el lado noreste de la ciudad. Apenas pudo mantener la moto en la carretera, Lalo siguió a la atractiva enfermera hasta un departamento, con la esperanza de que viviera sola y no tuviera que lastimar a nadie más esta noche.

Dios le ayudaría a seguir adelante, si su misión no se completaba, y buscaría a ese hombre alto que había salido de la nada. La observó buscar a tientas sus llaves y deslizarlas en la cerradura antes de acercarse silenciosamente detrás de ella.

"Necesito tu ayuda".

Abrió la boca para gritar, pero él tropezó con la pared y su modo de enfermera se impuso al miedo y se movió para ayudarle.

"Dios mío, ¿qué te pasó?"

Ella le pasó el brazo por los hombros y tiró de él hacia el interior, dejándolo caer en el sofá justo dentro de la puerta.

"Me dispararon", murmuró él, incapaz de ver nada. Sus ojos se negaban a permanecer abiertos. "Por favor, ayúdeme. Y no llame a una ambulancia. Si lo hace, o si la policía se involucra, será mi fin y el de mi misión".

"Déjame ver", murmuró ella, preguntándose qué demonios hacía ayudando a este misterioso y posiblemente peligroso desconocido, pero la sinceridad en sus ojos cuando dijo misión se impuso a su mejor juicio. "Esto va a doler".

Con ambas manos, enganchó los dedos en el desgarro del pantalón, donde la bala lo atravesó y desgarró. Él gimió cuando la tela cedió, con un dolor que recorría su piel.

"Esto es malo". Ella tenía un don para la subestimación, pero a Lalo no le importaba; la pierna le dolía demasiado como para que su cerebro funcionara bien.

"Traeré mi botiquín de primeros auxilios".

Se levantó y cerró la puerta de entrada de un portazo, luego se apresuró a entrar en el apartamento. La oyó rebuscar y luego volvió con toallas y una gran caja blanca con una cruz roja.

La miró, mientras ella se afanaba en colocar lo que necesitaría, pero antes de que pudiera ponerse a trabajar, él la detuvo con una mano en el brazo. Ella miró el arma que él le tendía, luego la tomó con cautela y la dejó en el suelo. Le vendó la herida con eficacia.

"Tengo que sacar la bala", dijo rotundamente. "¿Puedes soportarlo?"

Lalo asintió, pero necesitaba que ella entendiera su situación. El frío peróxido de hidrógeno le quemó la piel y la vio alcanzar las tijeras.

"Por favor, no llame a una ambulancia o a la policía", murmuró, con la cabeza nublada. "Déjeme explicarle..."

Un dolor agudo le subió por la pierna mientras ella sondeaba la herida, y la oscuridad se lo llevó.

Lalo se despertó al día siguiente en una cama de matrimonio, con la cabeza doliéndole muchísimo. Se tomó un momento para recordar cómo había llegado hasta allí y recordó vagamente haber seguido a una enfermera del hospital hasta un complejo de apartamentos cercano. Por alguna razón, ella no había llamado a la policía, o él estaría en un hospital, con un agente de policía armado en la puerta.

Observó una habitación llena de bonitas baratijas, mariposas, unicornios y cintas de todos los colores. Las cortinas eran de un tono claro de rosa, y las mantas de la cama hacían juego. Como si le hubiera oído despertar, la mujer que le había ayudado anoche abrió la puerta y sonrió.

"Bien, estás despierto".

Empujó la puerta para abrirla aún más y trajo una bandeja, colocándola en la mesilla de noche. Luego, se sentó en la silla junto a la cama y le entregó una taza de té caliente.

"Me llamo Sara White".

Lalo se detuvo con la taza a medio camino de la boca. "Soy Eduardo, pero la gente me llama Lalo".

"Anoche tomé una decisión difícil, Lalo", dijo ella, observando cómo sorbía su té. "Pero algo en tus ojos me convenció de que me estabas diciendo la verdad. Ahora me debes una explicación".

Lalo respiró hondo y empezó a contar su historia, tragándose las lágrimas, con las manos sudando al relatar los detalles de la muerte de su mujer y su hija. Le contó cómo empezó a vengarse de los responsables de sus muertes, omitiendo la parte de convertirse en el ángel vengador de Dios. No quería que ella pensara que estaba loco. La enfermera le escuchó atentamente, llorando, sorprendentemente comprensiva con sus asesinatos.

Cuando terminó, ella le abrazó. Llorando, él le devolvió el abrazo, pues no había sentido el contacto reconfortante de otro ser humano desde que le habían quitado a su familia.

En los días siguientes, se hicieron amigos. Después de que Lalo la incitara, Sara le contó su historia, casi con la misma pasión.

"Perdí a mi marido hace ocho años. Los dos bebíamos y consumíamos drogas, pero a él le afectó más, y perdió el control", le dijo, con lágrimas en el rostro.

"Nunca me maltrató; me quería, y lo único que realmente nos separó fue el alcohol y las drogas".

Miró a Lalo, esperando que le dirigiera una mirada de desaprobación, ya que se sentía muy en contra de las drogas, pero él la miraba con ojos tristes, la compasión brotaba de su mirada.

"Nos emborrachábamos casi todo el tiempo, pero él empezó a consumir crack, y eso lo estaba afectando mucho. Yo nunca lo probé; seguí con mi hierba y mi vino. Un día estábamos los dos drogados y decidimos ir al parque a beber mientras veíamos la puesta de sol. Tuvimos una discusión porque a mí no me gustaba que fumara crack, y se fue en coche. Tuvo un accidente mortal y mató a tres personas inocentes. Dos de ellas eran niños pequeños".

Hizo una pausa, abrumada por la culpa y la vergüenza. "Desde entonces me considero parcialmente responsable. Decidí limpiarme y fui a la escuela de enfermería. Así que aquí estoy, un desastre solitario que echa de menos a su primer amor, por muy desordenado que fuera".

Lalo tomó su mano y la apretó con fuerza mientras ella lloraba. Se sentía impotente, quería ayudarla, pero no sabía qué hacer. Ella le sonrió, limpiando sus mejillas húmedas. "Tu pierna se pondrá bien, pero necesitarás varios días de reposo". Indicó Sara mirando las vendas que le envolvían el muslo. El color rosa asomaba en algunos puntos de la capa superior.

Se esforzó por levantarse, pero ella se inclinó para detenerlo.

"¿Qué estás haciendo?", le preguntó con el ceño fruncido.

"Tengo que encontrar un lugar donde quedarme". Él trató de moverse de nuevo, pero ella lo mantuvo abajo sin mucho esfuerzo. "Por favor, ayúdame".

"Lalo, no necesitas ir a ninguna parte". Le miró directamente a los ojos. "Confío en ti. Puedes quedarte aquí hasta que estés mejor".

Lalo se quedó unas semanas, él y Sara pasaron mucho tiempo hablando de sus pasados. Una mañana se despertó, sabiendo que era hora de seguir adelante. Sara no salía del trabajo por la tarde, así que él esperó, no queriendo irse sin despedirse. Cuando ella regresó, de alguna manera sintió que él se iba y se acercó y le tocó la mejilla.

Ninguno de los dos dijo una palabra, pero su soledad se impuso y comenzaron a besarse. Sabía que tal vez no volvería a ver a Sara, pero no pudo resistirse a su tierna pasión, respondiendo a la necesidad de tocar a alguien después de tanto tiempo de estar solos. Lalo se quedó la noche.

A la mañana siguiente, mientras Sara dormía, depositó cinco mil dólares en su bolso y partió hacia El Paso. Unos cuantos peones más de Satanás esperaban a Lalo, sus últimos días pronto llegarían a un final abrupto.

Capítulo 32

Apartando su larga melena negra de los ojos, Lalo observó a Alex, el compañero de pandillas del narcotraficante llamado Memo, el hombre al que conocía como Guillermo Smith. Sabía quién era ahora que había visto a los dos juntos, haciendo intercambios, maquinando, haciendo las cosas que hacen los narcotraficantes. Lalo se rió, afirmando una vez más que Dios tenía un plan para él. Al fin y al cabo, nunca le había gustado el tal Smith. Lalo recordó la tensión que había sentido cuando había visto a los dos en el puesto de burritos. Nunca hubiera pensado que los mataría a los dos más tarde.

El Ford Tempo rojo de 1992 en el que viajaba Lalo era lo suficientemente discreto como para que nadie se molestara en echarle un segundo vistazo. Alex había estado visitando a una de sus muchas novias en la ciudad, como era habitual en él. El viento polvoriento habitual en octubre para El Paso obligó a Alex a cerrar los ojos. El sonido silbante del viento golpeando el lateral del Tempo, abriéndose paso por encima del techo, le recordó a Lalo cuando él y Manuela habían sido novios, sentados en el coche hablando de nada y de todo simultáneamente, ajenos a cualquier condición que se diera fuera, ya fuera lluvia, viento o nieve. El recuerdo era tan poderoso que podía oler su perfume, como si ella hubiera estado sentada a su lado. Una lágrima se formó en el extremo de su ojo izquierdo, y le dio rabia que ella no estuviera allí con él. Sacudiendo violentamente la cabeza para despejar su mente, Lalo salió de su coche y caminó decidido hacia el Hummer de Alex, con su 45 en la mano.

"¡Muévete, ahora!" gritó Lalo, mientras empujaba el cañón de la pistola hacia la sien de Alex.

Alex obedeció, deslizándose hasta el asiento del copiloto mientras Lalo se subía.

"Sólo necesito saber una cosa, Alex; ¿dónde y cuándo es la próxima entrega de dinero?"

"¿Eres policía?"

La respuesta de Lalo fue un fuerte golpe en la cabeza, la culata de su 45 cortando a Alex justo por encima del ojo.

"Volveré a preguntar, y más vale que tu respuesta no sea otra pregunta. ¿Dónde y cuándo?"

Alex respiró profundamente y escupió en la cara de Lalo. Lalo estalló de rabia, golpeando repetidamente a Alex en la cabeza con la culata de la pistola. Cuando se dio cuenta de que Alex ya no se movía, Lalo se detuvo y revisó su pulso. Estaba muerto. Encogiéndose de hombros, Lalo buscó en los bolsillos de Alex y en el Hummer algún tipo de pista. Encontró una dirección y la hora en el reverso de un recibo de estacionamiento. Podría ser cualquier cosa, pensó Lalo, desde un envío de droga hasta una cita con una chica. Sin nada mejor que una dirección, Lalo arrancó el Hummer y se alejó. Mientras conducía, se apoderó de él el extraño poder que había sentido después de acabar con cualquiera. Las visiones de su mujer y su hijo bailando con vestidos blancos le nublaron la vista. Respirando lenta y pausadamente, Lalo acabó controlándose antes de tener un accidente. Se detuvo a un lado de la carretera, con el sudor rodando por debajo de sus brazos.

Una vez recuperado, Lalo condujo el Hummer hasta la frontera. Una vez en Juárez, Lalo se relajó un poco porque sabía que era poco probable que la policía lo detuviera, e incluso si lo hacía, se podría hacer algo para remediar la situación. Pasó por el centro de la ciudad y los barrios fueron disminuyendo progresivamente a medida que avanzaba. En la periferia más septentrional de Juárez, llamada Anapra, Lalo aparcó el Hummer y se dirigió a una parada de autobús cercana.

La gente de Anapra despojaría al Hummer de todo lo que tuviera un mínimo de valor antes de llamar a la policía. *Si es que llamaban a la policía,* pensó. Tomó el siguiente autobús para volver a la ciudad. Una vez en el centro, Lalo volvió a cruzar la frontera y tomó un taxi para regresar a su departamento. La fecha del papel era para mañana, así que tendría que esperar.

Dormir nunca fue una hazaña fácil para Lalo. En cuanto cerraba los ojos, su atormentada mente se remontaba inmediatamente a la época en la que aún tenía familia y, tras atraerle a una serie de recuerdos amorosos, le guiaba meticulosamente hasta la noche en la que murieron su mujer y su hijo, arrastrándole penosamente por cada horrendo detalle. Esta noche no fue una excepción, y se despertó con un sobresalto.

La oscuridad era todo lo que podía ver. La habitación del motel no sólo estaba oscura, sino que era como si hubiera sido teletransportado a las profundidades del espacio exterior, un agujero negro que se cernía sobre él. El silencio fue roto por un terrible zumbido en sus oídos. Buscó frenéticamente el mando a distancia del televisor de la habitación. Como un ciego, aunque ciertamente mucho menos hábil, Lalo buscó sistemáticamente en la cama, con las yemas de los dedos sustituyendo a los ojos. El incesante zumbido empeoraba con cada minuto que pasaba. Su mano se deslizó por debajo de una almohada y se detuvo de repente, con la sensación de un acero frío que le llegaba desde los dedos hasta el cerebro. Lalo tomó su 357, contemplando la sencillez del arma y su absoluta letalidad.

Con un solo apretón del gatillo, pensó, el zumbido se detiene, la soledad termina, el sufrimiento se acaba. Un pequeño movimiento de un dedo, una simple serie de impulsos eléctricos de los nervios al cerebro, y se acaba. No, eso sería demasiado fácil. Mis hijas no murieron en vano. Debo continuar.

El zumbido se hizo más insistente, la negrura de alguna manera más oscura. La explosión en su casa se reproducía una y otra vez ante los ojos de su mente. Lalo se puso el cañón de la 357 en la boca, respiró profundamente y apretó el gatillo.

Clic! Lalo se rió, con un breve resoplido cínico. Por supuesto, pensó, eso era demasiado fácil. Dios tenía planes para él. ¿Quién era él para pensar que podría librarse de su misión tan fácilmente? Qué marica había sido. Finalmente, el zumbido de sus oídos cesó. Lalo se acostó, pensando en que no estaba muy seguro de tener la dirección real de la entrega de dinero. Sin embargo, sabía que Dios no lo defraudaría, y con eso se quedó dormido.

La mañana de la entrega le pareció a Lalo más un sueño que una realidad. De hecho, se preguntó si no estaba realmente dormido todavía en su habitación de motel, incluso cuando disparó al gánster que llevaba la mochila por las escaleras de la dirección que había sido escrita en el papel que había encontrado. El gánster cayó hacia atrás, con una mirada de total incredulidad en su rostro mientras caía. A

Lalo le pareció que todo sucedía a cámara lenta y le disparó tres veces más mientras caía. Un hombre sin camisa abrió la puerta de la casa, con tatuajes en cada parte de su piel, incluida la cabeza. Lalo le disparó tres veces antes de que el tipo se diera cuenta de lo que le había golpeado, colocando un tiro en el centro de la bola ocho tatuada en la parte superior de su cabeza. Lalo sintió la fuerza que Dios le daba después de matar a los hombres malos, y se estremeció, el poder parecía electrizarlo. Las sirenas de la policía sonaron en la distancia, pero no molestaron a Lalo. Simplemente se alejó, con la mochila balanceándose a cada paso, rebotando felizmente en su espalda. Lalo sonrió al pensar en una mochila feliz.

Capítulo 33 (Memo)

Memo tenía serios problemas financieros. En pocos años había amasado una fortuna, pero para mantener sus recursos necesitaba un flujo continuo de dinero. El asesinato de Rafa había sido sólo el principio. El asesino de Rafa había estado avisando a la policía, robando el dinero de Memo y destruyendo las drogas. Arturo estaba haciendo todo lo posible por encontrarlo, pero el hombre era como un fantasma.

La conexión con la banda que Memo había conseguido con tanto esfuerzo para proteger sus pisos francos había sido aniquilada. Tras perder a la mayoría de sus mejores hombres en tiroteos con la policía, el ejército mexicano o en la cárcel, Memo cambió de táctica y se encargó él mismo de los cargamentos de droga desde las montañas hasta la frontera. Después de realizar con éxito varios cargamentos con su cuñado Omar, la suerte se les acabó.

Memo conducía un Bronco rojo cargado con setenta kilos de cocaína que habían recogido en Durango por unos cinco mil dólares el kilo. Denver, Colorado, era su destino final, donde se vendería al por mayor a quince mil dólares el kilo. Memo había traficado principalmente con marihuana hasta hace poco, ya que los riesgos superaban el margen de beneficio. Setecientos mil dólares de beneficio era una carga que valía la pena correr, y él la necesitaba.

A las afueras de Guachochic, en las montañas, se encontraba el primero de los cinco bloqueos del ejército mexicano que Memo y Omar tendrían que pasar. Memo sonrió al soldado que los recibió.

"¿A dónde te diriges? Oh -" El soldado reconoció a Memo. "Lo siento, no le reconocí, Don Guillermo".

"No hay problema. Nos vemos". Memo se volvió hacia Omar. "Ojalá todos los bloqueos fueran así de amistosos".

Omar sonrió nerviosamente. "Sí, sería genial".

El segundo bloqueo fue después de Cuauhtémoc, justo antes de Chihuahua.

"¿Adónde vas?", preguntó un soldado de rostro sombrío.

"A Chihuahua".

"¿Y su negocio?"

Memo sonrió y dijo: "A buscar algunas mujeres".

"Sí", dijo Omar.

El soldado se rió. "Sigan su camino, entonces".

Omar y Memo charlaron sobre cuáles serían sus planes una vez que cruzaran la frontera y bromearon sobre las "gringas" con las que se encontrarían en los clubes de striptease locales de Denver. Sus risas fueron interrumpidas bruscamente por el sonido del teléfono de Memo.

Lo abrió de un tirón. "Bueno".

"¿Don Memo?", susurró una voz familiar. "Tenga cuidado con el bloqueo en las afueras de Chihuahua. Les han avisado para que le vigilen".

Era un viejo amigo y compañero, el coronel Parra, que trabajó varios años en Cuauhtémoc antes de ser trasladado a Mexicali, al otro lado de México. Memo miró por la ventana y se le apretó el pecho.

El bloqueo estaba justo delante, y no habría forma de evadirlo.

"Saca tu Cuerno, Omar. Saben que venimos".

Omar sacó su AK-47 y una granada de mano, sacó el pasador y entregó la granada a Memo. Memo la sujetó con la mano derecha mientras conducía con la izquierda, manteniendo la palanca hacia abajo para mantenerla estable. Era israelí y tenía un retardo de tres a cinco segundos. Los soldados se reunieron en dos grupos a ambos lados del Bronco; Memo y Omar sonrieron mientras se acercaban, con sus armas en el regazo.

"¿Adónde se dirige?", preguntó el soldado, y Memo ahogó una carcajada. Era la tercera vez en el día que le hacían la misma pregunta. Un oficial se acercó a los soldados cerca de su vehículo y les susurró algo. Inmediatamente se pusieron tensos, confirmando lo que Parra le había dicho antes. Memo sonrió. "Vamos a Chihuahua a ver a nuestras novias".

El soldado asintió y les indicó que se estacionaran. Memo ya había soltado la palanca de una granada cuando habían llegado al puesto de control. Se desvió como si se dirigiera a un lado, como le habían indicado, y luego soltó la granada y pisó a fondo el acelerador.

"¡Ahora!" gritó Memo, y Omar disparó contra los soldados situados a la derecha de su vehículo mientras la granada que Memo había lanzado explotaba a su izquierda. Algunos de los soldados, apenas sacudidos por los efectos del bombardeo sorpresa, empezaron a devolver los disparos. Consciente de que los supervivientes alertarían sin duda a los militares mexicanos, Memo tiró del freno de emergencia para dar la vuelta al vehículo. El Bronco dio un giro de 180 grados, y él lo frenó.

"Omar, asegúrate de que no haya testigos".

Otra granada y varios disparos del AK más tarde, sólo quedaban algunos soldados heridos. Memo y Omar utilizaron sus pistolas para terminar lo que habían empezado, metiendo una bala en la cabeza de cada soldado. Memo se detuvo un momento, esperando las habituales náuseas que se producen al matar, pero nunca llegaron.

Ni Memo ni Omar sufrieron siquiera un rasguño por el fuego de los soldados. Se alejaron en su Bronco acribillado a balazos, dirigiéndose a una colonia menonita en las afueras de Rubio, un pequeño pueblo a cuarenta minutos de Cuauhtémoc. El menonita apodado "el Alambre" había trabajado con Memo muchas veces en el pasado, ideando compartimentos secretos para sus vehículos.

"Me alegro de que estés aquí, Guillermo. ¿Va todo bien?"

"No. Alguien nos delató y tuvimos algunos problemas. Necesitamos otro vehículo".

"Bien, no hay problema. Vamos al granero. Probablemente tenga algo que pueda sacarte de forma segura de aquí".

Memo y Omar fueron conducidos al almacén de atrás. Memo eligió un Mercury Sable, uno de los cinco vehículos del almacén; la mercancía fue transferida al coche desde el Bronco. Memo y Omar durmieron mientras el Alambre trabajaba.

La operación duró unas diez horas, pero fue un trabajo impecable. Memo y Omar se marcharon de nuevo a Colorado. Memo decidió que su operación ya no era segura en Chihuahua, y una vez entregado este cargamento, trasladaría su operación a otra frontera. Sin embargo, jugaría una última carta en su mano antes de trasladarse a otro lugar. Se había invertido demasiado tiempo y dinero en Chihuahua para que se moviera tan fácilmente.

Capítulo 34 (Arturo)

Habían pasado seis meses desde Alburquerque y Arturo seguía sin avanzar en la identidad del hombre misterioso. Ahora, Arturo y Leobardo esperaban fuera de una casa en un barrio bastante agradable.

Arturo encendió un cigarrillo y aspiró. Le habló a Leobardo mientras exhalaba. "¿Ves esa tina de manteca que camina parada en esa ventana?"

"Sí. ¿Es nuestro objetivo?"

Arturo dio otra calada, exhaló y volvió a hablar. "Sí. Es un sargento de policía. Era de la cuadrilla de El Soldado. Ahora que la policía es más o menos propiedad de Don Guillermo, a los otros tipos ya no les gusta el Sargento".

Cuando el sargento redondo salió de la casa, Arturo le hizo un gesto a Leobardo para que fuera hacia él. Leobardo frenó el taxi y se detuvo con un chirrido justo al lado del hombre. Arturo abrió la puerta trasera del taxi y apuntó con su AK-47 al sargento.

"Entra, gordito, o te convertiré en un hombre muerto".

El hombre bajito y redondo, con un grueso y oscuro bigote, parecía que iba a salir corriendo. Arturo sacudió la cabeza de forma siniestra, y el hombre cambió de opinión. En cuanto subió al taxi, Arturo le golpeó en la cabeza con la culata del AK, dejándolo inconsciente.

Arturo se rió. "Esto va a ser divertido. Odio a los policías".

Leobardo asintió de acuerdo con Arturo.

Después de conducir una corta distancia, Arturo tomó algunas sales aromáticas. "Vamos a despertar a este cerdo".

Habían conducido hasta el medio del desierto, a las afueras de Juárez. El sargento sudaba a mares por el terrible calor que hacía. Leobardo le había esposado con tanta fuerza que sus manos ya estaban moradas. Tosió al despertarse.

"Hola, cerdo estúpido. Debes haber hecho enfadar mucho a alguien", dijo Arturo mientras esbozaba su sonrisa enfermiza.

"Por favor, no me hagas daño. Tengo dinero. Tengo propiedades. Puedo hacerlos ricos".

Leobardo sonrió: "Ya lo estamos haciendo". Golpeó al sargento con fuerza en la cara, haciéndole girar la cabeza y escupir sangre.

Arturo sacó su cuchillo. "Te sorprendería lo que puede hacer un buen cuchillo afilado".

El sargento empezó a llorar. Arturo le clavó el cuchillo en las tripas y el hombre chilló, pataleando y revolviéndose como un pez en sus últimos estertores.

Arturo y Leobardo se rieron. A Arturo no le gustaba normalmente prolongar la muerte de la gente, pero ésta era una excepción.

" ¿Escuchaste el chillido del hombre, Leobardo? No es un hombre, es un cerdo humano. Chilla, cerdo, chilla!" Leobardo y Arturo se rieron mientras Arturo apuñalaba repetidamente al hombre en el estómago. Al parecer, el estómago del sargento era tan grande que el cuchillo de Arturo no parecía penetrar en ningún órgano importante. El sargento se limitó a revolcar su cuerpo redondo por toda la camioneta, esparciendo sangre y otros fluidos corporales por el suelo y las paredes de la camioneta.

"Me estoy cansando de este deporte, Leobardo".

"Acaba con él entonces".

Arturo terminó el trabajo destripando al policía. Mientras sacaba las vísceras de su víctima, se las mostró al sargento, pasándoselas por la cara. Todavía no estaba muerto del todo cuando Arturo le sacó el hígado.

Incendiaron la camioneta con el sargento dentro y decidieron que lo mejor sería abandonar la ciudad por un tiempo, sin querer arriesgarse a atraer la atención de otros policías que pudieran ser amigos del difunto sargento Cerdito.

"¿A dónde vas a ir, Leobardo?"

"A Mapimí".

Sólo el sonido del nombre de su ciudad natal le traía a Arturo poderosos recuerdos, olores de la cocina de una madre, risas de niños jugando, ajenos a las complejidades de la vida. Arturo partió hacia la capital del estado, Chihuahua. A la salida de Juárez, Arturo se detuvo en una capilla o altar. La Santísima Muerte estaba de pie, con un globo terráqueo en la mano izquierda y un bastón en la derecha. Arturo se quitó su Resistol de paja, abrió una cerveza y la colocó cerca de unas velas que estaban frente a la estatua.

"Bebe, Muerte, y gracias por otro trabajo exitoso".

De camino a Chihuahua, se detuvo en un pequeño pueblo llamado Villa Ahumada para dormir un poco. Arturo no se molestó en conseguir un hotel; sabía que su sueño no sería tranquilo. Tras unas horas de sueño ligero, Arturo compró un café al estilo de los camioneros, encendió un cigarrillo y continuó su camino. Cuando por fin llegó, desayunó huevos estrellados con salsa servidos en tortillas fritas.

Mientras Arturo recorría las calles principales, admirando a las hermosas mujeres que había por todas partes, recibió una llamada de Don Guillermo.

"Arturo, el Hombre Misterioso está aquí", la voz de Memo sonaba tensa. "Ya son varias las veces que intercepta mis cargas".

"Estaré allí en media hora". Arturo colgó y fue a llenar el depósito de gasolina.

Capítulo 35

Arturo se reunió en el rancho de Memo para discutir cómo atrapar al asesino. Arturo sería el pasajero del próximo cargamento de marihuana, y Memo sería el conductor. Memo pagaría a unos cuantos federales para que les siguieran como refuerzo. Estuvieron de acuerdo en que no era el plan más ingenioso, pero era el único que se le ocurrió a Memo para atrapar a este hombre que estaba destruyendo lentamente su negocio.

Memo y Arturo recogieron un Jeep Cherokee rojo del proveedor de marihuana de Memo en Guachochic, un pequeño pueblo de montaña a unas cuatro horas de Cuauhtémoc. La exportación de marihuana era la base principal de la economía local, pero era tan desconocida y de difícil acceso que el gobierno mexicano no se esforzaba por hacer cumplir sus leyes allí. Memo había llamado con antelación para tener el vehículo listo para ellos.

El Jeep no estaba cargado de marihuana. En cambio, estaba repleto de varias armas de gran calibre. Salieron por el largo y sinuoso camino, apenas lo suficientemente ancho para dos vehículos. Ambos estaban tensos ante la expectativa de un tiroteo con este hombre fantasma que mató a los hombres de Memo y escapó ileso. Las reputaciones y las leyendas iban de la mano en México, y nadie estaba dispuesto a ser un sicario de Memo hasta que no arreglara este problema.

"Arturo, ¿alguna vez piensas en, ya sabes, el bien y el mal, el infierno y el cielo, todo eso?"

"Claro. No mucho. A veces".

Memo sonrió; era obvio que su amigo se sentía desconcertado por la pregunta.

"¿En qué piensas tú?

"Creo que el Cielo y el Infierno están aquí en la Tierra. Cuando el humo se disipa, no hay bien ni mal. Sólo quedan los vivos o los muertos. Y los vivos escriben los libros de historia".

Arturo se rió.

A las seis horas de viaje, un Dodge Ram gris con un gran parachoques de empuje apareció en la carretera detrás de ellos, conduciendo peligrosamente rápido en la bajada de la montaña y en una curva. Arturo y Memo se prepararon para una pelea.

Cuando la Ram modificada, con neumáticos de gran tamaño y una barra antivuelco, golpeó la parte trasera de la Cherokee, Memo y Arturo salieron disparados hacia delante, aunque se lo esperaban. El empujón hizo que muchas de las armas y municiones de la parte trasera se desplazaran hacia delante, y algunas de ellas golpearon a los dos hombres. Cuando el carnero volvió a golpearles, Memo perdió el control del Cherokee, y se despeñaron por la ladera de una colina, rodando varias veces hasta que se detuvieron cerca de unos árboles en la parte inferior.

Con sólo algunas costillas y dedos fracturados, Arturo salió inmediatamente, y luego se dirigió al lado del conductor para ayudar a su jefe. Memo ya no estaba en el vehículo. Al ver el parabrisas destrozado, Arturo pensó que Memo había salido despedido del Jeep durante el vuelco.

El Hombre Misterioso disparó desde una pequeña colina por encima de ellos, con su Glock 40, interrumpiendo el hilo de pensamiento de Arturo. Las balas se estrellaron contra el vehículo y el suelo que rodeaba a Arturo, demasiado cerca, y éste saltó detrás de la Cherokee para cubrirse.

Con los dedos rotos palpitando de dolor, Arturo sacó su revólver 38 de reserva de la funda del hombro y disparó. La figura anónima se movía como una pantera, yendo y viniendo detrás de los árboles y las rocas mientras se acercaba lentamente a Arturo. Por primera vez en muchos años, el corazón de Arturo se aceleró de miedo.

Los disparos de un AK-47 sonaron, tapando el sonido de la 40 del Hombre Misterioso y de la 38 de Arturo cuando Memo devolvió los disparos. Una de las balas de la ráfaga alcanzó al hombre en la pierna. Cómo acabó Don Guillermo donde estaba con el AK era un misterio para Arturo, pero no se había convertido en uno de los mayores proveedores de marihuana de Estados Unidos en pocos años por nada.

El hombre se arrastró detrás de unos árboles, y Arturo y Memo se acercaron a su posición, manteniendo constantes disparos. Al llegar al lugar donde el hombre había desaparecido, los dos se sorprendieron al oír el rugido de su Dodge Ram y su marcha. El hombre era valiente, pero no estúpido, y sabía que aquel día estaba en inferioridad de condiciones. Y entonces los federales llegaron como siempre, con un día de retraso y un dólar de menos. Todo lo que Memo y Arturo pudieron hacer fue reírse sin poder evitar la ironía.

Memo se dirigió a la casa de Galilea para atender sus heridas. Su hija corrió y lo abrazó, con sus brillantes rizos negros rebotando alrededor de su rostro en forma de corazón.

"Papi, ¿qué pasó?", gritó agarrando su brazo. "¿Por qué tienes sangre?".

Memo puso una mano sobre la cabeza de su hija. "Papi tuvo un pequeño accidente en el trabajo. Pero no te preocupes; estoy bien".

Mientras Galilea le curaba los cortes, la joven Rosita parloteaba sobre todas las cosas que había visto y hecho durante la última semana. Sólo veía a su padre una vez a la semana, así que era normal que le hablara a Memo al oído durante la primera hora. Era la única hija de Memo y él la trataba como a una princesa. Sus otros tres hijos con Lucía eran todos varones, y estaba orgulloso de ellos, pero Rosita ocupaba un lugar especial en su corazón.

Aun así, los quería a todos y a menudo pensaba que era una pena que su padre fuera un traficante de drogas. Ahora deseaba poder cambiar su vida, pero era demasiado tarde, y ahora le perseguía un fantasma al que había conseguido disparar. Pero el fantasma volvería, de eso estaba seguro.

"¿Vas a pasar la noche?" preguntó Rosita, con su carita encendida de emoción.

Memo miró a Galilea. "¿Está bien?"

"Por supuesto, mi amor", respondió ella con una sonrisa. "Ojalá pudiera ser todas las noches. Ahora, cuando Rosita se vaya a dormir, espero que me cuentes todo lo que pasó".

Les preparó una buena cena de pollo y verduras a la parrilla, con un enorme plato de arroz, y Memo y Rosita se burlaron el uno del otro durante toda la comida y hasta la noche, mientras se relajaban en la sala. Pronto, la niña tuvo sueño y Memo la llevó a la cama.

"Buenas noches, papi", susurró ella contra su mejilla, con los brazos apretados alrededor de su cuello.

La besó y luego le apartó un mechón de pelo oscuro de la cara. "Buenas noches, mija".

Galilea le esperaba en su cama, con los ojos brillando de placer por su compañía.

"Ven, mi amor", le invitó, acariciando su lado de la cama. " Cuéntame".

Después de que Memo le contara la historia, Galilea guardó silencio. Se inclinó para besarla, y ella se acurrucó contra él, abrazándolo con fuerza.

"¿Qué pasa?", le preguntó.

Ella suspiró. "Espero que no perdamos a Rosita por esta maldita guerra de las drogas".

Memo la apartó lo suficiente como para mirar su rostro preocupado. "Dios mío, ni siquiera digas eso".

Galilea sacudió la cabeza. "Mi prima Manuela creció en El Paso. Apenas la conocí. Se casó con un policía que era muy duro contra los traficantes de drogas. Tuvieron una niña preciosa, y un par de años después los mataron a todos cuando alguien puso una bomba en su casa."

"¿En serio?" murmuró Memo, apenas prestando atención.

"Encontraron la mayoría de los huesos de Manuela y su hija, pero todo lo que encontraron del policía fueron unos cuantos dientes. Fue extraño".

"Mmm hmmm".

Memo sólo había estado escuchando a medias, pero de repente se le ocurrió una idea. ¿Qué tan difícil sería arrancar unos cuantos dientes y dejarlos esparcidos por ahí si uno sobrevivía a la explosión? Habría que tener mucho valor para hacer eso, justo después de perder a sus seres queridos, pero el Hombre Misterioso era definitivamente de ese tipo. Cuanto más pensaba Memo en ello, más sentido tenía para él.

Se sentó bruscamente, y Galilea lo miró confundida.

"¿Qué pasa, Memo?", preguntó, acercando la sábana a su pecho.

"Cuéntame más sobre tu prima y su marido policía", dijo.

"Bueno, se conocieron en una fiesta de quince años. Yo sólo tenía seis años en ese momento, y estaba allí con mi madre y mi padre. Fue horrible porque alguien disparó a sus primos allí".

"¿Alguien disparó a sus primos en una quinceañera?"

"Sí. Terrible, ¿eh? Una especie de tiroteo entre bandas. De todos modos, se volvieron a encontrar como quince años después. Realmente no sé mucho sobre el resto de su historia. Manuela dejó de hablarme después de que me metiera en problemas".

"¿Cómo se llamaba su marido?"
"No lo recuerdo. Sólo sé que un día mi tía me contó lo de la explosión".

Capítulo 36

"Memo, no creo que ese tipo haya sobrevivido. Sé que debe haber recibido al menos unas cuantas balas. Hace meses que nadie tiene problemas con el 'Hombre Misterioso'". Los dos hombres se sentaron en el despacho de Memo en su taller de carrocería. Arturo encendió un cigarrillo.

"No sé. Ese hombre tenía una misión. Puede que se esté recuperando, planeando. Quiero que salgas a buscar a ese hombre. Algún médico en algún lugar tuvo que haberle curado".

"De acuerdo. Es tu dinero". Arturo se dio la vuelta para irse.

"Oye, espera un momento. Necesito otra cosa. ¿Has oído hablar del cura que vende hierba en las montañas?"

"Claro, ¿quién no ha oído hablar de él?"

"Bueno, tiene la mejor hierba de cualquier lugar en lo que a mí respecta. Tengo un pedido de dos toneladas de la mejor para San Diego. ¿Te apuntas?"

Arturo sonrió, exhalando humo a través de sus dientes amarillos.

"Ya hablé con el Padre. Nos encontraremos en su iglesia, en lo alto de las montañas de Chihuahua, en un pequeño pueblo llamado San Juanito. Me dejó bastante claro que sólo yo podría entrar en la iglesia, y que no debería hacer que nadie más intentara entrar o no se haría ningún trato. Fue una conversación extraña".

"¿A qué te refieres?"

"No sé si puedo explicarlo. Sólo tenemos que estar atentos".

Tras seis horas de viaje, los dos entraron en la ciudad y Memo detuvo la camioneta. "Arturo", preguntó, "¿tienes algún problema con matar a gente dentro de una iglesia? No a los feligreses de todos los días. Un grupo de apaches bien armados".

Arturo pensó un momento. "No".

"De acuerdo", dijo Memo. "Este es el plan. Después de dejarme frente a la iglesia, arranca tan rápido como puedas hacia esa colina". Memo hizo una pausa para señalar una colina cercana con una vista perfecta de la fachada de la iglesia. "Si no salgo en quince minutos, entra con las armas en ristre. Maten a cualquiera que no sea yo".

Arturo asintió. "Entendido".

Ataviado con un chaleco antibalas y con pistolas clavadas en todos los espacios, Memo entró en la pequeña y lujosa iglesia. Unos cuantos apaches en la puerta de la iglesia agarraron a Memo cuando entró y le registraron en busca de armas, sus manos apretando con fuerza sus testículos. Memo retrocedió, pero se mantuvo callado. No se atrevía a mostrar ningún signo de debilidad ante los apaches. Tras encontrar cinco de sus siete armas, le permitieron continuar. Uno de los dos indios que registraron a Memo le dijo algo en apache y comenzó a alejarse. Memo miró al otro hombre, sin entender, y éste le señaló como si le siguiera. El otro indio se detuvo en la puerta de la oficina de la iglesia y llamó. Otro apache respondió y le indicó a Memo que entrara en la oficina.

Medio vestido con su traje de sacerdote, el Padre sonrió e invitó a Memo a sentarse. Tres hermosas mujeres indias desnudas acompañaban al Padre. El Padre se dio cuenta de la reacción de Memo. "La más bella creación de Dios, ¿no estás de acuerdo, Guillermo?"

"Por supuesto", dijo Memo con una sonrisa cortés. "Siempre me han gustado las mujeres".

"Lo he oído. Cuando me desterraron a este pueblo hace veinte años, ni siquiera conocía su idioma. Ahora, por la gracia de Dios, no sólo comparto el amor de estas tres hermosas mujeres, sino también el de todo el pueblo. Dios es bueno con los que realmente aprecian sus obras. Debo admitir, sin embargo, que es agradable hablar con alguien que sabe español. Aunque realmente echo de menos hablar italiano".

Señaló con la cabeza a una de las mujeres y ésta le ofreció a Memo una bebida. Él negó con la cabeza, volviendo a prestar atención al Padre.

El sacerdote sonrió. "He oído que también tiene una hermosa esposa y una amante igualmente atractiva".

Memo inclinó la cabeza. "Veo que ha hecho sus estudios".

"Sería un tonto si no investigara al hombre que acabó con el Cártel de Juárez", dijo el otro hombre con picardía.

"Me gustaría poder atribuirme todo el mérito, pero me temo que eso fue idea de Don Rafa, que en paz descanse".

Memo hizo la señal de la cruz mientras decía el nombre de Rafa.

"No creo eso ni por un minuto. De hecho, me ofende que digas mentiras en la casa de Dios".

Memo se movió incómodo en su asiento, preguntándose qué quería decir el sacerdote. Un sacerdote semidesnudo, que vivía con tres mujeres en la oficina de la iglesia, no era nadie para juzgar, y menos aún en lo que respecta a una ofensa tan insignificante como mentir. Además, Memo aún no había mentido en nada.

"No estoy seguro de saber de qué habla, padre".

El padre habló con un hombre en apache, y el indio golpeó a Memo en la mandíbula con la culata de su rifle, haciéndole retroceder en su silla. Sacudiéndose el mareo, Memo empezó a valorar la situación. Había visto más o menos una veintena de hombres armados por varias partes de la iglesia, y tres más en el despacho con el Padre. Suponiendo que las mujeres eran probablemente igual de peligrosas, tenía siete enemigos en un espacio de tres metros por tres metros.

"Perdóname, Guillermo", dijo el Padre en un tono poco sincero. "Aquí no se permite mentir. Por favor, no me confundas con un tonto. Después de que tú y Rafael mataran a los principales actores del Cártel de Juárez, tu parte del negocio floreció. Entonces, de repente, tu socio muere, dejándote como el hombre más poderoso de Juárez. Y ahora estás aquí, listo para acabar con el único hombre de Chihuahua que no hace negocios contigo".

Todavía con el sabor de la sangre en la boca, Memo sabía que no habría razonamiento con el sacerdote paranoico, así que no dijo nada.

"Has cometido un terrible error al subestimar el poder de Dios", continuó el Padre. "Él me dio la previsión de evitar que nadie abandonara a sus hijos aquí, en las montañas. Y te aseguro que muchos lo han intentado y han fracasado. Como tú, hoy. A estas alturas, el amigo con el que viniste debería estar muerto, y tú estás solo".

Memo pensó en que Arturo estaba muerto, y decidió que no quería arriesgarse a correr el mismo destino. Sacando su fiel .380 que los guardias no habían encontrado dentro de su bota, Memo disparó al Padre en la cabeza. Tres mujeres apaches que gritaban tomaron sus rifles, y Memo corrió para cubrirse, disparando mientras avanzaba. Escondido tras una hermosa estatua de San Judas Tadeo, Memo abatió a dos de las tres mujeres y a uno de los hombres. Las balas salpicaron todo alrededor de Memo, con trozos de estatua y partículas de polvo volando por el aire. Una de ellas le penetró en el hombro, y una sensación de ardor y humedad le recorrió el brazo.

Un súbito sonido de choque se impuso sobre el sonido de los disparos, y toda la iglesia tembló, mientras Arturo conducía la camioneta justo a través de las puertas de la iglesia. Arturo lanzó una granada que derribó el altar de la parte central trasera de la iglesia, destruyendo la cobertura de unos diez hombres agazapados detrás de la estructura.

Sin munición, Memo gritó a Arturo que le lanzara un arma.

Como un equipo militar altamente entrenado, Memo y Arturo acabaron con todos y cada uno de los hombres y mujeres de la iglesia.

De repente, Memo se dio cuenta de que la campana de la iglesia sonaba, y supo que él y Arturo estaban en problemas cuando olió humo. Alguien de fuera había prendido fuego al edificio.

"¡Arturo, salgamos de aquí!"

Corrieron hacia la camioneta. Arturo la puso en marcha. El motor rugió y el asesino sacó el vehículo a través de una densa humareda negra por las puertas de la iglesia en ruinas. Memo disparó un AK-47 hacia la iglesia mientras Arturo conducía, atropellando a cualquiera que se interpusiera.

Arturo condujo como un loco y llegaron a las afueras de la ciudad en un tiempo récord, dejando un rastro de polvo y cuerpos rotos tras ellos. Cuando el pueblo desapareció en la distancia tras ellos, Memo se desmayó, las heridas de bala acabaron por hacer mella en su musculoso cuerpo.

Arturo se detuvo en el camino; Memo estaba de un color blanco pastoso, con la manga izquierda empapada de sangre. Arturo le arrancó la manga con su navaja. Encontrando una chaqueta en el asiento trasero, Arturo hizo lo posible por vendar la herida y detener el flujo de sangre. Hizo que Memo bebiera un poco de agua, despertándolo lo suficiente como para responder. Cuando consideró que Memo estaba fuera de peligro, Arturo se dirigió a Chihuahua.

Una hora después, Memo se despertó.

"¿Dónde estamos?" preguntó Memo con voz somnolienta.

"A unos cuarenta minutos de Chihuahua".

" Carajo, hombre, no estoy listo para morir".

"No morirás, hombre. Me aseguraré de ello. Incluso encenderé una vela. Necesito que me paguen".

Memo se desmayó de nuevo.

Capítulo 37

Memo se despertó, con el olor a medicina y a sábanas de hospital llenando sus fosas nasales. En la esquina de la habitación había un pequeño altar, con una figura esquelética sobre la vela que ardía en el centro. Guardaespaldas y policías revoloteaban por todas partes, por si alguien intentaba asesinarle. Una enfermera entró, sonriendo al ver que estaba despierto.

"Bienvenido, señor Smith. Mucha gente se ha interesado por su recuperación".

"¿Cuánto tiempo he estado fuera?"

"Tres días".

Los ojos de Memo se abrieron de par en par. "¿Quiere decir que una bala en el hombro me dejó fuera de combate durante tres días?"

La enfermera volvió a sonreír. "No. Una bala en tu abdomen lo hizo".

Memo se levantó la camisa para comprobar lo que la enfermera acababa de decirle. Las gasas y la cinta adhesiva cubrían una zona justo debajo del hígado.

"Maldita sea. Tiene razón. Supongo que no soy tan cobarde después de todo".

"Yo diría que no lo eres. El médico no estaba seguro de que sobrevivieras. Has perdido una tonelada de sangre. Traeré al doctor. Querrá hablar contigo. Además, puede que no me corresponda decir nada, pero..."

"¿Pero?"

"Hay dos damas esperándote. Parece que hay algún tipo de confusión en cuanto a cuál de ellas es tu esposa. Decidimos que ninguna de las dos podría entrar hasta que tú volvieras en sí. Pero ninguna de las dos quería salir. Ahora llamaré al médico". La enfermera se dio la vuelta para irse, se detuvo y se volvió a mirar a Memo, sonriendo, y luego se fue.

El corazón de Memo se hundió. Era imposible que Lucía se creyera cualquier historia que se le ocurriera sobre la identidad de Galilea.

El médico entró y habló brevemente con Memo sobre sus heridas, la operación y lo delicado de su situación. Memo sólo escuchó la mitad de lo que dijo el médico, preocupado porque se descubriera su triángulo amoroso.

Cuando el médico se marchó, le preguntó a Memo: "Por cierto, ¿a qué chica quieres ver primero? Hay dos por ahí".

"Lucía. Es mi esposa".

" De acuerdo. Espero que no te importe que lo diga, pero eres un hombre con suerte".

Memo pensó que tal vez no era tan afortunado, después de todo. Lucía abrió la puerta, asomándose primero, como si no creyera al médico que decía que estaba mejor. Su larga melena negra parecía salida de un anuncio de champú. Estaba radiante. Memo pensó que realmente odiaría verla con otro hombre después de divorciarse de él.

"¡Mi amor, gracias a Dios que estás bien!", dijo ella mientras lo abrazaba y besaba, con una lágrima corriendo por su rostro.

Hablaron un rato, sobre los niños; su madre estaba enferma. Nunca se mencionó nada sobre la otra mujer. Ella se marchó al cabo de unas horas.

"¡Hola cariño, me diste un buen susto! Me alegro de que estés de vuelta con los vivos". Galilea le dio a Memo un beso apasionado, dejándole sin aliento, literalmente.

"Me alegro de estar de vuelta. Aunque estoy un poco confundido".

Galilea se rió. "¿Recuerdas cuando nos conocimos? Te dije que siempre respetaría tu matrimonio".

"¿Pero cómo? Quiero decir, ¿qué...?"

"Cuando vi a tu mujer, me presenté inmediatamente ante ella como tu hermanastra. Incluso le di un abrazo".

"Pero ella sabe que no tengo hermanas".

"Sí, pensé en eso. Le dije que el día que fuiste y te dispararon, acababa de encontrarte".

"No puedo creer que se haya creído eso".

Galilea sonrió. "Si quiere creerlo, lo hará".

Después de que Galilea se fue, entró Arturo.

"¿Te sientes mejor?"

"Sí. Gracias. ¿Hiciste el pequeño altar?"

"Necesitabas toda la ayuda posible".

"Bueno, gracias".

"No fue nada. Como dije, necesitaba recibir mi paga".

"Arturo, quiero que encuentres al Hombre Misterioso. No creo que esté muerto. De hecho, creo que sé quién es. Galilea me habló de un primo suyo que murió en una explosión destinada al marido de su prima. Era policía y nunca encontraron su cuerpo, sólo los de su mujer y su hija".

"Ya revisé hasta Torreón. Pero lo haré de nuevo".

"Ningún gasto es demasiado grande. Encuéntralo".

Capítulo 38

Con un enemigo tan peligroso y astuto como el Hombre Misterioso, Arturo se preguntó si volvería a ver a su madre, así que decidió visitarla antes del inminente encuentro. Un viaje directo desde Chihuahua a Torreón, la principal y única carretera que conecta las ciudades, su único desvío llegó en Vermejillo, un viaje de treinta minutos al oeste.

Mapimí era la misma que recordaba de su infancia, el único cambio real era un puñado más de coches, teléfonos y casas que treinta años antes. Por la plaza local circulaban grandes camiones nuevos con matrícula estadounidense, gente del pueblo que había emigrado y se ganaba la vida trabajando en la construcción de algún tipo o en el tráfico de drogas. Muchos hacían ambas cosas. Todos en el pueblo sabían que Arturo era de la mafia mexicana, pero no les importaba o, si lo hacían, no se atrevían a decirle nada a la cara.

Tras detenerse a comprar unas flores a una joven en la esquina, Arturo se dirigió alegremente por los caminos de tierra a la casa que había construido para su madre, María. Al doblar la esquina, tocó repetidamente el claxon, su costumbre cada vez que llegaba. Hacía ya dos años que no estaba en su casa, y se sintió exultante de estar allí de nuevo. Ella salió corriendo a recibirlo, dándole un fuerte abrazo. Él abrazó y besó a su madre en la mejilla, luego en la mano, también su costumbre. Ella le hizo la señal de la cruz y él le besó el pulgar y el índice cuando se los puso en los labios.

"Gracias a Dios que por fin estás en casa, Arturo", gritó. "He estado preocupada por ti".

Arturo le sonrió y le tocó ligeramente la mejilla. "Ah, mamá, siempre estás preocupada por mí".

"Sí, pero anoche tuve un sueño terrible sobre ti", le dijo ella, tomándolo del brazo para guiarlo hacia la casa. "Te casabas".

"Ohh", se burló él. "¡Eso sí que suena horrible!"

Ella le miró, con el rostro sombrío. "Mijo, sabes que las bodas en sueños significan la muerte".

Silenciado por la última afirmación de su madre, Arturo hizo un gesto de desprecio, como si con sólo agitar la mano pudiera descartar cualquier posibilidad de muerte con ella. Ella le había dicho muchas veces que las bodas significaban la muerte cuando era más joven.

Madre e hijo charlaron, rieron y lloraron juntos, y ella le preparó una sencilla cena de carne con chile y frijoles. Las tortillas de maíz que ella preparó eran mejores que cualquier otra tortilla que él hubiera comido, y las engulló como si acabara de ser rescatado de una isla desierta.

Tras un breve paseo hasta la pequeña tienda de la esquina, Arturo y su madre compartieron una botella de Brandy Presidente antes de retirarse a la cama. Era una noche preciosa, y Arturo disfrutaba de cada momento. Su madre era la única persona en la que confiaba y a la que quería de verdad, y también era la única que le había mostrado verdadero afecto. Había vivido una vida difícil y peligrosa, y estaba agradecido de tener una madre cariñosa.

Arturo se dirigió a su cama y dio vueltas en ella. El sueño no era fácil, ya que las palabras de su madre sobre una boda aún resonaban en sus oídos.

Arturo soñó que caminaba por las calles de Mapimí. La gente con la que había crecido le señalaba y miraba fijamente. Arturo era incapaz de despertarse. Preguntándose por qué todo el mundo le miraba y señalaba, miró hacia abajo y vio un enorme agujero en el centro. Los intestinos cubiertos de sangre colgaban de la herida y sus dedos los empujaban frenéticamente, intentando devolverlos a la cavidad. Sabía que se estaba muriendo.

Cayó de rodillas, y una terrible sensación de temor le invadió. Sabía que si levantaba la vista, vería la horrible figura de su pasado, la que siempre acudía a él en esas pesadillas. Como si ya no los controlara, sus ojos se abrieron y miraron hacia arriba. El agente de la patrulla fronteriza, descompuesto en tres cuartas partes, esbozaba una sonrisa desdentada y extendía una mano huesuda hacia él, haciéndole señas a Arturo para que se acercara. Nadie en su sano juicio acompañaría a un cadáver en descomposición a ninguna parte, pero Arturo ya no tenía el control, así que se levantó y siguió al muerto hasta el cementerio local.

El cementerio estaba detrás de una pequeña montaña, justo al oeste del pueblo. Típico de los cementerios mexicanos, no estaba bien planificado. Crecía desordenadamente en todas las direcciones. Cuando el último terreno disponible para enterramientos se encontró con las montañas que lo bordeaban, se volvieron a cavar las tumbas más antiguas sin marcar y se colocaron sobre ellas los cadáveres más recientes.

Arturo sabía en su alma que esto era el infierno. Sin tener un buen concepto de lo que era realmente el infierno, su subconsciente recurrió a las películas y a las descripciones de los sacerdotes en la iglesia cuando su madre solía arrastrarlo con ella los domingos. Desde un agujero abierto en medio del cementerio, oyó lo que parecían gritos y gemidos de dolor insoportable procedentes de sus entrañas. Al asomarse al agujero, Arturo tragó con fuerza, sintiéndose desfallecer. Mientras miraba, el cadáver se colocó detrás de él y lo empujó bruscamente. Pudo oír la risa del agente de la patrulla fronteriza muerto, mientras caía en el agujero sin fondo, y aún resonaba en su mente al despertar de la pesadilla.

La madre de Arturo le llamó desde la puerta, despertándole de su sueño. "Arturo, alguien vino a verte. Un amigo".

Habían pasado muchos meses desde que Arturo había visto a Leobardo, cuando habían dado de baja al policía gordo en las afueras de Juárez. Le dio un abrazo sincero. María sirvió café mientras calentaba tortillas y frijoles. Los dos hombres se pusieron al día de los acontecimientos, y Arturo le contó a Leobardo la gran cantidad de dinero en efectivo ofrecida por el Hombre Misterioso. Los ojos de Leobardo se iluminaron.

Leobardo pidió a Arturo que describiera al hombre. Después de que Arturo le diera la descripción, le preguntó a Leobardo por qué quería saber.

"He estado aquí durante los últimos seis meses cortejando a esta chica", dijo Leobardo. "Más o menos en ese tiempo, llegó al pueblo un forastero. Había sido malherido en la pierna, y el doctor Baeza lo curó. Desde entonces se está recuperando aquí, y coincide exactamente con tu descripción. Va a la cantina todas las tardes, y se queda hasta que el viejo cierra".

"Tiene que ser él", soltó Arturo. "Esto no puede ser una coincidencia, Leobardo; es el destino. ¿Quieres un trozo del pastel?".

Leobardo asintió con entusiasmo. "Sabes que sí. Vamos a por él".

"No, no es tan fácil. Necesitamos un hombre más y mucha potencia de fuego. ¿Podemos conseguir algunas granadas?"

"Ahora mismo no". Leobardo frunció el ceño. "Los militares tienen puestos de control por todas partes. Una especie de operación de represión o algo así. Conseguiré lo que pueda. ¿A quién pedirás ayuda?"

"Manuel".

Manuel Santiago Serrano era el primo de Arturo, buscado por los federales por varios asesinatos y robos de bancos en todo México. Una zona traicionera de las montañas era ahora su hogar, accesible sólo a pie o a caballo.

Manuel era tres años mayor, y Arturo sabía que su hermano no tendría miedo de ayudar. Cuando Arturo tenía unos quince años, los dos fueron a un baile local, y después de que la banda no tocara la canción que Manuel había pedido, agarró el micrófono y utilizó el cable para ahogar al cantante, casi matándolo. Todos los habitantes del pueblo temían a Manuel, y Arturo siempre lo había admirado.

Tras dar un beso a su madre y recibir su bendición, Arturo, Leobardo y Manuel se fueron a hacer planes. Decidieron vestirse con abrigos largos de cuero para ocultar su equipo, y bromearon sobre cómo parecían pistoleros de una vieja escena del oeste. El plan era sencillo: entrarían y, si Arturo identificaba al hombre, sacaría su escopeta y los otros dos hombres harían lo mismo.

Arturo destacó que su presa era muy rápida y peligrosa. El terrible trío se dirigió a la cantina local. Mientras conducía, Arturo recordó a Porfirio, el dueño de la cantina, de su infancia. Arturo había pedido una vez trabajo allí, y Porfirio se había reído y le había dado una patada en el trasero al marcharse. Años más tarde, Arturo regresó y le propinó una fuerte paliza que le dejó una cicatriz en la mejilla derecha con una navaja.

Los tres hombres entraron en la cantina a eso de las seis de la tarde. Arturo recordó que no había encendido una vela a la Santa Muerte, y frunció el ceño. No hay tiempo ahora, pensó. El sol estaba a punto de caer, y sus ojos tenían que adaptarse a la tenue luz del bar. El Hombre Misterioso se movió como un relámpago, sacando una .44 y disparando a Leobardo dos veces, para luego ponerse a cubierto detrás de la barra. Después de volcar algunas mesas de metal para cubrirse, Arturo y Manuel dispararon sobre la barra, con el AK-47 de Manuel haciendo llover balas sobre ella. La madera se astilló cuando las balas impactaron, y las botellas de licor se hicieron añicos, bañando al camarero y al Hombre Misterioso con astillas de vidrio y alcohol.

De repente, Manuel dejó de disparar. Arturo miró y lo vio tendido en un charco de su propia sangre, sin parte de la cabeza.

El Hombre Misterioso se asomó por detrás de la barra, ahora con una .380 en la mano. Moviéndose con la velocidad de una serpiente que golpea, Arturo disparó su escopeta, alcanzando al hombre antes de que pudiera volver a cubrirse.

Arturo maldijo. Miró a Manuel y a Leobardo y se levantó furioso. Se dirigió hacia la barra para terminar el trabajo, para matar a este hombre de una vez por todas.

El Hombre Misterioso salió volando de detrás de la barra, disparando dos armas simultáneamente, alcanzando a Arturo en el estómago y en el brazo izquierdo. Arturo soltó la escopeta al caer al suelo. Tras un momento de conmoción, sacó su .38 de la funda del hombro y volvió a levantarse.

El Hombre Misterioso estaba de espaldas a él, y Arturo aprovechó la situación para disparar varias veces a la espalda del hombre. El hombre se giró al caer, y Arturo sonrió con maldad al ver la sorpresa en su rostro.

Pasó una fracción de segundo desde que Arturo se dio cuenta de que Porfirio había recogido la escopeta que se le había caído hasta el momento en que Porfirio la disparó. Arturo sabía ahora que, como en una vieja película del oeste, él era uno de los malos, destinado a morir. El miedo penetró en cada célula de su cuerpo, y sintió la presencia del agente de la patrulla fronteriza cuando cayó al suelo, oyendo la risa fría y muerta del cadáver resonando en su cabeza mientras exhalaba su último aliento.

Capítulo 39

Las voces despertaron a Lalo, pero no pudo abrir los ojos.

"No puedo creer que este hombre esté vivo, y mucho menos consciente. Cinco balas y un disparo de escopeta en la cara. Increíble".

"Lucio", dijo José, el único médico de Mapimí a su colega, con voz de urgencia. "Es imprescindible que tus empleados no mencionen la presencia de este hombre a nadie. Si lo hacen, es hombre muerto".

Lalo intentó moverse, hablar, pero nada funcionó. Su cuerpo se sentía como un tronco, aunque seguía escuchando la conversación.

"Me imagino que sí, José. Pero, ¿por qué te importa tanto este hombre?"

"Cuando se presentó en mi ciudad hace varios meses con una herida de bala en la pierna, pensé que era un narco más. Cuando me gané su confianza, me contó lo que les había pasado a su mujer y a su hija como consecuencia directa de los narcotraficantes, y comprendí por qué este hombre estaba en mi clínica con una bala. Es un buen hombre. Loco, pero bueno".

"Tu palabra es tan buena como el oro conmigo, José. Me ayudaste en la facultad de medicina cuando éramos estudiantes, y por eso, nunca lo olvidaré".

"Fue un favor, Lucio, y los favores nunca deben pedirse para ser devueltos. Además, siempre supe que serías un gran médico. Siempre has tenido el don de saber lo que le pasa a alguien sin necesidad de un libro de medicina. Estudiar era realmente tu única debilidad".

Ambos se rieron, y luego José volvió a hablar, con un tono más serio.

"Lucio, ten cuidado. Explica a tus empleados el peligro de que alguien tenga conocimiento de la presencia de este hombre. Podría ser su muerte".

"No te preocupes, José. Lo tengo en la sección de cuarentena de mi clínica. Dos enfermeras y yo seremos los únicos que le atenderemos, y la señora de la limpieza... bueno, tengo plena confianza en ella."

"De acuerdo. No te preocupes por los gastos. Estoy seguro de que este hombre tiene dinero en alguna parte".

"Podemos ocuparnos de eso más tarde". Un movimiento arrastrado y Lalo sintió la presión contra su pulso. Después de varios segundos, el médico llamado Lucio volvió a hablar.

"¿Almuerzo?"

Los dos hombres se alejaron, todavía hablando, pero sólo sobre dónde comer y el tiempo. Lalo no quería dejarlos ir porque cualquier contacto humano en este momento ayudaba, pero su cara le dolía tanto que no podía mover la boca. El olor a antiséptico le hacía cosquillas en las fosas nasales.

No sabía cuánto tiempo había permanecido así, con el cuerpo congelado e incapaz de moverse. Cada día era más largo que el anterior, y el estado de Lalo no cambiaba. Pasaba cada momento de vigilia concentrándose en mover un dedo de la mano, del pie, algo... cualquier cosa.

Un día, su dedo se movió. Una semana después, podía mover la mano. Las enfermeras y los médicos parecían estar encantados de que por fin pudiera moverse. Cada día era una lucha, pero Lalo seguía luchando, con las imágenes de su esposa e hija muertas como estímulo. Tras un año de fisioterapia intensiva, Lalo estaba preparado para el siguiente paso.

Los médicos le dijeron que sus posibilidades de volver a caminar eran muy escasas. Pero Lalo sabía que Dios tenía una misión que cumplir: matar a Memo. Lalo estaba seguro de que se recuperaría por completo. ¿Por qué otra razón seguiría en la Tierra?

El Dr. Baeza había sido un verdadero regalo del cielo. Lalo sabía que estaba cubriendo los gastos de la clínica de su propio bolsillo. Lalo planeaba volver a El Paso para recuperar el dinero que había estado cobrando por interrumpir las transacciones comerciales de Memo, y volvería para devolverle al doctor su amabilidad. Acababa de conocer al hombre medio año antes, tras el tiroteo casi definitivo con Memo y su sicario.

Lalo sabía que tenía que esconderse durante un tiempo. Seguramente Memo lo estaría buscando. Después de vendarse las heridas de forma desordenada, condujo hacia el sur, sin saber a dónde iba, pero sabiendo que tenía que salir de allí. Pasó por la capital, Chihuahua, y luego por Delicias, Camargo y otros muchos pueblos al sur de Chihuahua.

En un pueblo llamado Vermejillo, Lalo se detuvo y preguntó por el médico local. El médico estaba de vacaciones, le dijo a Lalo un hombre mayor, con su sucio sombrero de paja inclinado sobre su arrugada frente. Señaló la carretera. Al oeste, el médico de Mapimí podría estar disponible. Lalo condujo durante nueve horas, perdiendo sangre por el camino. Cuando llegó a la consulta del médico, no tardó en perder el conocimiento.

El Dr. Baeza procedía de una familia adinerada de la cercana Torreón, una ciudad situada a 64 kilómetros de Mapimí. No solía cobrar por sus servicios, y prácticamente había sido repudiado por su familia cuando dejó Torreón y se casó con una chica local de familia pobre. Cuando un accidente de coche acabó con la vida de sus padres, José se convirtió en un hombre rico, pero su riqueza significaba poco para él, especialmente ahora, con su misión de salvar vidas.

El médico se puso inmediatamente a trabajar en él, sin cuestionar las circunstancias que habían llevado a Lalo hasta él en su estado. Cuando terminó, él y la enfermera limpiaron a Lalo y lo pusieron en una cama en una pequeña habitación de la diminuta clínica. Después de que Lalo descansara unos días, el médico sólo le cobró el equivalente a cien dólares. Lalo pagó al hombre y luego le dio cien a la enfermera también, sabiendo que probablemente no estaría vivo mucho más tiempo para gastar dinero de todos modos.

Gastado, Lalo decidió quedarse unas semanas en Mapimí. Era un lugar tranquilo y la gente era amable. El Dr. Baeza le permitió alojarse en una pequeña casa de adobe utilizada como casa de huéspedes, no porque no tuviera dinero sino porque Mapimí no tenía hotel.

Lalo pasó allí las siguientes semanas, luego meses. Sus heridas se curaron lentamente, y necesitaría estar a pleno rendimiento para cumplir su última misión: matar a Don Guillermo.

Nunca había visto bien al hombre que lo acompañaba, pero el rostro de Memo se grabó para siempre en su memoria. El día que se encontró con el otro hombre en el bar casi había sido el último. Dios lo mantuvo con vida, y Lalo sabía que tenía que recuperarse de alguna manera.

Después de que el Dr. Lucio Barrera empezara a inyectar a Lalo esteroides y hormona de crecimiento, Lalo supo que por fin tenía la clave, no sólo para la recuperación total, sino también para vencer a su enemigo. Pasó día tras día doloroso en el gimnasio; cada movimiento completaba una nueva lección en el curso de la agonía. Pasó otro año, y Lalo ya caminaba con normalidad e incluso empezó a correr. Torreón tenía un gran gimnasio, donde empezó a entrenar seriamente con pesas, y un gimnasio de boxeo con numerosos sparrings.

Pasaron cuatro años desde la emboscada y su experiencia cercana a la muerte en el pequeño bar de Mapimí, y Lalo sintió que casi era hora de volver a la acción. Después del tiempo transcurrido, seguramente Memo lo daba por muerto. Como ya había hecho una vez, Lalo pensaba volver de entre los muertos. La última vez que se había enfrentado a Memo, Lalo empezó por destruir su negocio. Esta vez, Lalo atacaría sólo una vez y con un objetivo. Memo tenía que morir.

Lalo no pudo encontrar a nadie que entrenara con él en el gimnasio local. Las inyecciones diarias de la hormona, combinadas con inyecciones quincenales de testosterona, le ayudaron a conseguir increíbles ganancias musculares, así como a recuperarse de las lesiones que había sufrido. Más fuerte que nunca en su vida, a Lalo no le importaban los posibles efectos a largo plazo de su abuso de las drogas; le quedaba una misión por cumplir, y nada importaría después.

Lalo sólo tenía un hombre con el que se sentía verdaderamente en deuda, el Dr. Baeza, así que visitó la clínica antes de marcharse.

"¡Lalo!" El doctor sonrió ampliamente con sincera alegría. "¿Cómo estás? Tienes muy buen aspecto".

Lalo se apoyó en la jamba de la puerta de la consulta del doctor Baeza, sonriendo. "He estado haciendo ejercicio".

"Ya lo veo". Baeza asintió. "Nadie podría haberme hecho creer que te hubieras recuperado tanto después de aquel último tiroteo. Fue un milagro que sobrevivieras".

"No sabes ni la mitad".

Lalo quería contarle al médico que se había convertido en un arcángel de Dios, pero no podía confiárselo a nadie, ni siquiera a este hombre de buen corazón. Era su cruz la que tenía que llevar solo.

El médico levantó la mirada con severidad. "La venganza es muy peligrosa. Espero que puedas encontrar la paz algún día, y me refiero al tiempo que estés vivo".

Lalo se rió, pero sonó forzado, incluso para él.

"Lo digo en serio, Lalo", continuó el doctor Baeza. "Me parece evidente que el destino te quiere, o ya estarías muerto. Me gustaría que reconsideraras el don de la vida que te han vuelto a dar y buscaras un nuevo camino. Odiaría no poder curarte la próxima vez".

"Le agradezco su preocupación, doctor", dijo Lalo, alcanzando la mano del médico para estrecharla con firmeza. " Vine a verle antes de partir por última vez. No volverás a ponerme un parche. Tengo que ocuparme de algo, y estoy seguro de que por eso sigo por aquí".

"Eres un hombre adulto", dijo el médico, levantándose para abrazar a Lalo. "Sea lo que sea lo que te propongas hacer, espero ciertamente que valga el precio de tu vida".

"Lo es, doctor", dijo Lalo, devolviéndole el breve abrazo. "Así es. Que tengas una buena vida, y que el Señor te bendiga y te conserve bien. Eres el mejor hombre que he conocido".

Se dio la vuelta y se alejó, sintiendo que el hombre mayor le miraba marcharse.

Capítulo 40

Conduciendo por el largo tramo de la carretera 5 hacia Cuauhtémoc, Lalo no pudo evitar recordar su juventud, su mujer y su pequeña. Pronto se reuniría con ellos en la otra vida; de eso no tenía ninguna duda. La muerte se cernía sobre Lalo, presente desde que había estado a punto de morir en Mapimí, y no tenía intención de intentar engañarla. Descansar de su constante angustia mental era lo que necesitaba, y la única forma de conseguirlo era a través de la muerte.

Pero el descanso no iba a ser suyo hasta que cumpliera la misión final de Dios. Una valla publicitaria monumental penetró en los pensamientos de Lalo y lo llevó rápidamente de vuelta a su tortura mental, su momentánea visión del descanso eterno despojada de su mente. Se detuvo bruscamente, estacionando su camioneta Dodge a un lado de la carretera, y miró hacia arriba.

"Juntos por un Chihuahua mejor: Guillermo Smith y tú", decía la valla publicitaria. Una imagen de un benévolo Memo en el centro sonriendo hacia abajo, rodeado de imágenes de construcción de carreteras, escuelas y hospitales hizo que Lalo rechinara los dientes.

Al parecer, Memo había pasado sus últimos años dedicándose a la política y a su dinero, e incluso para México, esto parecía inconcebible. Un narcotraficante de alto nivel y muy conocido que se presenta a gobernador del estado de Chihuahua seguramente tendría mucha protección. Matar a Memo sería una tarea monumental, sin duda. A medida que Lalo se acercaba a Cuauhtémoc, veía más y más vallas publicitarias con el rostro de Memo, y cada una de ellas hacía que su estómago se revolviera en señal de protesta.

La plaza del centro de la ciudad estaba abarrotada de la multitud habitual de domingueros. Los jóvenes vestían sus mejores galas, botas y sombreros de vaquero, y las jóvenes llevaban sus mejores vestidos. Los ancianos se sentaban en los bancos del parque, recordando sus días de juventud. En la esquina había varios hombres que se dedicaban al cambio de moneda, ganando dinero al cambiar dólares por pesos o viceversa.

Lalo estacionó su camioneta y se dirigió a un limpiabotas desocupado con la cara baja. La gente tendía a mirar su cara, todavía algo desfigurada por el disparo de la escopeta. El limpiabotas charlaba amistosamente mientras limpiaba las botas de Lalo.

"Sabes, estuve aquí hace unos cuatro años. Este lugar ha cambiado mucho".

"En eso tienes razón. Cuando don Guillermo se convirtió en alcalde de Cuauhtémoc, hizo más por la ciudad en tres años que lo que otros habían hecho en veinte. Construcción de carreteras, nuevas viviendas y agua potable. Otros sólo prometieron esas cosas, pero él realmente las cumplió. Es un buen hombre, que Dios lo bendiga".

Intrigado, Lalo comenzó a interrogar a cualquiera que le diera la hora. Parecía que Memo no tenía ningún enemigo en la ciudad. De hecho, no sólo la gente de Cuauhtémoc lo quería, sino que parecía que se había corrido la voz en las ciudades de los alrededores y que era candidato a gobernador. Cuando Lalo decía algo sobre las actividades ilícitas de Memo, la persona con la que hablaba se alejaba, y sus sonrisas se convertían en ceños fruncidos de desaprobación, casi como si Lalo hubiera dicho el nombre de Dios en vano en la iglesia. Lalo tuvo que preguntarse cómo un hombre malvado podía tener tanto control sobre todo el mundo.

No importaba con quién hablara Lalo, todos tenían algo bueno que decir sobre Memo. Por imposible que pareciera, Memo había conseguido comprar la lealtad de todos. Las grandes donaciones a la policía local, la Cruz Roja y los bomberos mantenían contentos a los funcionarios locales, y sus departamentos tenían el mejor y más nuevo equipamiento de todo México. Un gimnasio de boxeo local había sido completamente renovado y rebautizado en honor al traficante.

Guardias armados con rifles de alta potencia vigilaban las pequeñas torres y la puerta de la mansión de Memo. Por desgracia para Lalo, sus fondos se estaban agotando, y como no quería dar señales a Memo, no podía ir a por uno de los cargamentos de Memo ni a por el dinero en efectivo para reponerlos.

No había forma de que Lalo pudiera llegar a Memo en su casa. La paciencia era uno de los puntos fuertes de Lalo. Seguiría a Memo durante un tiempo, registrando sus hábitos hasta que encontrara un punto en el que Memo estuviera menos protegido.

En un acto de campaña de Memo, actuó un grupo musical en directo. Al terminar una canción, Memo subió al escenario y todo el mundo le aclamó.

"Un aplauso para mis cuñados", bramó. "¿Acaso no tocan muy bien?".

El público volvió a aclamar.

Memo sonrió y levantó la mano para pedir silencio. "Ha sido una campaña larga y dura, amigos, pero casi termina. En dos semanas, tendremos las elecciones y, con toda su ayuda, ¡tendrán un nuevo gobernador!"

Otra ovación se alzó en la noche.

Memo, probablemente mejor protegido que el Presidente de México, tenía guardaespaldas, amigos y familiares que le rodeaban a todas partes. Tenía una hermosa esposa y dos hijos, una amante y su hija. Lalo se sintió cada vez más envidiado por aquel hombre, pero apartó la envidia. Las únicas emociones que se permitía sentir eran las de la rabia y la ira hacia los servidores del mal. Traficante de drogas, adúltero y asesino eran las verdaderas caras de Memo, no el benévolo líder de la comunidad que utilizaba como fachada. Ya era hora de que se le hiciera justicia.

"Y ahora, vamos a ver la pelea de gallos", invitó Memo, indicando al locutor que subiera al escenario.

"Cierren las puertas, señoras y señores", gritó el locutor. "La pelea está a punto de empezar. Hagan sus apuestas. El rojo es de don Guillermo, y el negro de don Chumando. Hagan sus apuestas".

Los dos cuidadores de gallos prepararon a las aves para la batalla. Se ataron navajas a las patas de los gallos y los cuidadores los enfurecieron sacudiéndolos. Desde el primer contacto entre los dos gallos, el gallo rojo ganó la ventaja. Un corte en el ojo del gallo negro le sorprendió y confundió, y el gallo rojo se puso a picarle hasta que no se levantó. Perdiendo el interés por su antiguo adversario, el gallo rojo se alejó mientras muchos le aplaudían.

Con una sonrisa en el rostro, Memo estrechó la mano de Don Chumando, el propietario del gallo negro fallecido, y una gran suma de dinero intercambió sus manos.

La mirada de odio de Lalo penetró en la multitud, y Memo le miró directamente. Sorprendido, Lalo se dio la vuelta y empezó a caminar entre la multitud, sin mirar atrás. Lo último que podía permitirse Lalo era que Memo tuviera a toda la región buscándole.

Después de unas semanas de seguir cada movimiento de Memo, Lalo decidió que lo atacaría un sábado por la tarde. Todos los sábados, Memo recogía a su hija de la casa de su amante y la llevaba a su rancho en las afueras de la ciudad. Sus guardaespaldas nunca le acompañaban durante el tiempo que pasaba con su hija, posiblemente porque en el rancho también había siempre guardias armados. Como no le gustaba el hecho de tener que matar al hombre frente a su hija, Lalo trató de mantenerse lo más impasible posible. Haría el trabajo y acabaría con él.

Memo y su hija de once años jugaban en el rancho, fuera de la vista de su mujer y de otros niños. Montaban a caballo, jugaban al escondite e incluso practicaban el tiro con pistola. Utilizando unos binoculares para observarlos, Lalo recordó cuando él y su hija jugaban juntos, y se le formaron lágrimas en su único ojo bueno. A Lalo le habría gustado disparar a Memo con un rifle de alta potencia mientras los dos jugaban al escondite, pero todo lo que poseía era su .380 que el médico le guardó en Mapimí. Sólo tenía munición suficiente para llenar un cargador. Tendría una sola oportunidad de matar a Memo, y sabía que tenía que tener éxito, por muy malas que fueran las probabilidades. Dios no le fallaría.

Un Ford Lobo rojo brillante de cabina extendida salió del rancho, con Memo en el asiento del conductor y la niña en el del pasajero. Lalo se instaló en lo alto de una colina con vistas al rancho y a un camino de tierra que conducía a la carretera principal. El camino de tierra entraba en la autopista por el lado norte en el carril de dirección oeste. Lalo esperó justo en la intersección de un camino de tierra poco transitado. Memo no tendría ninguna razón para detenerse o incluso reducir la velocidad en ese lugar de la autopista.

Cuando Memo llegó a la curva de la carretera, Lalo aceleró el motor, sincronizando su entrada en la autopista. Entró justo cuando Memo le adelantaba, estrellando la parte delantera de su camioneta contra el lateral del de Memo, haciendo que éste rodara. La camioneta dio dos vueltas de campana, deteniéndose una vez más sobre sus neumáticos. Lalo se sacudió el choque e intentó abrir la puerta. No se abría, y pudo oír cómo el Ford de Memo luchaba por arrancar de nuevo. Lalo se lanzó por la ventanilla de su puerta y salió, con la 380 en la mano. Memo salió del Lobo, con las manos en alto y la pierna sangrando. Parecía conocer el motivo de Lalo.

"Quienquiera que seas, estoy desarmado", gritó. "Si realmente eres un hombre, entonces hagamos esto con nuestros puños. Si no, mátame y acaba con esto".

Memo se alejó cojeando del Lobo, con las manos en alto. Lalo se dio cuenta de que la única preocupación de Memo en ese momento era alejar el peligro lo más posible de su hija. Lalo lo respetaba, pero pensó en su propia hija en la tumba con su madre y gritó: " ¡Me parece justo, Memo!".

Una mirada de repentina revelación cruzó el rostro de Memo.

"Lalo. De vuelta de la muerte, ¿eh? Es la segunda vez, ¿no?".

Lalo no podía creer que Memo le hubiera reconocido tan pronto. "¿Cómo lo descubriste?"

"El mundo es pequeño", dijo Memo con una sonrisa de dolor. "No estaba seguro hasta que lo confirmaste. Realmente tenías a todo el mundo en vilo. Sin embargo, en el fondo sabía que esta vez no estabas muerto".

"¿Ah, sí?" Lalo levantó las cejas. "¿Entonces por qué no me buscaste?"

Memo negó con la cabeza. "No lo sé. Quizá porque entendí tu razonamiento, por muy equivocado que fuera".

Lalo levantó su pistola, apuntando con el cañón a la cabeza de Memo.

Como para ganar tiempo, Memo continuó. "Sabes, yo no tuve nada que ver con las muertes de tu familia. Soy un hombre justo, Lalo. Realmente te quería muerto después de que mataste a muchos de mis amigos cercanos, especialmente a Don Rafa".

Memo hizo la señal de la cruz mientras decía el nombre de Rafa. "Que descanse en paz. Pero te entiendo. Yo podría haber hecho lo mismo en tu lugar. Pero, como dije, no maté a tu familia".

"Mentiroso", gritó Lalo, con el brazo temblando. Bajó la pistola. "No vuelvas a decir nada de mi familia. Querías luchar, ¿verdad? Hagámoslo. Te voy a dar la oportunidad que nunca se le dio a mi familia".

Lalo dejó caer el arma al suelo y dio un paso adelante.

Cuando Lalo y Memo se enfrentaron, Lalo sintió un tremendo estruendo dentro de su cráneo. Memo golpeaba más fuerte que nunca, la edad aparentemente no afectaba a ese factor. Lalo era increíblemente fuerte, su mezcla de esteroides y hormona del crecimiento era un cóctel de poder literal. Golpeó a Memo en el pecho con tanta fuerza que realmente oyó cómo crujían las costillas. Memo cayó de rodillas y Lalo le golpeó en la cabeza con su rodilla, siguiendo con un derechazo en la sien, forzando aún más su cabeza. La sangre brotó del ojo de Memo. Lalo se lanzó a matar, pero Memo sorprendió a Lalo apartándose y saltando. Obviamente, se había dado cuenta de que Lalo había perdido la visión del ojo derecho; Memo le golpeó la sien y la mandíbula con ganchos de izquierda.

Cualquier ventaja que pudiera tener Lalo con su tamaño y fuerza se perdió. Viendo literalmente las estrellas, Lalo cayó al suelo duro. Recordando cómo el gallo de Memo había acabado fácilmente con el del otro hombre, Lalo agarró la .380 que se le había caído antes, y que ahora estaba bajo su pierna.

Memo seguía hablando, como si intentara distraer a Lalo. "No entiendes, Lalo. Yo investigué lo que pasó. No tuve nada que ver con la explosión. Apenas estaba empezando mi negocio en ese momento. Nunca maté a inocentes".

Lalo volvió a levantar la pistola y Memo retrocedió, respirando con dificultad.

"El hombre que dio la orden de matarte fue un tipo llamado El Soldado. Poco después de la muerte de tu familia, maté a El Soldado y a su gente porque también intentó matarme a mí".

Lalo observó a Memo con atención, sin que su arma vacilara mientras se ponía de nuevo en pie.

"No importa lo que digas, no te creo. Eres malvado. Puede que hayas engañado a la gente de aquí con tus buenas acciones y tirando tu dinero, pero sólo eres un traficante de drogas. Estoy aquí para hacer justicia contigo. Dios me dio esta misión".

"Jesús, estás completamente loco", rió Memo con dureza, echando un rápido vistazo a su camioneta cercana. "¿No lo entiendes? Te investigué, hombre. Tus compañeros y superiores te dijeron que dejaras pasar el caso Medina. Pero no pudiste, incluso cuando puso a tu familia en peligro. Actúas como si fuera el peor criminal del mundo. Al menos no soy un hipócrita".

Lalo siguió la mirada de Memo, pero no había movimiento en la camioneta.

"Llevas años matando gente en nombre de la venganza", dijo Memo en silencio, recuperando aún la respiración. "¿Quieres encontrar al responsable de la muerte de tu familia? Sólo tienes que mirarte al espejo".

"¡Cállate, maldito perro, no sabes nada! No estoy en esto por venganza. Esto es por Dios!" gritó Lalo, pero las palabras de Memo calaron más hondo de lo que quería que el otro hombre supiera.

Memo pareció detectar algo. "Tonto", dijo con una carcajada. "Yo también fui policía. Tu mujer probablemente te rogó que dejaras este caso, que buscaras otro trabajo, cualquier cosa. Pero la justicia significaba más para ti que las vidas de tu mujer y tu hijo. Sea lo que sea lo que te impulsó, podrías haber seguido adelante y no les habría pasado nada. Tienes tanta culpa como los que pusieron la bomba en tu casa".

Lalo no pudo soportarlo más. Las palabras de Memo eran del demonio, destinadas a confundirlo y desviarlo de su misión. Un movimiento repentino le llamó la atención. Mientras apuntaba con el arma a Memo, que gritaba algo hacia su camioneta, el dolor le atravesó el pecho. Lalo reaccionó, disparando hacia el lugar donde se originaron los disparos. Mirando a través de su ojo ensangrentado, Lalo apenas pudo distinguir a Memo corriendo hacia la pequeña figura de pie fuera de su camioneta.

Cuando la pequeña figura cayó, Lalo se dio cuenta de que la niña tenía una pistola. Memo tomó a la joven en sus brazos, y Lalo sintió que su vida se le escapaba. Intentando levantar la pistola una vez más en un vano intento de disparar a Memo, el brazo de Lalo se negó a moverse. No quería seguir adelante; la conciencia de lo que había hecho había acabado con su voluntad de continuar.

Mientras su visión se atenuaba, una luz brillante apareció ante él, y luego dos figuras le hicieron señas dentro del reino nebuloso. Finalmente, Lalo sintió que podía descansar de la constante tortura que había sido su vida.

Al oír los sonidos de angustia procedentes de Memo, Lalo sintió compasión por el hombre sentado frente a la camioneta destrozada, con el cuerpo sin vida de su hija en los brazos. Había hecho lo que pretendía; aunque no físicamente, le había quitado la vida a Memo. Ya no había dos figuras apuntando hacia él, sino tres, y de repente su tranquilidad se convirtió en miedo y remordimiento.

Acerca del Autor

Guillermo Paxton vivió y trabajó en México durante los años más violentos de la guerra contra las drogas del presidente Calderón. Tiene experiencia tanto en el ejército como en la policía y se basó en sus experiencias mientras trabajaba de forma encubierta para escribir *Surgimiento del Cartel*. Otros de sus libros son *La Plaza* y *Sin Lila*.